# 腿太郎伝説（人呼んで、腿伝）

深堀骨

左右社

# 腿太郎伝説

（人呼んで、腿伝）

ただの友達に捧ぐ

この物語はフィクションであり、実在の人物・団体・事件・日活アクションスターとは一切関係はない。その点を強調したい。

昔昔のワンス・アポン・ア・タイム、と云っても然《さ》程《ほど》昔ではない程度に昔、あるコミュニティにGさんとBURさんが棲んでおった。Gさんは山へシバきに（その実はシバかれに）、BURさんは川へ選択に行っておった。BURさんが選択しに日々通う川は日々異なる物が色々と漂着するものだから選択のし甲斐もあろうってもんなんで、BURさんはその日も鵜の目鷹の目で選択に馳せ参じたのであった。

BURさんが盥《たらい》を抱えて川へと辿り着くと、早くも選択の競い相手どもが川岸にピーチャカパーチャカと囂《かまびす》しく語り合っていたが、皆云いっ放しで相手の云うことなんざ当然聞いてやしない。BURさんは常の定位置（木《と》賊《くさ》が好い塩梅に折れ曲っている場所）に新参者が座り込んでるのを「ヴォッ」と唸りながら立ち退かせて、その場にずしりと南瓜尻を根が生えんばかりに据え置くと、木賊がミシリと泣き崩れた。持参の盥を前にして、競い相手に白眼で牽制を喰らわしながら、川の上流を睥睨しておるってえと、腿がドンブラコッコスッコッコと流れて來たのであった。彼《か》の腿はうら若き女の片脚左脚、付根から切断されて捨てられて、川の流れに揉まれたせいで、皮膚がところどころ弾けてゲヂョゲヂョに肉片やら血管やらが喰み出ておる。でも放棄されて間もないのか肌の色艶はしっかりしておるので、BURさんは年功序列と気合の力を借りて他の有象無象を例の如く「ヴォッ」という咆哮で牽制しながら、難なく腿をゲットして盥に載せて持ち帰ったのであった。

Gさんは既に家に帰っておって、本日は山でどんだけシバきまくったか（実際はシバかれまくってる）の成果についてウンチャラカンチャラと自慢をすべく待ち構えていたのだが、BURさんが盥に載せた腿を見て、そうしたチンケなエゴもエロの前には吹き飛んでしまった。

「ＢＵＲさん、その腿は若い女性の太腿であるぞな、もし」Ｇさんは「女性」という単語を「ジョセイ」でなしに「ニョショウ」と発音するために、頭を丸めてもいないのに生臭坊主感が抜けないのである。Ｇさんの好物は無論葷酒《くんしゅ》である。そして女性《にょしょう》である。

「Ｇさん、唇の端から涎が垂れてるがな、もし。これは喰い物ではないぞな、もし」ＢＵＲさんは涎の垂れたＧさんの頬に立て続けに二、三発ビンタをお見舞いした後に、鼻紙で涎を丁寧に拭ってやった。ＧさんはＢＵＲさんの一連の仕打ちの実行中に恍惚とした表情を浮かべていたので、黄金の涎が拭っても拭ってもだらしなく豊潤に湧き出るのであった。

「ＧさんよＧさんよＧさんよ、」ＢＵＲさんは唇の失禁を嫌悪の眼で見ながら「喰い物ではないとは云うたども、それほど迄に喰いたければ料理してやろうじゃねえの、もし」と云いつつ、予《かね》てより常備したる巨大なる包丁一本、これさえ持っておれば喰える物も喰えない物も生きとし生ける物総てを料理出来る業物《わざもの》、日頃より怠りなく研ぎに研いでギラギラに光っている必殺必中の得物をば取り出し、大上段に振り被ると、ヨオイヤサアアアッッとの掛声と共に腐る寸前の女の腿にザックリと切り込んだ。腿の切れ目からは屍とは思えぬ程の大量の血潮が飛沫を上げて迸《ほとばし》り（プシューッという噴出音とＧさんの「アイヤー」という歎声がハモった）、と同時に一個の塊が神の見えざる手によって引き抜かれた大根の如くズボッと飛び出し宙に一廻転舞った勢いの割には畳の上に不思議な迄に軟着陸した。血に塗《まみ》れた塊は「ババベブビビベベブブ」と云いながら、Ｇさんの方角へと四つん這いで這い寄って来た。Ｇさんは恐れ戦き「でぃすがすてぃんぐ～、くり～ぴんぐ～」と喚きながら手狭な部屋を逃げ回った。「でぃすがすてぃんぐ〜」も「くり〜ぴんぐ〜」も末尾の「ぐ」にアクセントを置いて引き延ばした平坦な発音であった。「平坦」は英語で“Flat”である。Ｇさんは“Flat”も「ふらっと〜」と納豆売りみたような云い方をすることは間違いない。

「ＧさんよＧさんよＧさんよＧさんよ、」ＢＵＲさんはＧさんの見苦しい迄の狼狽振りを見兼ねて云った、「貴様はいい歳こいて何をオタオタしてるんだぞな、もし。これは腿から生まれた赤ん坊だぞな、もしもし。この腿の持主だったオナゴが殺されてバラバラにされてる寸前に身籠った赤子を救わねばならぬとて、腹から腿に転移させたに違いあるまいてぞな、もしもしもし。もしもしもしもし。もしもし亀よ亀さんよ、ぞな、もし」そしてＢＵＲさんは畳の上に血と羊水を滴らせながらヨチヨチ歩いてる塊を亀さん呼ばわりすると、塊はピタッと歩みを止めた。確かに塊の頭部は亀に似ていてさながら亀頭だった。亀頭は茎部をググイ〜ッと伸ばして呼びかけたＢＵＲさんを見上げた。その眼（二つはあった）は黒目しか無くて、赤子と云うよか齢を重ねに重ねて重ね過ぎた老人のドヨリンと濁った眼差しであった。百戦錬磨のＢＵＲさんもその眼には怯んだが、勇を奮って更に「もしもし亀よ」と繰り返した、ってえと、血塗れの亀頭の塊は尚も茎部をグググニ〜ッと伸ばして、口をワシッと開くとアオミドロみたような粘液をゲボッと吐き出した。粘液はＢＵＲさんの干涸らびて皺ばんだ顔面に命中した。ＢＵＲさんは鼻紙で今度は己の顔を拭いながら「ま、こいつを儂らで育ててやらねばいかんということだぞな、もし。儂らが子供なんぞ授かる見込は萬に一つも無いんじゃから、これは神様からの授かり物だぞな、もし。Ｇさんと儂と二人でこの糞餓鬼を何処に出しても恥ずかしくない立派な大人にしちゃるんがな、もし」と云った。BURさんの言葉は絶対なので、Gさんに異存があろうが無かろうが、それは決定事項なのだった。

「腿から生まれたから『腿太郎』ぞな、もし」BURさんは即座に命名した。「腿」は「桃」とは発音が異なり、最初の「モ」のアクセントが強調される。従って「腿太郎」という名前も最初の「モ」が強調される。「腿から生まれた腿太郎」も「桃から生まれた桃太郎」を関西風味のイントネーションに置き換えたような発音となる。だけれども「モモちゃん」と呼ぶ分には一向に差し支えなく可愛い呼び名なのだとBURさんは主張し、これまたGさんには異存などある訳がないのだった。

腿太郎は生まれた時にはシコタマ醜かったが、育っても矢張《やはり》醜かった。猫背のせいで余計小さく見えるひねこびた軀《からだ》の中心部から分不相応に巨大な逸物がニョキッと常時屹立しているので、寄生植物に肉体を乗っ取られた冬眠中の昆虫みたく見える。逸物の先端からは引っ切り無しに尿が漏れており、加えて所嫌わず糞をひり出す習性があったので、腿太郎が行く先々は糞尿の嵐となった。コミュニティ中から抗議が殺到した。だがGさんは無論のこと、BURさんが幾ら叱り飛ばしても蹴り倒してもこの癖は止まなかった。

腿太郎の顔は生まれた時は常の新生児同様皺クチャだったが、その皺が一向に取れずに時を経るに伴い更に深く刻まれて年輪を重ねた「いい顔」になっていくのが並の赤ん坊とは一味も二味も違っていた。餓鬼の癖してジジイなのだった。見た目からやることなすことまで並べて赤子と云うよりは耄碌して退嬰化した糞ジジイのそれであった。更に長じれば逸物から噴出するのは尿だけではなくなる。常時肌をベトつかせている一人高温多湿状態の腿太郎の精汁はさぞかしベトベトしていてコミュニティからの抗議は今の比ではなくなるだろう。

「もっと育ったらコミュニティの若い娘、いやさ若くない昔の娘も腿太郎に片っ端から犯されて孕まされるぞな、もし」BURさんはGさんにヒソヒソと云った。

「だから育てるなんて云わねば良かったんぞな、もし」Gさんはぼやいた。

「ここまで来て何をだらしねえこと云うとるんぞな、もし。全力で腿太郎を守ってやるのが育ての親たる儂らの義務じゃなかろうがな、もし」BURさんはGさんを叱咤した。

「もう好《いい》加減、こんなインチキ方言止めようよ」Gさんが提案した、「本物のぞなもし人間が怒るぞ」

「じゃあ儂も止めよう」BURさんはあっさりと譲歩した、「メンドい」

「んなもなぁ、このふぁっきんコミュニティのふぁっきん初代コミュニティ長が勝手に決めたことよ、あのこっくさっか〜がよぉ」Gさんはブチ切れたように苛り出し「偶々《たまたま》『坊っちゃん』読んでただけだって理由でよ。大体何だ『コミュニティ長』てな。村長だろ。『コミュニティ』なんて舌噛みそうな名前つけるセンスが下らん。実際儂は舌何回も噛みまくった。下唇も頬の裏側も噛みまくった。口内炎になったわ。舌癌にならなかったのが不思議なくらいだ。その上に『ぞなもし』の押しつけだ。息が詰まって死ぬわ。ふぁっきん。ふぁっきん。ふぁっきん。ふぁっきんこっくさっか〜♪」想い出し怒りの延長戦で即興の唄を歌い出した。

「気をつけな」BURさんは注意した、「壁に耳あり、障子に眼ありだぞ」その言葉に壁中の耳、障子中の眼が総毛立ってその場に沈黙が落ちた。

「汁か。いや、知るか」そうした雰囲気にも気づかずGさんは返し「息が詰まって死ぬよか殺される方がい～、ふぁっきんこっくさっか～♪」馬鹿デカい声で歌い続けるのへ、キッとなったBURさんが「止せ」と小声で云いつつも、矢庭にGさんの猿股を引き摺り下ろすと、目の前のアナルに己がペニスをぶっ込んだ。Gさんは「あふっ♥」と小さく唸るや唄が止んだ。構わずBURさんは腰をグラインドグラインドさせながらGさんの臀部を思うが侭に蹂躙しまくった。押し殺した悲鳴をヒイヒイと上げつつも「俺のケツメドの処女膜が」と喚くGさんにBURさんは「貴様のケツメドの処女膜は今まで何回破けてんだ、この変態糞ジジイが。大体てめえ一人称が『儂』から『俺』に変ってるぞ。山の女をシバいてる時も貴様は俺様なのか、てめえの分際で俺様モードか、何様モードなんだ、おいおいおいおい」そう云いながら怒りのドリルと化したペニスでGさんのアナルをグイグイと掘削し続けた。そんな育ての親達の痴態を、傍らで四つん這いになった腿太郎が呆けた面に涎を垂らしながら凝視していたのを、当の二人ともに気づかなかった。それらの光景を壁中の耳、障子中の眼がただ黙然と見守っていた。

　翌日、例の如く山にシバかれに行ったGさんは、己のパートナーのあんまりな仕打ちについて縷々《るる》語ってはさめざめと哭《な》いてみせた。しかし相手はそんな哀訴なんぞで同情するようなお人好しではなかった。

「好きで一緒に暮してるんだから、その程度のことが我慢出来ないでどーする」Gさんにシバかれているのでなく実際にはシバいてる山の女王様は、鞭を振り振りチイパッパと忌憚のない意見を述べた。

「もう好きで暮してるとは云えない、惰性なのだ」Ｇさんは身も蓋もない云い方をした。

「私にシバかれに来るのも惰性なのか～い♪」そう云いながら山の女王様はＧさんの鼻先でヒュッと音を鳴らして鞭を一振りしたので、Ｇさんはショエエエとビビりまくった。鞭子《むちこ》は――これが女王様の名前だ――「鞭を振り振りチイパッパ」と書いたから成り行きでその名前にしとく――黒い革の鞭を振りながら「おさっななっじみっはぁ、なつかっしぃ、あじっときたもんだ♪」と歌いつつＧさんの周囲を踊った末に「ちゅ♥」と接吻した。実際は「ぶちゅ」に近かったがそれもまたＧさんにとっては善哉なのだった。

鞭子が棲む山の天辺にある紛い物の城みたような家は〈飴と鞭の御殿〉と呼ばれていた。でも鞭はあっても飴玉の一つも転がってなかった。鞭子が甘い物は好きではなかったからだ。専ら彼女は酒を呑んだ。そして鞭はふんだんにあった。「だって私自身が甘～い飴ちゃんだから」と鞭子は虫唾の走る発言をしていたが、怖かったり心酔してたり呆れたりと理由は様々なれど異議を唱える者はいなかった。Ｇさんは「怖かったり」と「心酔してたり」、ＢＵＲさんは「呆れたり」の部類であった。コミュニティの大半がそのように綺麗に分別されていた。「呆れたり」はオンナの割合が大きかったが、ＢＵＲさんを代表格とするオトコも少なからずいた。鞭子はそれらの反応を何処吹く風と許《ばか》りに右から左へ左から右へと受け流してた。

「あんたのパートナーは私に嫉妬してるのさ」鞭子はＧさんに云った、「そりゃそうと用意はいいかい、お仕置タイムだよ」

Gさんは渋々半分、ノリノリ半分の五目炒飯的気分で、昨日BURさんに散々かっぽじられた尻を丸出しにして、鞭子に突き出した。鞭子は「あらよっ」と気合を入れて鞭を振り下ろした。

そんなこんなで（時間の経過を表すのに便利な言葉）、こういう猥猥雑雑たる環境で腿から生まれた腿太郎はスクスクと、は語弊があるのでチマチマと育っていった。成人しても、基調である醜悪な顔とひねこび感は相変らずであったし、巨根は相変らずであった（小さくなったらそれはそれでおかしい）。糞尿の嵐も全く変りなく、コミュニティの人々は既に慣れっこになって、畑の野菜の肥しに重宝していた。GさんとBURさんは爺さんと婆さんではなくして、腿を拾った時点ではウラ若いゲイのカップルであったから、耄碌して死ぬこともなく成人した腿太郎の姿を無事に苦々しい想いで見ることが出来た。

或る時腿太郎は「お袋に会いてえ？」と云い出した。

「お袋はここにおるでしょ」BURさんは胸を反らせてみせた。

「育ての親じゃねえ、産みの親だあ？」腿太郎は嘯《うそぶ》いて、序《ついで》に糞をブリッとひり出した。

「儂らが産みの親だじょ」BURさんはGさんに畳に落ちた糞の掃除をするよう顎をしゃくりながら応えた。

「違う」腿太郎はかぶりを振って「GさんとBURさんは育ての親だ？　んなことくらい疾《と》うに気づいてる？　コミュニティの奴らだって皆知ってる？　そう噂してる？　産みの親は別にいる？　でも何処さいるか分かんね？」どうしたものだか殊更語尾を上げて云うのである。

「余所の連中の云うことなんか真に受けるな」BURさんが云うなり、腿太郎はその首を締め上げて

「本当のことを云え？　云わんと息の根を止める？」グイグイと力を込めた。

「グギイィィィィ」窒息したBURさんは壊れたヴィオロンの音みたような悲鳴を上げ、慌てたGさんは糞てんこ盛りの塵取りをば放り出し腿太郎を羽交い締めにするも中々引き剥がせなかった。結句、根負けしたGさんとBURさんが腿から生まれた腿太郎の出生秘話を縷々説明せざるを得なかった、縷～縷～縷縷縷～。

由キサおりの「夜明けのスキャット」の如き説明を聞くや、腿太郎は「お袋の仇を討つんだ？」と云った。語尾は上がっているものの、これは断言である。

「腿だけなんだじょ。何処の誰かも分からないんだじょ」BURさんが云うと「腿があるなら脚がある、脚があるなら胴がある、胴があるなら頭も腕もある、つまり軀がある、だから人がいたことは間違いね？　残りの頭や手足や胴体を探して供養してやる？　んで、その腿は今何処にあんだ？」最後の語尾上げだけは間違いなく質問、詰問、そして難問だった。忽《たちま》ちGさんとBURさんは件の腿が所在について云い争い始めた。

「あれは捨てたか」「捨てる訳ねえ、どっかに仕舞ってある」「何処だ、仕舞ってあるって」「忘れた」「忘れるなこのドアホ」「ドアホはどっちだ」「そっちだ」「あっちだ」「こっちだ」と見苦しく諍ってるのに業を煮やしたか、腿太郎はドン！と掌で床を叩くと（掃除し損ねた糞が若干量手についた）「儂が探す？」と宣言し、広くもない陋《ろう》屋《おく》を盛大に引っかき回した。陋屋は全壊に限りなく近い半壊状態となったが、件の腿は発見された。床下に並べられた梅干しの壺の一つから出て来たのだった。GさんもB

URさんも完全に記憶が飛んでいて、どちらが仕舞い込んだかも定かでなかった。腿は塩漬けにされて、干涸らびた中華ハムの塊みたようになっていた。

「おふくろさんよ～？」腿太郎はそう云いながらハムに頬ずりした。ホッペタに粗塩がジャリジャリと音を立ててこびりついた。

「そりゃあんまり恩知らずでねえか」BURさんは咎めた、「儂らがどんだけお前を大事に大事に育ててきたか、分からん訳でも無かろうに。そげなハムの木乃伊《ミイラ》を母親呼ばわりするとは」

「それはそれ、これはこれだ？」腿太郎は平然と応えた、「儂は恩知らずではね？　育てて貰ったことには感謝しちょる？　でも実の親は産みの親だ、ハムだろうが木乃伊だろうがこれがおらなかったら儂はこの世におらんかった、だろ？」

「それを川で拾い上げたのは儂じゃぞ」BURさんは云い、Gさんも「そだそだ」と尻馬に乗った。

「だから、GさんとBURさんにはその内シコタマいい思いさせてやるから安心せえ？　このボロボロのボロ家も建て替えてやっから？　でも儂が先ずすべきは仇討ちだ？」

「雨露が凌げねえ」Gさんは泣いた、「こんなに無茶苦茶にしやがって。ボロ家どころか瓦礫じゃねえか。おいおいおい」破壊され尽くした我が家を眺め回して大泣きに泣いた。

「今直ぐこの家を直せ」BURさんは喰ってかかった。

「こんなバラック、GさんとBURさんの二人で幾日か掛ければ直せるだろうが？　儂にはもっと大事な用がある？」至って酷な言葉を残し、腿太郎は塩漬けハムのみ持参して、着の身着のままヒョコタンヒヨコタンと不格好に旅立った。後には後から前から垂れ流した糞と尿が点々と足跡みたく散らばっていた。

鞭子は日頃から腕慣らしに鞭をチイチイパッパ、チイパッパと唸らせていたが、猫背でひねこびた男がエッチラオッチラ山を登ってくる姿を見た。妙に歩くバランスが悪いので目を凝らして見てみるってえと、二本の脚の間にもう一本の「足」が生えていて、それが通常の二足歩行の妨げとなっていることに気づいた**（それにしても、あの手に持ってるモノ、何よアレ？　ハム？）**。山の女王様は腿太郎を見るのは初めてであったが、Gさんが育てている餓鬼の話は逐一聞いていたから「フフゥン」と思った。この巨根の醜い男が話には聞いていた腿太郎に違いない、そう察した鞭子はその若いのか年寄なのかも判然とせぬ男に粉をかけた、「お兄さん、鳥渡《ちよつと》」

腿太郎は声の発せられた方角を眇目《すがめ》で睨みつけた。声の主の女は、ほぼ裸体に布切れ数片のみ纏わり付かせた出で立ちで鞭を振り回している。何者だか知らぬが、腿太郎は警戒心を抱いた、が、それとは無関係に「三本目の足」が勝手に意識して、収拾がつかなくなり出した。唐傘お化けみたく一本足でも立てる迄に膨満した。それらの情況を見逃す訳もない海千山萬の鞭子であった。

巨根なのに童貞、つまり「巨根童貞」であった腿太郎は、山の女王様が全身から発散させている「女王物質」に誘われて、三本足（特に真ん中の足）で蹣跚《まんさん》と接近していった。と、そこに「いるかいネエチャン」と別方角から声がして、ご新規さんが現れた。

コミュニティに於いて内風呂のある家というのは非常に稀少であったため、風呂屋の存在は必須となる。〈湯気湯〉の煙突はよく見えるのでコミュニティ内ではちょいとしたランドマークだった。〈湯気湯〉の主である湯気太郎博士は、シルクハットに燕尾服、越中フンドシの三点セットという一部の隙もない伊達男振りで、右手に持った檳榔樹《びんろうじゅ》のステッキを振り回してはそこかしこを散策若しくは徘徊し、通りすがりの人々に掠り傷や軽い打撲傷（時には重い打撲傷）を負わせるのが日々の慣わしとなっていた。だから彼の姿を見るなり、コミュニティの連中は皆とっとと雲隠れしてしまうのであり、数少ない例外の一人が山の女王様なのだった。

「おしさしぶりじゃないの～博士っ♥」鞭子は嬌声を上げるや湯気太郎博士に飛びついてハグハグした。博士もステッキを投げ捨てて、鞭子をハグハグし返した。博士は鞭子をいつも「ネエチャン」と呼び、鞭子は博士をいつも「博士」と呼ぶ。鞭子が「ネエチャン」と呼べないお年頃になったとしても博士は鞭子を「ネエチャン」と呼ぶだろうし、博士は抑々《そもそも》「博士」では全然ないのだが、博士が自分を「博士と呼べ」と云うから、鞭子は御機嫌を損ねないように博士を「博士」と呼んで来たし、今後も「博士」と呼ぶのだろう。

「元気そうだなネエチャン、」博士は再会を祝してから「そこに突っ立ってるのは何だ。硬直してるじゃねえか」と云った。無論、腿太郎を指しているのである。

「多分、お知り合いの御家族、みたいな？」鞭子ははぐらかすように応えた。湯気太郎博士は腿太郎をジロリと睨んだので、腿太郎も負けじとギロリと睨み返してやった。

「目つき悪いな、こいつ」「なこと、アタシに云われても困るし」とか云い合っている間にも、腿太郎は物珍しいんだか珍しくないんだか要領を得ぬ面付《つらっ》きで〈飴と鞭の御殿〉の周囲をヒョコタンヒョコタンと巡視していた。その姿を眺めていた湯気太郎博士は「あ」と一声漏らした。

「どったの」

「あいつが持ってんのは、百恵《ももえ》の腿だ」

「モモエって誰よ、それ」

「ネエチャンの知らねえ女だ」

「何それ、ムカつく。お仕置して聞き出してやる」

「後でタップリやってくんな。おい坊主、」博士は腿太郎に問うた、「その手に持ってるモノ、何処で拾ったんだい？」

腿太郎は変らず博士を白眼視し続け、鐚《びた》一文発言しなかった。そこで湯気太郎博士は「黙秘権行使か、そんなんだったら今から俺がゴキゲンな唄を聞かせてやるから覚悟しとけ」そう云い放つと檳榔樹のステッキをギター代りに爪弾きながら**「湯気太郎博士・歓喜のテーマ」**を渋い声で朗々と歌い出した。

お〜風呂〜ぉぉぉ　入るな〜ぁぁらっ
こっの〜ぉ　湯っ気っ太郎〜ぉぉぉ
あったか　お風呂に　混ぜるだけ〜ぇぇ
ちょいと　湯気太郎〜ぉぉぉ

## ウンコして　シッコして　またあした♪

「相変らず甘いノドだよ、ヴェルヴェット・ヴォイスだよ。うっとり聞き惚れちゃった」鞭子はパチパチと惜しみない拍手を送った。

「ネエチャンからお褒めのお言葉を賜り、光栄の至りだが」博士は鞭子に一礼してから「この坊主はウンでもスンでもウンスンカルタでもねえな」黙秘権行使中の腿太郎を見遣った。

「ウンスンカルタって何さ」

「辞書を引け。それから、おい坊主、ウンでもスンでもいいから何か云え」云いながら博士が腿太郎から腿を取り上げようとすると、件の塩漬けの腿（博士曰く「百恵の腿」）の足先は博士の手に蹴りを喰らわした。

「何だ、生きてるぞ」博士は仰天して白目を剥いて洟《はな》を垂らして失禁した。

「お袋に手を出すな？」腿太郎が博士に向って初めて吐いた台詞がこれだった。耳障りな塩辛声だった。

「ヤだ、口利いたよ。お袋だなんて何云ってるんのよ。気持悪いね。おおヤだヤだ」鞭子がピーチクパーチクと騒々しく囀《さえず》った。

「この腿が俺を蹴ったぞ」博士が喚いた、「塩漬けの、干涸らびた、出汁も取れない皺皺の腿の分際で蹴りやがった」

「博士は蹴りやがられちまった訳ね」鞭子は悦に入ってる。

「皺皺とか云うな、お袋だ？」腿太郎が主張した。

〈湯気湯〉は〈飴と鞭の御殿〉から飛んでも八分下って二十分（逆に上れば三十分以上）の土地に位置していた。〈湯気湯〉と書かれた黄ばんだ暖簾には赤い色も褪せた温泉マークも描かれており、ある種の性癖を持つ者の心擽《くすぐ》るものがあった。湯気太郎博士は山の女王様から一通りのお仕置を受けた後（「百恵」が何者なのかはゲロしなかったが）、「博士のお友達の息子なんだから博士が責任持ちなさいよ」との女王様のお言葉を賜り、不承不承腿太郎（と腿太郎の持つ腿）を引き連れて〈湯気湯〉に帰還した。お仕置の最中に御殿のおんもで三本足で突っ立っていた腿太郎は（その間に〈御殿〉の中からは**「お湯もついてる 湯気太郎〜ぉ♪」**と歌声が響いてきた）、膨れっ面したまま従いて来た。

　客は一人もいなかったが、番台には苔生《こけむ》したように苔子《こけこ》が居坐っていて、退屈極まりないと云わんばかりの顔でラズベリー味のグミキャンディを奥歯で嚙み締めていた。クチャクチャ動く口だけが苔子を動物たらしめる唯一の証拠であった。腿太郎を見ても面倒臭そうに赤く染まった下唇を突き出すという必要最低限の動きのみで、声すら出さなかったが（息もしていないんじゃないかと博士は思ってる）、毎度のことなので気にもならない。差し当って男湯の暖簾を潜った。男湯は湯船が三つ、「熱い湯」「もっと熱い湯」「ぬるい薬湯」（広い順）と並んでおり、壁には富士山ならぬ大蛇と大蝦蟇《おおがま》と大蛞蝓《おおなめくじ》が三すくみどころか三つ巴で組んず解れつしている光景が極彩色で描かれていて、湯浴みに来る男達の目を楽しませていた。女湯も男湯と同様の作りであるものの、壁の絵は北斎の百物語より「さらやしき」と「お岩さん」と「こはだ小平二」がこれまた三つ巴で組んず解れつしている光景が極彩色で描かれていて、湯浴みに来る女達の目を楽しませているが、それは知らず腿太郎が三すくみ大戦争を感心してるんだか寒心してるんだか眺めていると「坊主、お前はここで働け」と湯気太郎博士がデッキブラシを放り投げた。それは腿太郎の足下のタイルに落下した。

「昨日三助が辞めたばっかだ、」博士は云った、「俺が風呂掃除をしてもいいんだが生憎多忙だ。あの番台に座ってる女は番台から一歩も動こうとせん。飯喰う時と寝る時は別だが、寝食も番台で済ませることも珍しくない札付きの怠け者だ。だからお前が今日から三助だ、三十三代目三助だ。分かったな」という訳で、分かったのかどうかは知らぬが、腿太郎は特に文句を云うでもなく、その日から〈湯気湯〉の三十三代目三助としてタイルを磨いたりボイラーで湯を沸かしたりの日々を過すこととなった。精励するでもなく淡々とこなしたが、塩漬けの腿は肌身離さなかった。手で持っているのは邪魔なので、苔子から貰った道端の苔みたような色の毛糸編みの袋に入れて肩から提げて勤務した。苔子が番台でしていることで唯一生産的な作業は編み物で（何を編んでも道端の苔にしか見えなかった）、その他は客から入浴代やらシャンプー代やらタオル代やらフルーツ牛乳代を徴収して釣りを返すか返さないか、若しくはグミやらチョコやら出前のあんかけ炒飯やらをモグモグしてるか、さもなくば冬眠中の山鼠《やまね》みたく寝てるかだった。

「何だってあの糞可愛くもない万年発情期の餓鬼を雇ったりしたのさ」鞭子は博士の丸出しのお尻ペンペンしながら聞いた、「物好きなこったぁね。スパンキングスパンキング。ペチペチ」

「ネエチャンに自分のケツ叩かれて喜んでる人間が物好きじゃねえ訳ぁ無かろうが。あうち。あの坊主、百恵の腿から目を離さねえ。あうち」

「あの塩漬けを取り上げようってか。ペチペチ」

「あうち」

「んでもって百恵って誰さ。まだ教えて貰ってないけど。スパンキングスパンキングスパンキングスパンキング」

「あうち。あうち。あうち」博士は悶絶した。その喜悦の叫びは〈飴と鞭の御殿〉から山彦となってコミュニティ中に轟き渡り、コミュニティ民達をニマニマさせた。あうち。あうち。あうち。


或る日、GさんとBURさんが揃って〈湯気湯〉に行くと、のろまなドブ鼠みたくウロチョロしてる三助が腿太郎だったので驚いた。

「何やってるんだ」Gさんが云った。

「この親不孝者が」BURさんが云った、「家ぶっ壊しやがって」

「GさんとBURさんこそ何しに来た？」腿太郎が云った。

「風呂屋に来たんだから風呂入りに来たに決まってんだろがバカタレ」BURさんが罵った、「あれから儂等は野宿で軀がドロドロに汚れてるんだ、夜露を凌ぐのも大変なんだ」

「二人とも裸だろうが見れば分かるだろうが」Gさんが罵る手前の寸止めで云った。

「ああ、」腿太郎は見栄えのしない全裸のGさんとBURさんを見つめて「んだな？」とだけ云っていづくへか姿を消した。それと入れ替わりに湯気太郎博士が「これはこれはこれは、転んでも風呂なんざ入らねえGさんとBURさんじゃねえか。椿事《ちんじ》だな、真夏にかき氷が苺シロップごと空から降って来るかも知んねえや。何。家が壊された。あんたら家なんか無くたって全然大丈夫だべ」と大袈裟に騒ぎ立てながら出迎え、脱衣場にケポッと突っ立っていた二人を四の五の云わさず浴場へと押し込んだ。その後も「浪花恋しぐれ」の節に乗せて**「メンズビィィオォレでぇ　チンコも洗う〜ぅ♪」**などと口ずさんでおり、どういう風の吹き回しか上機嫌だった。その理由はそれから間もなくしてやって来た。

「やぁやぁやぁ、」と云いながら飽食なのか栄養失調なのか腹を膨張させた毛深い男が姿を見せたのである。腹だけではなく、体軀全体が気球みたように腫れ上がっているから九分九厘飽食であろう。博士は飛んで出て「どぉもどぉもどぉも、」と歓迎の意を表した。

力《りき》口《ぐち》山《やま》雄《ゆう》三《ぞう》（横書きでないと意味の無い名前）はGさん云うところの「ふぁっきんコミュニティのふぁっきん初代コミュニティ長」だった。今はコミュニティ長の座を義理の息子（娘の婿）に譲り、悠々自適且つ無敵の日々を送っている。日頃不遜な態度で押し通している湯気太郎博士も嬉々としてヘツラっている。その姿を番台で編み棒を操りながら苔子が死んだ魚の眼で眺めている。

「やぁやぁやぁ今日は例のアレは沸いとるかなぞな、もし」初代コミュニティ長はインチキ方言で聞いた。

「沸いとるですがな、もし」博士も普段はこれっぽっちも使わないインチキ方言で喋るので、苔子の眼が益々死んだ。ぞなもしがなもしで手の合ってるんだか合ってないんだかな遣り取りの挙句、これまた二人揃っていづくへか姿を消した。苔子は一部始終を見届けた後、番台の蔭から黒電話と中華料理屋のメニューを手品師が鳩を出すみたく忽然と顕現させると、ダイアルを廻して話し出した。

「……あ、もしもし。《激殺邪道軒《げきさつじゃどうけん》》さん？　うん、《湯気湯》。上から読んでも下から読んでも《湯気湯》。……そうよ苔子だよ。……うん。そう……やだ、そんなんじゃないよ。だから……違うって。出前頼むんだから。そう。じゃあ鱶鰭《ふかひれ》スープと鱶鰭の姿煮と鱶鰭あんかけ炒飯と鱶鰭あんかけラーメンと餃子、勿論鱶鰭入り餃子よ、それと八宝菜。……え？　そうよ、全部アタシが食べるの。当然じゃない……やだ、違うったら。八宝菜に鱶鰭入ってる訳ないじゃん、フツーの八宝菜。そうそう、そうなのよ。ヤングコーンは入るに決まってるじゃない、八宝菜よ、フッツウウウウウの八宝菜よ。……じゃ直ぐに出前して頂戴、よろしくね～」普段の寡黙を全否定したかのように捲し立てた上で受話器を下ろすと、黒電話とメニューを仕舞い込んだ（と云うよりもかき消した）。

「相変らずよく喰うねえ」と妙に籠った金切声で話しかけて来たのは、常連客の「病《や》み将軍《しょうぐん》」だった。

先天的だか後天的だか知らぬが顔から何から全身疣《いぼ》だらけで、コミュニティ近隣では文字通り忌み嫌われている。普段着用しているお高祖《こそ》頭巾を取っても更にその下の服を脱いでも疣だらけのイボイボなので、一緒に入浴する者達は避けて遠ざけ、結果、病み将軍は「ぬるい薬湯」に隔離され、この白濁した湯船は病み将軍の寡占状態となっている。コミュニティに棲むコミュニティ民達は「あの気色悪いイボイボと共に風呂入りたくねえ」「疣が伝染る」と、〈湯気湯〉に抗議をしているのだが、湯気太郎博士は**「旦那様でも下男でも～ぉ、お風呂入る時ゃ、みんな裸～ぁ♪、だべ？」**と意に介さず、他の入浴客と同様に扱った。これは博士の人権意識の表れ、でも何でもなくて、病み将軍が金持の家に生まれた特権階級の御子息だか御令嬢だかで、特権的に風呂代を倍以上はずんでいるからである、といったような事実をコミュニティ民達は皆知ってるし、博士もコミュニティ民達が皆知ってることを知ってるが、んなことは一切口にしない、それが風呂屋稼業、風呂屋渡世である、との博士の営業理念であって、それは問わず語りに番台の苔子も心得ていた。大体苔子は、客に疣があろうが無かろうが全く興味が無かったし、風呂代だけ貰えればそれで良かった。だから己の食欲全開への指摘に対しても「つるせえな」と単簡な反応しか示さなかった。更に続けて「何を喰ったらんなイボイボだらけの軀になれるんだかねえ」と不躾な言葉まで吐いた。慣れっこの病み将軍はケラケラと耳障りな声で笑って「何もかにも、あんたらとおんなじもの喰ってるわよ」と云った。因《ちなみ》に病み将軍は男湯だろうが女湯だろうがお構いなしにその時々の気が向いた方に入るが（「ぬるい薬湯」は男湯女湯の双方に常備されている）、それは受け入れる側も承知していた。博士はどうだか知らぬが、苔子は病み将軍の性別を未だに把握出来ていないし、する必要すらないと判断していた。どだい、脱衣した病み将軍は全身の皮膚を無数の疣に覆われているので、乳房だか疣だか乳首だか疣だか男根だか疣だか女陰だか疣だか頓《とん》と不分明で、性別を超えた疣の塊としか云い様が無かった。病み将軍が湯船に浸かるべく裸になると、男湯女湯を問わず客達は血相を変えて逃げ出す。本日は女湯だったが、芋の子を洗う裸女群が蜘蛛の子を散らすように浴場を脱走し、伝説のラジオドラマ『君の名は』なんぞ目じゃない迄に女湯は空っぽになった。病み将軍は下々の者どもの反応なぞ意に介さず、「ぬるい薬湯」にその身を横たえた。気持好さげであるんであろうが、顔を見ても目だか疣だか鼻だか疣だか唇だか疣だかという状態なので「気持好さげであるんであろう」と苔子は推測するしかないし、それ以上の興味も穿鑿欲も苔子には皆無だった。苔子の目下の興味は病み将軍より鱶鰭の満漢全席である。食欲はあらゆる欲望に優るのである。「腹減った」苔子はブスッと呟いた。

　苔子がヒモジがっていた頃、湯気太郎博士と力口山雄三は浴場の裏にいた。博士は初代コミュニティ長に新式の浴槽の説明をしていたのだった。

「この風呂はだな、」自信満々で語る博士の言葉は既にヘツラいもインチキ方言も無くなっていた、「空前にして恐らく絶後の風呂なんだ」

「これが？」力口山は胡散臭げに浴槽を眺めた。それは何ら変哲のない湯船であった。いや、四つある側面の一つに珍奇な形状の小さな突起が飛び出ている。

「こりゃ何だ、」力口山は突起を指して「チンポコか、それともポコチンか？」

「おんなしだろうが、そりゃ」博士は指摘した、「一世一代の大発明なんだぞ。これは」云いながら、件の突起を抓《つま》んで引っ張り上げた。それはチンポコ（或いはポコチン）ならぬチンポコ（若しくはポコチン）型のマイクロフォンだった。

「風呂入りながらカラオケ歌うか」初代コミュニティ長は興味の無さを隠さずに云う。

「ま、カラオケと云えばカラオケじゃがな、そんじょそこいらのカラオケとは訳が違うんだ」悦に入って語る博士のマイクを握る右手の小指が立っていた。顔を顰《しか》める力口山に今度は「俺の新しい超能力の話を聞きたくないかね」と云い始めた。

「博士の『新しい超能力』？　清ミズケンタ郎が覚醒剤で捕まらない数以上に興味ないな。この前聞いた博士の超能力は『際限なく飯が喰える』とか云うのじゃなかったっけ？　それは超能力じゃなくして、只の大喰いだし、それが仮に超能力だとしても北朝鮮のスパイになるくらいにしか使い途は無い」

「待ちなさい、最後の『北朝鮮のスパイ』云々には反論があるぞ。今や『飢餓』という問題はアフリカを初めとして全世界的な問題なんだからな、何も北朝鮮の専売特許じゃあるめえに。だからこそ、**俺の小バヤシ旭の新しい超能力**を教えてやろうと云うとるんだ」

「何が『だからこそ』だか分からんし、『俺の小バヤシ旭の新しい超能力』という言葉の使い方は所有格が奈辺にあるかが不明瞭だな。その『新しい超能力』とやらは博士の所有するものなのか、それとも小バヤシ旭の所有するものなのか、どっちなのかも分からん。私も暇じゃないんだ、とっとと話を済ませてくれないか。博士と小バヤシ旭の共同所有物なのか、だとしたら権利関係はどういう割合なのか、小バヤシ旭が九割で博士が一割なのか、それとも小バヤシ旭が九十九パーセントで博士が一パーセントなのか、そこら辺がどうなのか説明して貰わなきゃ、埒が明かん」

「そりゃだから、あれよ。コミュ長も知っての通り、俺は小バヤシ旭の物真似が得意だ」博士は力口山を「コミュ長」と呼んでいるのだが、「コミュ障」としか聞えなかった。

「聞いたことはあるけどね。あれを得意と云っていいのかどうだか知らんが『小バヤシ旭の物真似をしている』という程度には理解してるがな。『あの娘をペットにしたくって〜♪』とかって甲高い声で歌うのが世間一般に流通している『小バヤシ旭の物真似』なんだったら得意だろうよ、決して特異ではないがね」

「俺は特異だ、いや違う、得意だ」熱に浮かされたが如く博士は語る、「云わせて貰うが、俺は『自動車ショー歌』だけ得意な訳じゃないんだ、『ダイナマイトが百五十屯』だって『昔の名前で出ています』だって『熱き心に』だってカラオケで歌い切ってるんだぞ。本家本元の小バヤシ旭以上に小バヤシ旭だ」

「確かにスナックでマイク代りに風呂掃除用の棒束子《たわし》やらフライドチキンやらを片手に得意満面で歌ってたのは腐る程見てるから知っているけどな、『小バヤシ旭以上に小バヤシ旭』とは全く意味が分からない。本家以上の本家なんてあり得ないだろうが。オリジナルを超えた物真似というのはあるかも知れないが、結局それでもオリジナルじゃない。よく出来たインチキ以外の何物でもない」

「コミュ長の云い方は何時も身も蓋もねえなあ。そこんとこ気をつけた方がいいと思うぞ。デリカシィがない」

「デリカシィがないだと。貴様の方が余程無神経だ。んで、どうした。インチキ小バヤシ旭のとどのつまりはどうした」

「俺はな、小バヤシ旭が近づいただけで分かるんだぞ」博士は胸を張った。

「意味不明」力口山は切って捨てた。

「まあ聞きな。つまりはだな、俺の半径五百米以内に小バヤシ旭がいるとするだろ、するってえと俺は気配を感じるんだ。同じ体質だから可能なんだ、俺も小バヤシ旭も『小バヤシ旭体質』だからな」

「『小バヤシ旭体質』って何だ」

「更に『小バヤシ旭体質』の凄いところはな、『小バヤシ旭のそっくりさん』のいる位置まで分かるんだなこれが」

「質問の答になってない。あと、それが何の役に立つんだ」

「総ての能力とか才能ていうのはな、『何の役に立つか』が問題じゃないんだ、分かるかコミュ長。先ずその能力なり才能なりが存在して、その能力なり才能なりがどのように役立つかがそっから検討されるものなんだ。物事には順序ってもんがあるんだ、分かったかコミュ長」

「分からん」

「俺は魚群探知機ならぬ『人間小バヤシ旭群探知機』なんだな」

「知らん」

「この世の生きとし生ける小バヤシ旭と小バヤシ旭のようなものを一堂に会することだって可能だ。そしたらTOKYOドーム（「特許ドーム」という風に発音した）借り切って、この世の生きとし生ける小バヤシ旭と小バヤシ旭のようなもので『国際小バヤシ旭合唱団』を作って、皆で『燃えるオト〜コ〜の〜、あ〜か〜いトラクタ〜♪』と歌う、これが今のところの俺の野望なんだプイプイ」

「分からんし知らん」

「そんじゃフルーツ牛乳でも飲むかね」何処からか取り出したるフルーツ牛乳の瓶を勧めつつ**「北の街では もおぉ フル〜ツ 牛乳〜ぅ♪」**と、チンポコ（乃至はポコチン）型マイクに多量の唾液を吐きかけながら、森シン一ハダシの声で出任せな唄を歌った（森シン一も小バヤシ旭程ではないにせよ、博士の十八番の一つだった）。促されてコミュ長もフルーツ牛乳をゴクゴク飲んだ。「美味かろう」と博士が云うので「美味い」と反射的に応えてしまい、何か言質を取られたような、損したような心持ちになった。なので「小バヤシ旭とこの風呂と何の関係があるんだ」と苛立った言葉を吐いた。

「この風呂に入ってマイクで小バヤシ旭の唄を歌えば、誰でも『小バヤシ旭体質』になれる」

「だから『小バヤシ旭体質』って何だ」

「さっきから俺の話をちぃぃぃぃいっとも聞いてなかったのかコミュ障（**今はっきりと「コミュ障」と云ったぞこいつは**）」博士は軽侮の念を隠そうともせずに云う、「『分からん』『知らん』を繰り返して己の理解し難い概念を頭から受け付けようとしないからそういうことになる。俺の壮大なるプロジェクトの素晴らしさに全く想いを馳せることが出来ん、哀れなる哉コミュ障」

「おい今『コミュ障』って云ったな」

「そいつぁ被害妄想だな、」博士は一笑に付して「フルーツ牛乳を飲めば少しは頭がすっきりするかと思ったんだが。これだけ云っても分からねえか。つまりはだ、これは何を隠そう、**小バヤシ旭風呂**だ」

「**小バヤシ旭風呂**」力口山は脳が停止したまま博士の言葉を反芻した。

「だから、だっかっらカンパをお願いしたい。この世の生きとし生ける小バヤシ旭と小バヤシ旭のようなもの——勿論俺も含めての話だ——のためにコミュ長の力をお借りしたい。**小バヤシ旭風呂**の開発と発展そして実用化に是非是非ご協力を仰ぎたい、この通りだ」土下座するフリだけした。

「お借りしたいのは力じゃなくて、金だろ」力口山は**（こういう時だけちゃんと「コミュ長」と云うんだこいつは）**反射的に云った。

「おっとコミュ長察しが早いじゃねえか察しが早いじゃねえかコミュ長」博士は土下座の真似なぞカナグリ捨てて欣喜雀躍し「やっぱコミュ長は話が分かるぞ話が分かるぞコミュ長は」おだててすかして一《ひと》頻《しき》り大騒ぎした。その姿を呆然且つ端然とコミュ長こと初代コミュニティ長こと力口山雄三が眺めていた**（またこいつに搾り取られるんだ）**のとほぼ同時刻、番台の苔子は三十度目だか三十一度目だかの「腹減った」発言をしていた。

さすれば怖い蟹、いやさ此は如何に、それを見透かしたかの如く、三十度目だか三十一度目の正直で、「ちーっす」と云いながら、男湯（病み将軍が入っていない方）の湯船の中からザバッとお湯をかき分けて、ウェットスーツ姿の出前持ちがウェットスーツ姿の岡持を携えて出現した。折悪しく仲良く入浴していたGさんとBURさんが悲鳴を上げてパニックを起し、湯船で共に溺死しそうになった。その惨状には見向きもせず、出前持ちはズカ、ズカと風呂から番台まで歩みを進めると「ウチの店とこちらの湯船が秘密の地下通路で繋がってるんで、こういう出前の仕方をしてるんでさ」湯の滴を滴らせながら云いつつカッコつけてゴーグルを外した。カッコつけても糸瓜《へちま》が戸惑ったような顔が出て来るだけなので、全然「カッコイイ」が板についてない。「カッチョイイ」にすら至っていない。有体に云ってショボイ。でも折角の昼飯を運んで来た相手に思ったままを云う程の莫迦でも無礼者でもない苔子は「お湯も滴るイイオトコだねえ、ありがと」と事務的にでもネギライの言葉を忘れなかった。

「ありあっす」出前持ちは端折った礼を返すと「ええと、ご注文の品はっと、鱶鰭スープと鱶鰭の姿煮と鱶鰭あんかけ炒飯と鱶鰭あんかけラーメンと鱶鰭入り餃子と鱶鰭抜き八宝菜ヤングコーン入り。以上でようがすか」云いながら岡持から手際よく岡持専用ウェットスーツを剝し、どう考えても岡持の容積を軽くオーヴァーしている量の料理を次から次へと取り出しては床に置いていった。

「ねえちょっと念のため聞くけどさ、」苔子は聞いた、「鱶鰭入り八宝菜ってあるの？」

「ありますよ。でも八宝菜には鱶鰭要らないというご注文だったから」

「なーんだ。損しちゃったな。八宝菜に鱶鰭が入ってるんだったら注文すりゃ良かった」

「でもご注文通りヤングコーンは入ってます。若干増量してあります。あと鱶鰭はないけど鶉《うずら》の卵は入ってます」

「ありがと。ま、鶉の卵は基本だもんね。いたらっきやあぁす」並べられた料理を片端からガツガツ喰い始めた。

「お代を貰ってないです」相変らずお湯をボタボタ垂らしながら出前持ちは指摘した。

「博士持ちだから」と応えると「博士は今何処にいるんですか？」と聞くので「どっかに行っちゃったみたい。ツケといて」と云った。

「困るなあ。ウチは『いつもニコニコ現金払い』が基本理念なんですがね。じゃあ喰い終った皿は明日また湯船の前にでも置いといて下さい。営業の邪魔になるんだったらウチの店まで持って来て下さい。その時に代金も耳を揃えて払って下さい。それも面倒だったら犬の餌の食器に使って下さい。もし犬飼ってないんだったら飼って下さい。野良犬、近頃増えてますし。この前も白っぽい犬がここいら界隈をウロチョロしてるの見掛けましたし。功徳でさ。まいだあぁりぃ」出前持ちは「毎度あり」を「マイダアリン」みたく発音すると、岡持にウェットスーツを被せ、自分も無駄にカッコよくゴーグルを嵌めると、出て来た湯船にドボーンと派手なお湯飛沫を立てて潜ってしまった。長湯が好きなGさんとBURさんはまたしても溺死寸前のテエタラクと相成ったが、苔子は鱶鰭三昧のランチを頬張って喰い散らかして胃袋にシコタマ詰め込むことに余念が無くて、客が溺れようが死のうが知ったこっちゃなかった。だから、野良犬への功徳なんぞ何をか云わんや、である。

　苔子がランチを綺麗薩張《さっぱり》と平らげ、育ての親が湯船でアップアップしていた頃、腿太郎は例の如く毛糸の袋に入れた産みの腿をぶら下げて、〈湯気湯〉の内外を偵察と彷徨を相半ばした様式で歩いていた。するってえと、犬も歩けば棒に当るの喩えよろしく、銭湯絵師の腕太郎と出会った。

「俺は銭湯絵師の腕太郎だ」銭湯絵師の腕太郎はペンキ缶数個と同じ数の刷毛、その他諸々を持って自己紹介した。

「儂は腿から生まれた腿太郎だ？」腿太郎は相変らず語尾を上げて自己紹介した。

「何故語尾にクエスチョンマークが入るかね、」腕太郎は不審がって「己のアイデンティティを確立しかねているのかな？　自分が『腿から生まれた腿太郎』だということに納得出来ていないとか何とか。俺は自分が『腕から生まれた腕太郎』という紛れも無い事実をとっくに自分の中で認識且つ消化してるからね。もしかして君に云わせればそれは『屈服』なのかも知れないが」

「あんた、腕から生まれたのか？」腿太郎は興奮して詰め寄った。

「今の語尾のクエスチョンマークは本当の疑問形なのかね。どうも今ひとつ区別がつかずしてややこしいな」腕太郎はペンキ塗れの指でペンキ塗れの鼻の下をポリポリ（遠慮がちなので「ポッシュポッシュ」という表現の方が適当かと思われる）掻きながら「如何にも俺は腕から生まれた。折角の産みの親の腕だから、『立ってる者は親でも使え』という古諺に倣って、三本目の腕として使ってるよ」と云って第三の腕を腿太郎の目の前にヌッと差し出した。それこそが鼻下をポリポリ（若しくはポッシュポッシュ）掻いてた腕だった。よく見れば若い男の腕ではなくして、干涸らびて皺ばんだ女の細腕、それも右腕である。しかも、その右細腕はデニムのオーヴァーオールの臍《へそ》周辺に開けた小さな穴からニョッキリと生えている。とんだ細腕繁殖期、いやさ「細うで繁盛記」である。

「この細腕から俺が生まれたかと思うと感謝感激で涙がチョチョチョチョチョチョチョチョチョギレるぜ。ウォウウォウウォォォォォウ」本当に泣き出したが嘘泣きっぽい。涙が顔にへばりついたペンキを溶かして流れ落ちる**（水溶性なのか？）**。

「でもよ、あんた、実の親をコキ使ってるんだろ？」腿太郎は非難がましく云う、「儂なんか、こうして、お守りみたく」とか口の中でゴニョゴニョ云いながら毛糸の袋から塩漬けの物件を取り出した。

「お～やおや、こ～れはこれは、本当に腿から生まれたのか君は。本当に腿太郎なのか。俺は腕太郎だよ。本当に腕から生まれた腕太郎だよ。云わば君と俺は義兄弟だよ」ペンキ缶も刷毛も放り出して三本の腕で腿太郎をハグハグした。

「でもよ、」ペンキ塗れになった腿太郎は問うた、「儂の産みの親の腿と、あんたの産みの親の腕と、本当に同じ人間の軀から生えてたものなのか？」

「当り前だの海苔セサミだろ」腿太郎の質問なぞ聞える筈もない場所にいる湯気太郎博士は以心伝心無関係に、力口山雄三に噛んで含めるように云う、「俺達が百恵の軀をバラバラに解体して各自分担して処理したことを忘れちゃいねえよなコミュ障、いやさコミュ長？」云いながらコミュ障ならぬコミュ長の三重顎（部分的には四重顎）を下から見上げて嫌味ったらしく云う、**「初月給、海苔セッサミストリ～♪」**序に替え歌を口ずさむ。

「俺だけにタカるというのは不公平なんじゃねえのか」初代コミュニティ長は憤懣に満ちて云う、「百恵をバラバラにしたのは貴様と俺との同期の桜だけでもあるまいに、他の奴等はどういう扱いなんだ。他の桜はどっかに散ってしまいやがったのか。あの夏の光と影は何処へ行っちまったんだワアワアワア」喚き出した。

「そりゃあれさ、」博士が宥めるように「コミュ長が一番の出世頭だからさ。他の連中なんざ何処でどうしているやら、頓と御無沙汰でやんす」

「それは不公平感だワアワアワア。格差是正を目指せワアワアワア。目の前にいる金持からだけ搾取するなんざ安易にも程があるぞワアワアワアワアワアワア」本当に騒々しくなって、ゴージャスな中華料理を夢中で貪り喰ってた苔子の耳朶《じだ》にも微かに響いた程なので、博士は「るせえ」と厚ぼったい掌で蠢き散らす唇を塞いだ。コミュ長は窒息して死んだ。と思ったので慌てて博士が掌を離したら中国の志怪小説的リアリズムで息を吹き返した。

「死んじゃうだろ」コミュ長はキレた。

「百恵はあのうら若さでとっくに死んでる、」博士は乙に澄まして「その癖していい歳こいて『死んじゃうだろ』とはみったぐねえ」

「貴様も同罪だろ」コミュ長は怒鳴った。

「じゃあその言葉を表に出て同じ音量で叫んでみな。出来るかに。云えるかに。滅多に喰えないかにかに」

「ウググ」コミュ長は口から泡を吹いた。

「だから小バヤシ旭風呂をひとつよろしく。小バヤシ旭風呂小バヤシ旭風呂小バヤシ旭風呂」

「五月蠅《うるさ》い。カンパすりゃいいんだろ。金出しゃいいんだろ。今度ウチに取りに来い」

「いや、そりゃ御免被る。闇討ちに逢っちゃ敵わんからな。郵便局振込でお願いしますわ、局長の痛風に俺の名前を云えば分かるようにしちょるから。毎度おおきに」博士は取って付けたようにホクホクの恵比寿顔でペコペコとお辞儀した。

「俺の産みの親の腕は裏山に埋められていたそうだ」腕太郎は腿太郎に説明した、「俺の育ての親は裏山に茸狩りに行ったそうな。さすれば、今まで見たこともない珍しい形と色の茸が腐葉土を擡《もた》げてそれこそニョッキリと生えていたそうだ。その茸はまるで若い女の腕みたような形だった。木の葉が空を覆い隠して暗い森の中でもぼんやりと蒼白く光っていたらしい。後に俺の育ての親となる人は怖さと好奇心を天秤に掛けて好奇心が勝ったから掘り出してみた。するとそれは茸じゃなくて本当に女の右腕だったんだな（そう云えば君の産みの親は左脚だな）。腕は軀から切り離されていたのに、まだ断末魔の蠢きをしていた。指なんかピクピクしていたらしいからね。五枚の爪の間には土がゴッソリとこびりついていた。地中深く埋められていたのに、怨みの一念で這い上がって来たんだな。俺は産みの母のそういう執念深さに敬意を表したいね。育ての親はどうしたものかとその場に立ち尽くしていたが、何とその腕が見る見る内に膨らんだかと思うとポン！と音を立てて裂けて、中から赤子が飛び出した。その赤子が育って今君の目の前に立っているのさ」

「ううう、」腿太郎は相手の立て板に流し素麺の如き語りに圧倒されていたが「儂も似たような生い立ちだ？」とだけ云った。

「な？　だから俺と君は義兄弟だ。それともパーツは違うとは云え、同じ女の軀から生まれたのだから実の兄弟かな？　まあいいか、んなことどうでもいい。俺は母親の仇を討つべくこれまで生きて来たんだ。君もそうだろう？」

「儂も似たようなもんだ？」適当に合わせた。

「それでな、俺は長じるに至って銭湯の絵を描く銭湯絵師になった。何故だか分かるか？」腿太郎が黙って答を待っていると「それは俺が銭湯が大好きだからに決まってるだろう」と自慢げに云った。

「親の仇がどうとかは関係ねえのか？」腿太郎は聞いた。

「それもある、」腕太郎は付け足しみたく云う、「銭湯は色んな人間が集まるからな、目星をつけやすいじゃないの。だからここにもよく来る。あれこれふっかけて何回もリニューアルさせて貰ってる。いいオトクイさんさ。あの湯気太郎博士も喰えない爺だから、この産みの親の細腕は未だに見せてない。風呂絵を描く時には『絶対に浴場には入るな、神聖なゲエジツ誕生の場には、如何に顧客であろうとてオトクイさんとて立ち入りは絶対に罷り成らん』とかなんとか見得を切っちゃったりしちゃったりしてよ、鶴の恩返しみたいな。あれ、君はその産みの親の腿をあの博士に見せちゃったのか？　見せちゃったのか。ヤバいな。あの爺は油断しちゃなんねえぞ、寝てなくとも寝首掻かれる手合いだからな。それからどうでもいいけど君はチンコがデカいな。デカ過ぎるな。そこまでデカいと羨ましくも何ともないな。いい仕事しそうにも見えないしな。足が三本あるようにしか見えないぞ」

「チンコはどうでもいい、儂はここで三助やらされてる？　三十三代目三助だとよ？」

「ここの三助は居着かないからな、何でだか知らんが。そんなに居心地悪そうにも見えないけどな。居心地良さげにも見えないけど。まあ君はどっちかっちゃあ丈夫で長持ちしそうだな」

「適当に云ったよな？」

「よく分かったな。まあ君はチンコデカいしな、ダイジョビだろ。チンコは関係ないか。俺は今日も新しく風呂絵を描かせて貰えるように売り込みに来たところだ。あの油断してたら寝首を掻く博士はいるかい？」

「今客が来てるみたいだ？」と云っておるところへ「やぁやぁやぁ、風呂絵描きよ」と腹黒い腹を出っ張らせて博士がやって来た。

「こんつわぁ博士。また絵を描かせて貰いたくて来ましたよ」腕太郎はペンキ塗れの顔を営業スマイルで輝かせて挨拶した。腿太郎は腕太郎の臍周辺を見直したが、既に第三の腕は影も形も無い。

「あんな怪体な絵ばっかり描きおって。お客の評判は散々じゃ。もう御免被るよ」

「まあそう云わんで、今後も御贔屓に願いますよ、ねえニュー三助君」いきなり振られて腿太郎は口をモガモガさせたが、声は出なかった。

「新人の三助君を紹介して下さいよ博士」

「馴々しい口を利くな絵描き」博士は洟を垂らした、否、鼻を鳴らした。

「おいちゃん絵描かせとくれよ、ねえおいちゃん」腕太郎は口を尖らせた、「ブーブー」

「だったら、あの気色悪い蛇やら蛙やらお化けやらをとっとと上から塗り潰してくれ」

「お有難うござい」

「もっと気色悪い代物を描くんじゃねえぞ」

**「あぁいあい、あぁいあい、お猿さんだにぇ～ぁっ♪」**と安易且つ無責任な返事を唄に乗せて腕太郎はその場をチャッチャカ退散した。後ろ姿をケポーッと見送っていると「仕事せんかい仕事」と発破をかけられたので、口モガモガを続行させながら、裏庭へ薪割りに行った。

　薪割りは案外と得意なのであった。〈湯気湯〉の裏手の風呂釜近く、広葉樹林に囲まれた小さな空地に薪割り場はある。何かの木の切株に斧がザックリ食い込んでおり、切株の傍らには薪用の材木が山みたく積まれている。腿太郎は首からぶら下げた産みの親に「母ちゃん今日もよぉろぉしぃくない？」と小さく呟くと、切株に深々と刺さった斧を難無くスポッと手に取った。そして、育ての親のBURさんがよくあやしながら歌ってくれた、このコミュニティに古《いにしえ》より伝わりし民謡（**「ワァァカメ 好き好きピチピチ〜ィ♪」**）を口ずさみながら薪を夏の浜辺の西瓜みたくパッコンパッコン割っておると（自分で書いていて今更気づいたが、これってミュージカルだったんだな。舞台化若しくは映画化希望とこの際はっきり書いておこう）、いづくよりか**「お前は何処のワカメじゃ？」**と野太くも粘着質に絡みつく声が轟いた。腿太郎は反射的に**「お前こそ何処のモチ麦じゃ？」**と返した。薪割り場に殺気漲《みなぎ》る沈黙が流れた。

「……『何処のモチ麦じゃ』とは、如何なる根拠で云うておるのじゃ？」声は探るように問うた。

「分からいでどうする？」腿太郎は返した、「お前の声質がモチモチだ？」

「そんなモチモチした声か」

「あ、モッチ、モッチ、モッチモチだ？」腿太郎は指摘した、「声にグルテンがシコタマ混ざっとるわ？」

「そうか」野太いが粘着質な声はそれだけ云ったが、落胆した響きを隠せていないのは無念だった。

「グルテンだ？」腿太郎は駄目押しで云った。

「繰り返すな」声は云った、「拙者とてグルテンとトコロテンの区別くらいはつく」

「隠れてないで出て来い、取って喰おうとか思ってねえ？」腿太郎が促すと、広葉樹林の奥から何やら白っぽい四足歩行の生き物が如何にも渋々感漂わせて現れた。現れたは良いが、腿太郎とは一定の距離を保ってそれ以上は近づこうとしない。

「何だ、犬か？」腿太郎は叫んだ。

「犬で悪いか」犬は犬らしからぬ野太い声（但し粘着質な声、腿太郎に云わせればモチモチした声）で云い返した、「今時犬が喋ったくらいで驚いてるなんざ、時代遅れ、時代錯誤、アナクロニズムにも程があるぞ、このタワケめが」

「別に驚いちゃいねえ？」腿太郎、「儂は人だろうが犬だろうが一切分け隔てはしないオトコだ？」

「ふふん、待たせたな」犬は偉そうに云った。

「別に待っちゃいねえぞ？」云いながら腿太郎は犬を改めて眺めた。限りなく百パーセントに近い確率で「シロ」と名付けられるに違いない低い純度の白っぽい毛並み、賢そうにも莫迦そうにも見える面構え、やる気なさげに振られる尻尾、見るからにアリキタリの「最大公約数的そこら辺に腐る程いる犬」だった。

「『喋れる犬』に文句は云わないが、それよかお前は態度がデカい？」と云うと「そう云うお前はチンコがデカい」と云い返すので「口の減らねえワンコだな？」と更に云い返した。よく見れば、アリキタリの犬のペニスはアリキタリの通常サイズなのだった。

「お前みたく月並なのよりデカい方がいいに決まっとる、大きいことはいいことだ？」腿太郎は失笑した。

「単細胞極まりない意見だ。肝腎なのは大きさじゃない、いい仕事をするか否かだ」犬は嘲笑した。

「いい仕事をするか月並な仕事をするかは知らねえが、そういうお前は何者だ？」

「貴様、よく聞いたな、拙者こそがモチ麦マンじゃ」そう応えると犬は後ろ足で立ち上がって月並なペニスを誇らしげに見せつけた。

「何だそれ？」腿太郎は冷淡に対した。

「そして拙者らこそがモチ麦メンじゃ」

「拙者らの『ら』って誰だ？」

「貴様だ」

「儂はお前の『ら』になり下がった憶えはねえ？　大体お前は『マン』じゃなくて『ドッグ』じゃねえか？」容赦無く問題点を指摘した。

「犬だろうがドッグだろうが心は錦だ。貴様、さっきは『人だろうが犬だろうが一切分け隔てはしない』とか云ってた癖に、分け隔てしてるじゃないか」

「これは分け隔てじゃない、人間と犬の区別だ？　犬だったら『マン』じゃなくて『ドッグ』だって親切に教えてやってるだけだ？」

「大体だな、」犬は突如憤懣を露わにした、「『教えてやってる』という言葉は明らかに自分等人間の方が立場が上だという増上慢から漏れた言葉ではないか。人間は犬に散々世話になっておきながら、立場が上の者にヘイコラしてる輩を『誰それの犬』だの『権力の犬』だのと云って憚らぬ。無駄な死に方を『犬死に』とは何と片腹痛い形容か。『夫婦喧嘩は犬も喰わぬ』だと。何故そこに『犬』という言葉が入るのか。人間は犬よりかゴキブリが余程嫌いな筈なのに、『夫婦喧嘩はゴキブリも喰わぬ』とは云わない。これは自分達に忠実な者への侮蔑感しか感じられなくて、非常に、甚だ、心底から憤ろしい。その癖一部の人間は、猫は自分達の云うことを聞かぬから『猫は犬よりも自主性がある』『猫は自分が御主人様だと思っている』等と胸糞悪い言葉を並べ立てる。恩を仇で返し、仇には目を細める、これが貴様ら人間だ。貴様らこそ奴隷根性丸出しではないか。強い者に媚び、弱い者は徹底して侮り、時には敵意を剝き出しにする。何処まで醜い生物なのか、貴様ら人間どもは。貴様らは。人間どもは。貴様らは。人間どもは。貴様どもは。グゥルルルルル」牙を剝き出し粘った涎を垂らし、今にも腿太郎の喉笛に喰いついて噛み切らん風情なのを見て、鈍感な腿太郎も「ヤベ」とか感じて「まあ待て？　いや、待って下さい、か？　そういう人間も多いが儂は違う？　誓って違う？　生きとし生ける者皆平等だと日々念じて生きておる？　生きております？」と弁明に余念が無かった。

「語尾に疑問符がつくのが最前よりどうにも気に喰わないのだが、」犬は牙を徐々に収め、涎も逆廻転で口中に戻しながら「真に対等な関係性を求めているのであれば拙者も殊更に貴様を敵視するものでもない。その上で改めて云うが、拙者こそがモチ麦マンじゃ。そして拙者らこそがモチ麦メンじゃ」繰り返して元の四足歩行体制にも戻った。

「モチ麦メン、いーじゃなぁぁぁい？」腿太郎はその場凌ぎで心にもない言葉を吐いたが、自分で書いてても、晴ノちっく・たっくとか高マツシゲおとか読んでいる側には分からないだろうとは思いつつも、晴ノちっく・たっくなんて自分もリアルタイムで知らないんだから構わず書いているのだし、「これが最先端のギャグだ」と誰かしら影響力のある奴がそう云えば、嘘でも何でも信じる程度に人間は愚かしいものなのだという点に於いては、作者も犬とは立場を同じくしている。そこんとこは大いに旗幟《きし》を鮮明にしておきたいところである。

「これからモチ麦メンをどんどん増やしていくのだ」犬は血気盛んである。

「モチ麦メンは何人いるんだ？」

「拙者と、貴様。拙者がモチ麦マン第一号、貴様が二号」

「まだ二人だけかい？　一体全体モチ麦メンは何すりゃいいんだ？」

「『己がモチ麦マンだ』という意識を常に持ち続けていればいい、殊更に主張や活動等をする必要はない。今後もそうしたことを広く知らしめてモチ麦メンを一人でも多くしていきたい」

「何もしなくていいんか？」

「何もしなくていい」

「んじゃ、楽だな？　そんで『モチ麦マン』の『モチ麦』って何だ？」

「考えるな、感じろ」犬はブルース・リーの言葉を引用した、「大体『お前こそ何処のモチ麦じゃ？』と聞き返したのは貴様じゃないか」

「只の反射神経だ？　考えるな、感じろ、考えるな、感じろ、量を多めにして返してやったわ？　それでいいんかモチ麦マン？」

「モチ麦マンと呼ぶな。貴様だってモチ麦マンだろうが、名前で呼べ。貴様だって名前で呼ばれたかろうが、モチ麦マン第二号とか呼ばれたくなかろうが」犬は気短に牙を剝いた。

「お前はまだ名乗ってないぞ？」一々面倒な奴だと寒心しながら腿太郎は云った。

「ならば『猫』と呼べ」

「お前は犬だろ？」

「『猫』という名の犬なのだ、文句あっか」牙の先からまたもや涎が滴り落ちたので、それこそ反射神経で腿太郎は「文句ね？」と即答した。即答してから**（そう云えば儂斧持ってんだよな？　今度凶暴化したら斧でこのワンコのドタマ、カチ割ったろかいな？）**とも鈍い頭の中で思ったのだが、無論そんな素振りは見せない。

「そう云えば貴様さっき何か歌ってたな」猫という名の犬は牙を収めて云う。

「ワカメ好き好き、か？　いい唄だよな？」

「いい唄なのかどうかはよく分からんが、ワカメとは海の物だな。山の物じゃないな」

「それがどうした？　海藻は山菜じゃねえ？」

「そんな海の唄を何故こんな山ん中で歌うか」

「知るか？」

「事の起りは海だな」

「事の起りって何だ？　何も起きてないぞ？」

「貴様が生まれる前に起きたんだ。そしてこれからまた一騒動起きるかも知れない」

「儂は生まれてこの方、海なんて見たことないぞ、見たことあるウミは転んで怪我して黴菌が入った時の膿だけだ？」

「近い内に嫌って云う程見ることが出来るさ、『膿』じゃなくて『海』の方な。塩辛くて飲んだら死にそうになる水ばかりが何処までも拡がっている『海』をな」猫という名の犬は予言めいた言葉を吐くと「じゃあまた会おうぞ、薪割りの邪魔したな。さらば」と気障に云い残してその場を去った。犬の捨て台詞で我に返った腿太郎は手にした斧に目をやってから一拍置いて薪割り作業フル稼働に精を出した。パッコン、パッコン、パッコン。セッセ、セッセ、セッセ。喋ったかと思えば口を突いて出るのは屁理屈ばかりの犬の相手よか薪割りの方がよっぽど楽チン赤チンビザンチンである。

　病み将軍が長風呂を終えて〈湯気湯〉を後にし（その後、三十三代目三助である腿太郎がデッキブラシで湯船もタイルもゴシゴシ磨かされたのは云うまでもない）、漸《ようよ》う女湯にも客がチラホラと戻ってきた頃おい、そしてGさんとBURさんも這々《ほうほう》の体でとっくに帰った頃おいに、「一風呂浴びに来たよ」と云いつつ悠然と顔を見せたのは痛田風太郎《つうだふうたろう》、このコミュニティ界隈では「痛風」の愛称（正確には蔑称）で知られている一廉《ひとかど》の名士である。手っ取り早く云えば郵便局長である。「郵便局長」という肩書が鄙《ひな》びたド田舎に於いて甚だしく強き権力を発揮する現象の所以や由来をここでは兎や角調査したり穿鑿したりする余裕はないが、このド田舎いやさコミュニティでも例外ではなく、痛風はデカい面して（元来顔がデカい）肩で風切り（肩幅が広い）ノシノシと練り歩く（体重が重い）。練り歩いたところで狭い一区画、井の中の蛙である。近隣の者どもには秘かに莫迦にされている。莫迦にされてはいるが、莫迦にしている者どもも同様にコミュニティから離れたことのない井の中の蛙なので、表立っては莫迦にせず、本人のいない場で陰険陰湿に莫迦にしている。だが鈍根な痛風は、蔭で自分が莫迦にされていることすら気づいていない。だから面と向って「痛風」と呼ばれても、自分が皆に親しまれていると勘違いしており、至って鷹揚なものである。そのことを知ってか知らずか（勿論知ってる）、苔子は「痛風さんまいど〜」と出迎え、博士も「よお来たか痛風」と声をかける。悪気はないが莫迦にはしている、いやもしかしたら悪気もあるかも知れない。

「一風呂浴びて汗を流したいねえ」太平楽に悪気を感じていない痛田風太郎は、デカい面を脂汗でテカらせている。春夏秋冬四季を問わず汗でベトベトしているので、見ている側が暑苦しくなってくる。

「ああ、とっとと汗を流してくれ。鶏の丸茹でみたく脂の抜けたスベスベお肌になっとくれ。それから風呂上がりに鳥渡俺のところまでスベスベになった顔を見せとくれ」博士は色々と注文した。

「あいつが風呂に入ると灰汁が浮いてくるんだ」痛風が男湯へと飛んでいくと博士は苔子に云った、

「脂も浮くんだ。人間しゃぶしゃぶ、いや人間参鶏湯《サムゲタン》かな」

「しゃぶしゃぶでも参鶏湯でも何でもいいですよ」苔子は口では咀嚼、手では編み物をしながら器用に喋った、「どうせ新入り三助に掃除させるんだし」

「そりゃそうだな。時にあの三助はどうだ。よく働くか」博士は苔子に訊ねた。

「チンコはデカいよね」答になっていない答で会話は曖昧に終了した。

一風呂浴びて汗を流して灰汁も脂も抜けた痛風がスッキリしたデカい面（その傍から脂汗が既に滲ん

でいるのだが）を博士の前に出すと、博士は最前にコミュ長に開陳した小バヤシ旭風呂の開発と発展と実用化への協力と寄付をまたもや求めた（より正しく云えば脅迫した。内容はほぼ同じなので割愛する）。

「人の足下見やがって」痛風は気色ばんだ。

「んなこと云うけどよ、あんたは郵便局長だろ。地元の有力者だろ。有力者だったら金持ってるよな。金持は文化事業には金を惜しみなく注ぎ込むのが義務だぞ」

「小バヤシ旭風呂が文化事業か」吐き捨てるように云う。

「百恵の死体をバラバラにするのと同じ程度には文化事業さね」

「黙れ」

「金を寄越すまでは黙らん」といったやっさもっさな遣り取りが交わされた挙句に、痛風もコミュ長同様、カンパすることに同意せざるを得なかった。痛風の郵便局振込ということでシャンシャンとなった。

「コミュ長からも振込がある、」博士は痛風に告げた、「横領なんぞは考えないこったな」

「そんなことするか」デカい面をまたも脂汗でテカらせてるので「も一回、風呂入るか？　風呂代は一回分にマケてやる」と勧めると、痛風は「ケッ」と云いながらも渋々と博士の言葉に従い、元を取るためなのか長時間湯船に浸かって、結局湯中《あた》りになった。

「フルーツ牛乳、口移しで飲ましてやんな」脱衣場に全裸でのびてる痛風を見ながら博士は苔子に云った。

「冗談でしょ。嫁入り前のアタシが、何が悲しくてこんなギトギトの人間参鶏湯にフルーツ牛乳口移しなんざ」苔子は断固拒否し、痛風の股間に生えた皺だらけの逸物に蔑んだ一瞥を投げかけた。蔑まれた逸物は萎縮して一層皺クチャになった。

腕太郎は〈湯気湯〉に三助が居着かずに何代も替ることに疑問を呈していたが、腿太郎はその理由を三助になって早々に知ることとなる。毎晩の如く、苔子が夜這いをかけて来るのである。苦手な奴にはとことん苦手な環境であろう。腿太郎はどういう情況だろうが構わない鈍感力に恵まれているので、てんで苦手ではなく甘手（そういう言葉の使い方はないが、今作った。指圧や骨董の世界でそういう言葉を使うらしいが、それも今知った）だった。手っ取り早く云えば、腿太郎の童貞を奪った相手は苔子だった訳だが、誰が最初だろうが最後だろうが一向に無頓着な腿太郎なのであった。極端な話、女でなくて男だったとしても差し支えなかったろう。いや人間以外の生き物でも気にしなかったかも知れない。甘手どころか無味手なのかも知れない。来る者は拒まずの姿勢を貫く、と云うよりか単に感動がないのだろう。

苔子にしたところで、自分から男の許へ忍び込んで来る割には、番台に座っている時同様退屈極まりないという顔をして、相変らずガムだかグミだかをクチャクチャ嚙みながらやって来る。昼間と同じく興奮した様子はまるでない。おまけに編み物道具一式まで持参して来る。苔子の容姿について今まで特に描写はしなかったが、要は道端に生えている苔程度に目立たない、描写するには一番難しい顔である。目と鼻と口がある、端的に云えばそういう顔である。ただ、食欲も旺盛ならば性欲も輪をかけて、頗《すこぶ》る付きで大旺盛であった。苔子は腿太郎が寝ているところへズカズカと踏み込むと、何の前置きの言葉もなく着衣、具体的には苔みたような色としか形容しようのないワンピース（だかアッパッパだか）を脱ぎ捨て、描写するのもためらわれる裸体（**下着って何？**）を剝き出しにして絡みついてくるのである。腿太郎は拒絶するのも面倒なので、やりたいようにやらせている。面倒だから着ているのを脱ぐのも億劫なので、苔子が勝手に腿太郎の下半身だけ露出させると、その上に跨がってくる。腿太郎は全く動かない分、苔子は全力で上下運動をやらかす。ハッスル、ハッスル、ハッスル。パッコン、パッコン、パッコン。セッセ、セッセ、セッセ。その間も口の咀嚼は止まない。これだけ激しい動きをすれば声の一つくらい漏らすのが当然だろうに、全くの無声、沈黙、サイレントである。いや、クチャクチャという咀嚼音だけは闇の中で聞えている。腿太郎の巨根は上下左右からの肉襞の摩擦攻撃に刺激され、本物の二本足の三倍以上に怒張した。人間の脚の三倍もの長さと太さを余裕で受け入れる膣とは一体どのような代物なのか、ドラえもんの四次元ポケットみたようなものか、覗き込めばそこには銀河系が一望出来るのだろうか。しかし少なくとも今は銀河系を確認出来る筈もない体位であるし、実は腿太郎は銀河系を特に見たい訳でもない。差し当って気持よければそれでいい、初めて味わう快感に身を委ねればそれでいい。苔子も常に比べて手古摺っているのか、額には柄にもない汗が光り、クチャクチャの音もハッスルハッスルハッスルの頻度も激しくなっていく。腿太郎は苔子に任せてマグロである。しかし本物のマグロは回遊魚で、常に泳いでいなければ死ぬらしい。あの猫とかいう名前のしゃべくり犬だったら
「人間はマグロを散々刺身やら葱鮪《ねぎま》鍋やらに改造して喰っておきながら、マグロを莫迦にしているのは

片腹痛い」とか云うだろうが、この時点で腿太郎は犬とは出会っていないから想い出す訳がない。実は記述の時制は遡っているのである。

一戦交えて、腿太郎（本人）の腿の間に生えた第三の脚からは、栓を抜く前によく振った炭酸飲料みたように白い粘液が噴出して留まるところを知らなかった。それに伴う快感も留まるところを知らなかった。腿太郎は黙って仰向けになったまま噴出させるに任せていたが、苔子は疲労困憊したらしく、膣を紙で拭っている手もノロノロとして力がない。咀嚼音も耳を凝らさなければ聞えない程に微かな響きとなっていた。喩えて云えばクチャクチャがフニャフニャに変っている。

その時、腿太郎が肌身離さず持っている腿、産みの親である腿、湯気太郎博士が「百恵の腿」と呼んだ塩漬けの腿が、蜘蛛か大蚊《ががんぼ》みたく自ら動いた。指の爪先を器用に操りながら、腿はカサコソと苔子に近づくと、必要最低限の肉すら削ぎ落としたような尻を擽った。苔子はその夜初めてケラケラ笑って「何だよ、もういいよ」と云いつつ振り向いたが、自分の尻を擽っているのが何か確認するや「こいつ、器用な真似すんじゃん」と呟いた。腿太郎は何と云っていいか分からなかったので「うぁ？」とだけ声を発した。かくして苔子は腿に敬意を表したのかどうかは知らないが、手編みの頭陀《ずだ》袋を腿太郎に進呈した。「これに入れて持ち歩きな、不用心だし」とブッキラボーに云いながら押し付けるので、腿太郎も「あ。有難う？」とブッキラボーに礼を返して有難く戴いた。ブッキラボーなのは照れ隠しなのかどうなのかは分からない。大体がその晩以来、毎夜の如く苔子と腿太郎は媾合しているのであって、照れも何もなさそうなものだが、その気分は腿太郎自身には分からなかったし、苔子もよく分からなかったろう。三十二人の三助は苔子の夜這い攻勢に我慢出来ずに逃散したのだろうが、三十三代目の腿太郎にして某《なにがし》かの一致に及んだのだろう、知らんけど。腿太郎は単純に「キモチイことはイイことだ」と思っていた。

「単純なのはイイことだ。時に昼飯は喰ったのか」そんな生活及び性生活を送っている腿太郎が薪割りをしていたんだかしてるフリをしていたんだかどっちかなぁ的な或る日の昼時、湯気太郎博士が聞いてきた。逆にてめえは喰ったのかと問い返したくもなったが、概ね昼の博士は丸ちゃん赤いきつねと緑のたぬきを一緒くたに丼に空けて湯をかけて四五分程度待ってから冷や飯をブチ込んだ「総合食」を喰っていた。曰く「栄養のバランスがなくていい」のだそうである。流石の腿太郎も「総合食はぞっとしない」と思っていた（「ぞっとする」でも可）。

「遠慮しときます？　自分でお金出して何か喰いますから？」

「『自分でお金出して何か喰います』ってか？　いい御身分じゃねえか莫迦野郎」言葉とは裏腹に博士は何とも上機嫌である。

「そりゃもう、お給料貰ってるっすから？」腿太郎はヨイショした。苔子から「あの親爺はヨイショしとけば間違いないからさ」と入れ知恵されていたのである。年上の女性から教わることは多い。

「じゃあ苔子に頼んで分けてもらえ」

「苔子さんからグミを貰えるすか？」

「そいつぁ無理な了見だな。苔子からグミを貰える奴なんかこの世にはおらん。あいつからグミを取ったら何も残らんからな、命よりも魂よりもグミだ」

「どうすりゃいいんすか？」

「あいつだとてグミだけ噛んでりゃ後は何にも要らない、って訳じゃないぞ」博士は応えた、「『命よりも魂よりもグミ』ってな、あいつの精神面での話だ。例えば俺は命よりも魂よりも唄だ。しかし肉体は栄養を摂取しなけりゃ滅びてしまう。総ての生物は皆そうだ。苔子の出前のお裾分けに与《あずか》れ。何だったら出前取ってもらえ」

「出前ですか？　お金は自分で払いますぅ？」

「それは好きにしな」

　丁度、苔子は出前の電話をかけているところだった。腿太郎が余程腹を減らしてるように見えたのか
「……ちょっと待って。今ウチの新米三助がノコノコ来たから、何か追加で注文しなくちゃいけないみたい。いや『まいだあぁりぃ』じゃなくってさ（と、出前持ちに云いながら）何が喰いたいのさ」と話しかけた。

「喰えるものなら何でもいいっす？」

「あんた、石ころでも喰えるのかい。喰えなきゃ『喰えるものなら何でもいい』なんて云わない方がいいよ。石ころ山ほど配達させて残さず喰わすよマジで。排骨麺《パーコーメン》なんか好きかい。何さ、排骨麺を知らないのか。いいもん喰ってなかったんだね、同情しちゃうね。排骨麺奢ってやるよ。自分で金払うって？　いいんだよ、年上のオネエサンに任しとき。何。年下のオネエサンはいないってか？　よく若い女の子

を『オネエチャン』呼ばわりしてる親爺がいるだろ、ウチの博士とか典型的なそういう親爺だよ。博士んトコによく来てる親爺達がいるだろ、あの連中は揃いも揃ってそういうスケベ親爺さ。そういう親爺にはならない方がいいよ。だから排骨麵御馳走したるわ。あ、もしもし。《湯気湯》の苔子。うん、そうそう出前お願い。鱶鰭スープと鱶鰭の姿煮と鱶鰭あんかけ炒飯と鱶鰭あんかけラーメンと鱶鰭入り餃子と鱶鰭入り八宝菜、繰り返すよ、**鱶鰭入り八宝菜**だからね。ヤングコーンもマストよ当然。それと排骨麵。……何。違うって。鱶鰭抜きの排骨麵、普通の排骨麵。……え。鱶鰭入りもあるの？　そんなの邪道でしょうが。……え。ウチは《激殺邪道軒》だから邪道は王道だって？　何それ、如何にも『上手いコト云ってやった』みたいの。ドヤ顔が想像出来て反吐出るわ。……兎に角とっとと出前して頂戴な」受話器を置いて幾らも経たない内に**「うっきちいいいいいいいいいぃっす」**という妙な金切り声と共に、出前持ちが岡持を携えて参上仕《つかまつ》った。

「今日はまた随分と早いじゃん」とか苔子は暢気に構えておるが、到着時刻の早さよりも見るからに出前持ちの出で立ちが半端なかった。と、腿太郎は普通に思ったが、苔子の反応が鈍過ぎる。と云うのも、ミスター出前持ちの猿コスプレが堂に入り過ぎていて、人間よか余程類人猿に近似していた。類人猿類人である。その類人猿類人が**「うっきちいいいいいいいいぃっす」**という謎の喚声を上げながら（猿の鳴き声の常套句である「うっきぃ」と出前持ちの鳴き声の常套句である「ちーっす」の合体形であることは容易に想像がつく）、完全猿装備でターザンみたく蔓草にぶら下がって舞い降りて来たのである。しかも森林でも何でもない場所でいづくより蔓草が生えているのかは謎という完璧なるコント設定である。日本で云うところの「コント」は英語では“Sketch”である。それはどうでもいいのだが、ミスター出前持ちは、或いはムッシュ出前持ちは、呼び方は何でもいいのだが、コントによくある茶色いタイツに非《あら》ずして、コントにこれまたよくあるゴリラの着ぐるみに非ずして、限りなく毛むくじゃらの類人猿に近い類人猿類人であって、全身の毛の生やし方上等、顔面のみ剝き出し上等、でも顔面の表情やら筋肉の作り方たるや猿でしかなくて上等、それは正に一疋の猿にしか見えなかった、最上等。

「まーべらす、まーべらす、まーべらす」苔子は手を叩きながら出前持ちを出迎えて「ここまで作り込んでくるとは、驚き桃の木松モトコ雪だわ。えくせれんと、えくせれんと、えくせれんとぉお」語尾を間抜けに延ばした。

「ありあっす」礼を返す猿仕様の出前持ちの顔を腿太郎がよく見れば、思い切り猿めいた表情を作っている訳でもなく、元々糸瓜が戸惑ったような顔なので、殊更猿の真似している訳でもないらしい。何処からぶら下がってるのかも分からん蔓に獅噛《しが》みついてすっ飛んで来た類人猿類人の持って来た岡持なんざ、さぞかし中身がグチャグチャになっているかと思いきや、手際よく岡持の中から取り出される料理はどれもこれも綺麗に皿の上に盛られており、汁一滴たりとも零れている様子は見受けられない。しかもどの料理も涎が垂れそうに美味そうだ。その上、岡持に収まらない筈の量の料理を次から次へと取り出していく。この岡持もドラえもんの四次元ポケットなのだろうか、このコミュニティには四次元ポケットが多過ぎる。

「ええと、ご注文の品はっと、鱶鰭スープと鱶鰭の姿煮と鱶鰭あんかけ炒飯と鱶鰭あんかけラーメンと鱶鰭入り餃子と鱶鰭八宝菜ヤングコーン入りと鱶鰭抜きの普通の排骨麺。以上でよござんすか、うっきー」

「いいけど最後の『うっきー』は何さ」

「サーヴィスです」

「そのサーヴィス要らない」

「今日は猿なんで特別サーヴィス」

「猿でも特別でも要らない。出前をちゃんとしてくれればそれでいい」

「冷たいですね」

「また博士持ちだから。ツケといて」

「博士は自分が喰いもしない豪華な中華の代金を払わされるんですな」

「自分で豪華とか云ってるしさ。博士は『総合食』喰ってりゃいいんだよ」

「あのカップうどんだかカップそばをゴチャ混ぜにした気色悪いのですか？　よくあんなゲロみたいものの喰うよなあの人ぁ」

「人の喰い物の好みをどうこう云うのは筋違いだよ、博士には喰いたいもの喰わせときな。でもアタシ達は豪華な中華を喰うの。これはウチの新米三助。排骨麺はこいつのランチ」

「腿太郎っす？」腿太郎は猿仕様の出前持ちに挨拶した。

「あ。ども。お初にお目にかかります。《激殺邪道軒》を今後とも御贔屓に」

「名前を名乗りなよ」早速ガツガツと料理を端から平らげながら苔子が出前持ちに云った。

「あれ。苔子さんに名前を名乗ったことありましたっけ？」

「無いから今聞いとくんだよ」

「そうですかあ。今更何だかな。**ルネ・フロワ・オカモッ**です。ウチの店では『マルセイユから来た凄い奴』と呼ばれてます」巻き舌になって、本名とも偽名とも人名ともつかぬ一連の言語を並べ立てた。

「その顔のどこがマルセイユなのさ」

「薄味のマルセイユなんですよ、実は」

「初めて聞いた、驚き桃の木由キサおりだわ。どっから見たって毛ほども西洋人じゃないじゃん」

「その見た目の判断は置いておくとして、この前云った白っぽい野良犬見かけましたか」

「野良犬なんて見ないよ」と飯を頬張りながら苔子が応える傍らで、腿太郎は「『猫』という名の犬」について口に出すのを憚った。何となく云わない方がいいと判断したのだ。

「あ。そうですか。私も出会《でくわ》しちゃいないんで好都合ですよ。猿の格好してる時に犬と遭ったら跋《ばつ》が悪いったらありゃしない。俗に云う『犬猿の仲』になっちゃいますからね」

「だったら猿の格好しなけりゃいいだけの話じゃん」

「今日は猿のサーヴィスデイなんですよ」

「誰も頼んでも願ってもないわよ、アンタの猿コスプレなんざ」

「ウチの店長がね。『今日は久し振りに猿の格好してるお前が見たいんだ』」

「てめえんとこをサーヴィスしてどうすんのさ、客にサーヴィスしな」

「普段からサーヴィスしてるじゃないですか、ふんだんに鱶鰭入り」

「しがないコミュ中華なのに何でこんなに鱶鰭が手に入るのよ」

「そりゃウチの店長のコネですよ。この鱶鰭はですね、所謂人喰い鱶っていう奴の鰭なんです」

「人喰い鮫」

「人喰い鮫じゃない、人喰い鱶です」

「同じじゃん」

「じゃあ『サメヒレ』って呼びますか、フカヒレでしょ」

「そいつぁ道理だ」

「だから人喰い鱶なんです。そいつが海にウヨウヨしてるんです。うっかり泳ぎでもしたら忽ち喰い尽くされて骨だけです。いや骨すらガリガリ囓られて全身ウンコにされちまう、それくらいおっかない奴等なんですよ」

「そんな怖い人喰い鮫の」

「鱶です」

「鱶の鰭なんかどうして獲れるのさ」

「百戦錬磨の鱶獲り名人がいるんですよ、その名人に店長は顔が利くんです。だから店長も百戦錬磨なんです」といった会話を黙って聞きながら、腿太郎は「事の起りは海だな」というあの『猫』という名の犬」の言葉をぼんやりと、或いはぼりやんと想い出していた。

「海は近いのか？」ふっと腿太郎の口からそんな言葉が突いて出た。

「行きたいんですか？　海水浴でもしたいんですか？　くどいようですが、人喰い鱶がウヨウヨですよ。喰われて消化されてウンコになりたいですか？」出前持ちのルネ・フロワ・オカモッは云う。

「海に行きてえ？」腿太郎は云い張った。

「コミュニティの人間は、大体海には近づかないようにしてるよ。アタシも海には行ったことがない。それよか折角の排骨麵がノビちゃうよ」苔子が注意する。

「何故ですか？」排骨麵より海に重きを置いている腿太郎は妙にムキになって質問した。

「今の語尾の上げ方はマジで質問してるのかい？　昔っからそういうことになってるんだよ。『海には近づくな』って」

「誰が決めたですか？」

「誰って……そりゃ昔の人だよ」

「会ったこともない『昔の人』の云うことだけ聞いてて今を生きてるなんざ、つまんねっ？」腿太郎は珍しく吐き捨てるように云った。

「乙なコト云うじゃん、チンコがデカいだけじゃないや」苔子が感心して云った。

「大胆な御意見、ありゃぁとうございました」ルネ・フロワ・オカモッが感心しているのかどうか知らないが云った。

「アンタんとこの店長は海に行くのかい？」苔子は出前持ちに聞いた。

「よく知りませんね。鱶獲り名人にはボキも会ったことがないんです」

「何だよ、ボキって」

「店長が直に会いに行って鱶鰭を仕入れて来るんですけど、海まで行ってるのかどうかはボキは知りません」

「折角自己紹介し合ったんだから親愛の情を込めて『ボキ』と云ってるんですが」

「ボキは止めろ、飯が不味くなる」

「金輪際アタシの前ではボキ禁止」

「ボキは駄目でもボッキはOKなんですか」オカモッは腿太郎の股間をチラチラ見ながら間の抜けた質問をした。

「莫迦なことお云いじゃないよ、あれは勃起じゃなくて平常時のサイズなの。ほら新米、排骨麺とっと喰いなよ」と腿太郎に勧める苔子は既にあらかた料理を片づけていた。腿太郎は促されるままに排骨麺を喰い始めたが、無言で麺を啜る速度が徐々にアップし、揚げた豚肉を貪り、脂の浮いたスープをゴクゴクと一滴余さず飲み干し、瞬く間に平らげた上で「美味え？」と云った。

「美味いんですか不味いんですか」オカモッはやきもきしている。

「ダイジョビだぁ、こいつは必ず語尾を上げる癖がある。だから本当に『美味え』って云ってるんだぁ」苔子が注釈をつけた。

「んならいいんですけどね。ウチは味自慢の店ですからね。味を自慢出来ない店なんてロクなもんじゃありませんが。じゃあ皿はまた外に置いといて下さい。気が向いたらウチの店まで持って来て下さい。繰り返しますが、とっとと代金も耳を揃えて払って下さい。『ツケといて』と仰《おっしゃ》いますが、博士から払って貰った試しがないんですよ。ちゃんと払って下さい、序にカップ麺みたいなジャンクフードばっか食べてないで、偶には高級中華も食べてほしいと伝えて下さい。よろしく頼みますよ、マジでマジで。んじゃ、まいだあぁりぃ」オカモッは例の如く「毎度あり」を「マイダアリン」的に発音すると、空になった排骨麺の丼だけ入れた岡持を持って、またも何処からぶら下がってるのか分からん蔓に摑まって

**「うっきいいいちいいいいいいいっ」**と叫びながら、いづくへかとスッ飛んでいった。

「あれって本当に店の方向にスッ飛んでってるのかね」苔子は鱶鰭の姿煮を汁物みたくズルズルと吸い込みながら云ったが、心底どうでもいいという風情が滲み出ていた。

　銭湯絵師の腕太郎は、ちょくちょく〈湯気湯〉に顔を出しては「おいちゃんおいちゃん絵描かせとくれよぉ」と湯気太郎博士に直訴していたが、その希望は易々とは聞き入れられなかった。何しろ、以前の男湯（蛇と蝦蟇と蛞蝓の三つ巴）と女湯（百物語のお化けの三つ巴）が一部（特に博士）の非常なる不評を買っていたので、上から別の絵を描き直したのは良かったが、これがまた悪趣味の極みで、男湯は五体バラバラになった裸の女の各々のパーツが血のように真っ赤な夕焼け空を背景に宙を舞っている絵、女湯はこれまた五体バラバラになった裸の男の各々のパーツが、三日月の蒼い光が雲間より洩れる夜空を背景に宙を舞っている絵なのだった。客達の反応は意外にも賛否両論相半ばしたが、肝腎の博士

が怒り心頭に発した御様子で、腕太郎が厚かましく「また描き直すからさあ、貧乏な芸術家への支援、お願いしますよぉ」とか云い募った時には熱湯をぶっかけられた。沸かし立ての、そのまま入れば皮膚が火傷でズル剝けになりそうなホットホットな奴を、消防車に積載しているようなホースでジェットホットにお見舞したのである。これには腕太郎も「アチャチャチャチャッ」と悲鳴を上げながら退散した。しかし、博士の目の届かぬ隙に、腿太郎にはアチャチャッカシと接触を図っていた。

「いやあ、マジで殺されるかと思った」熱湯でそれこそ夕焼け空みたく真っ赤っ赤になった顔を顰めて腕太郎は云った、「これじゃあ腕太郎じゃなくて『茹で太郎』だ」

「茹だったら儂が喰ってやる?」最近舌が肥えてきた腿太郎は薪を割りながら云った、「茹でた豚は甘辛い唐辛子味噌をつけて喰うと美味いんだ?　アンタを茹でて唐辛子味噌つけても美味そうだ?」

「五月蠅いぞ。人を豚扱いするなんざ頗る失敬千万だな。そんなことを云ってたら、今日君に話そうと思っていた大事な話もする気がしなくなるぜ」

「大事な話の内容による?　どの程度大事なのか分からんし?」と云うと、腕太郎は「百恵の腿」とだけポツリと云って口を噤《つぐ》んだ。途端に腿太郎は血相を変えて「聞かせろ聞かせろ?」と腕太郎に詰め寄った。

「おいおい危ないな。先ず斧を手から放せ、物騒で敵わん。君の産みの親についての話だぞ。ひいては俺の産みの親についての話にもなる訳だ。聞きたければ黙って座って耳の穴かっぽじって傾けろ」

「傾けろ?」

「耳を傾けろ、ってことだ」そして腕太郎は語り出した。

　腕太郎は銭湯の絵だけ描いている訳ではなく（**「だってそれだけじゃ飯が喰えないだろ、な？」**）、一般の家にも絵を描きに行く。コミュニティに二人姉妹が棲む家があった。北詰という名字の姉妹である。「きたづめ」ではなく「きたなじり」と読むのだそうである。初対面の際に「きたづめさん？」と云うと「北詰《きたなじり》です」と姉の方からキッパリと云われたので、腕太郎は「汚い尻」と憶えることにした。北詰姉妹の尻が実際に汚いかどうかは見たことがないので知らない。中年で独身の二人姉妹の尻が美しいか汚いかに興味を持つほど腕太郎も酔狂ではない。しかし、北詰姉妹は若い頃は多分それなりに綺麗で泣かせたオトコも一人や二人ではなかろうと腕太郎は勝手にイマジネーションを働かせた（**「泣かせたオトコが一人や二人じゃないってことは、オンナ一人でそれだから、『×2』ってことさ」「はぁ？」**）。

　北詰姉妹はまるで教会のような三角屋根の小さな洋風建築の家に棲んでいた。庭先にはリュウキュウネギモドキの植え込みが葉を茂らせ、ボスニアスミレが濃紫の花を咲かせていた。しかし家自体は雑木林に取り囲まれており、コミュニティ内では隔絶していた。二人の生活も質素だったが、タツノオトシゴのワインを飲み過ぎるきらいがあった。タツノオトシゴのワインは、大量のタツノオトシゴを壺に入れて砂糖漬けにし、そこに秘伝の酵母菌をぶっ込んで醗酵させて作る。この「秘伝の酵母菌」が曲者であり、北詰家には北詰家の、他の家には他の家伝来の酵母菌が脈々と受け継がれ、その家にしかない味と香りと酔い心地のタツノオトシゴのワインが出来上がる。姉妹は昼日中からこの限りなく泥に近い琥珀色のワインを飲んでほろ酔い、どころか素面の時が全く無かった。腕太郎もワインのお相伴に与ったが、「激不味で、一口飲んだだけで悪酔いした。後で吐いた」と腿太郎に話した。あと腕太郎は「あんな糞みたいな酒を飲んでる奴等は鳥渡」と北詰姉妹を色々と評価したが、それは書くのも憚られるような言葉ばかりだったので割愛したい。

腕太郎がこの家に通う目的はフレスコ画である。銭湯絵師だからといって、フレスコ画が描ける訳では無論なく、腕太郎の育ての親が左官屋だったため、家業を手伝ったのが飯を喰う種となったこともある。

「あんたの育ての親が左官屋だなんて、今初めて聞いたぞ？」腿太郎は云った。

「そうだったっけ？　云うのを忘れてたかも知れない。俺もたった今想い出したのかも知れない」腕太郎はあっさりと応えた。

北詰姉妹は教会紛いの家にそれこそ教会紛いなフレスコ画があればバッチシだと思った、のかも知れない（飽くまでも腕太郎の憶測である）。壁に漆喰を改めて塗り直して、そこに絵を描いていく。姉妹の注文は「神話の怪獣を描いてほしい」とのことだった。「神話の怪獣」とはグリフォンだのメドゥサだのガーゴイルだのといった西洋の神話に出て来るような怪物なのかと思えば「何でもいい」と云う。「何ならヤマタノオロチでもいいんですか？」と聞くと「好きな怪獣を描いて下さい。ヤマタノオロチでもナマハゲでも河童でも一つ目小僧でもゴジラでもシン・ゴジラでも旧ゴジラ（**「旧ゴジラって結局ゴジラってことだよな？」「ゴジラって何だ？」「ゴジラを知らないのか君は。マジか」**）でも、何だったら御自分の想像した怪獣でも結構です」と姉妹の姉の方が例の如くキッパリと云う。北詰姉妹は主に姉が喋り、妹は姉の云う言葉に軽く頷いたり首を傾げたりすることで自分の意志を伝えるので、滅多に口を開かない。口を開く時は言葉を発する時ではなくタツノオトシゴのワインを飲む時だった。ただ、姉はタツノオトシゴのワインも飲むし言葉も発する。二人とも一見したところひどく落ち着いているが、よく見れば過度のアルコォル摂取で軀が小刻みに震えているのが分かる。難儀なこっちゃ、腕太郎はそう思っていた。二人ともあのタツノオトシゴすらなければ、上品な姉妹で充分通る筈である。実際、身なりについては申し分なく清潔であり（浴びるように酒を飲んで軀も震えているのに、着古してはいるが白さを保っているブラウスに染み一つないのは年季の入ったアルコォル依存症ならではの何等かのコツでもあるのだろうか）、清教徒のように行い澄ました出で立ちでいる風情は、恰《あたか》も西部開拓時代の女伝道師のようにも見えた。

「セエキョオトてな、何だ？」腿太郎が質問すると「ピューリタンさ」と腕太郎は応えたので「尚更分かんね？」と引き下がったが、実は腕太郎も「清教徒＝ピューリタン」が何なのかなんざてんで分かっちゃいなかった。

「好きな怪獣を描いて下さい」「御自分の想像した怪獣でも結構です」という注文であったなら、最早「神話の怪獣」でも何でもありゃしない、自分の好きなように腕が揮《ふる》えるぞい、と三本腕の腕太郎は三本の腕を鳴らした。思い切り己のイマジナティヴを羽ばたかせて「俺的神話の怪獣」「今までにない怪獣」「出鱈目な怪獣」「見る者の度肝を抜く怪獣」を描いてやろうじゃないか。腕が鳴るぞ腕が鳴る、も一つおまけの腕が鳴る。いやいや産みの親を「おまけ」呼ばわりしたら罰が当る。

育ての親である左官屋父ちゃんの名に恥じぬ仕事をばせんとや、腕太郎は壁に漆喰を塗る手も力漲り、左官屋父ちゃんの愛唱歌だった「ピノペ〜、ピノペ〜、ピノペのピノピノペ〜♪」なんぞを歌いながら三本の手をフル稼働させて画業に励んでいると、耳を澄ましていたのか「アラ、」と北詰姉が呼びかけて「その唄、懐かしいわ」と云う。

「親父がよく歌ってたんです、意味は分かりませんが。何かのマジナイですかねえ。ピノペって何か御存知ですか？」と聞くと「私も知りませんけど、妹がよく歌ってたんです」との答が返ってきた。

「妹さんですか？」とその場にいない北詰妹の存在をそれとなく匂わすと「いいえ、今はいない一つ年下の妹です。私達は本来三姉妹だったのです。私と今一緒に棲んでいる二つ年下の妹の間にもう一人いたのです」とのことだった。

「今いらっしゃらないと云うと」と云って口をモゴモゴさせていると「姿を消したのです。いえ消されたのです」と切り口上で云うのである。「姿を消した」だけでも尋常ではないのに「消された」とは『尋常ではない』の自乗」である。毒気を抜かれた腕太郎は「それはそれは」と当り障りのない言葉を探りかけて、「姿を消したんだか消されたんだかした妹」どころか、依頼主である北詰姉妹の名前を二人とも聞いていないことに今頃気づいた。そこで恐る恐る「ええと、もし差し支えなければ、いらっしゃらない妹さんのお名前を伺ってよろしいでしょうか、序にお客様方の下のお名前を伺っておければなあとか何とか」とかゴニョゴニョ云うと、北詰姉は「消えた妹の名前は百恵です。私の名前は白《しろ》恵《え》、末の妹の名前は百《もも》一《かず》恵《え》です」と云った。「ははあ」と腕太郎は得心がいった、白恵、百恵、百一恵と年が下がる毎に一画増えていくのである。命名法としては非常に分かりやすい。

「百恵って云ったな？　云ったな云ったな云ったな？」腿太郎は腕太郎の襟首を摑んで前後左右四方八方に振り回した。

「ググジイググジイググジイ」首が締まって腕太郎は死にそうな声を上げた、「ヤメデトメデヤメデトメデヤメデトメデ。シグシグシグ」

「百恵は儂の産みの親だ？　いや違う百恵の腿が産みの親だ？　分かってんのかあんたは？」

「ワガッデルワガッデルワガッデル。グビジメドゥノヤメド。シグ」顔面が紅潮し、眼玉も舌も飛び出させているので、腿太郎が首を摑んだ手を離すと、腕太郎はその場にドサッとへたり込み、ゼイゼイ息切れしている。

「殺す気か」腕太郎は喚いた。

「殺したら百恵の話が聞けねえ、だから殺さねえ?」腿太郎は云った、「兎に角とっとと百恵の話しろや?」

「酷え野郎だ、ったく」腕太郎はぼやきながら話を続ける。

「百恵さんが消えた……のはいつ頃のことでしょうか?」腕太郎は北詰姉の白恵に聞いた**（「流石に『消された』っていう言葉は使えないだろうが」「そうなんか?」「君はつくづく『機微』というものを弁えない男だな」）**。

「もう二十年以上経ちます」白恵は軀を小刻みに震わせつつ声は微塵も震わせずに云った、「百恵は拉致されたのです。闇から闇に消されたのです。私と百一恵は、そのことを訴え続けているのですが、誰も相手にしてくれず、ただ嘲笑って私達を『コミュ八分』にしました。コミュニティ全体がグルになって百恵の存在をこの世から消し去ろうとしているのです。それが私達には許せないのです。ね、百一恵」

「その通りです、姉さん」といきなり視野の外から声がしたので、腕太郎は飛び上がりそうになった。何時の間にか百一恵が腕太郎の直ぐ傍らに貼り付くように立っていたのだった。こちらも崩落寸前のピサの斜塔みたくプルプル震えている（**「『キビ』ってな、トウキビか、それともサトウキビか？」「って云うか、今その話するか？」**）。

「私達はワインの飲み過ぎで脳味噌がおかしくなっているなどと、それはそれは酷い事実無根の侮辱を受けているのです。失敬千万にも程があります。口惜しい、ああ口惜しい。グェヒッ」苦境を訴えつつ、百一恵はしゃっくりとゲップの併せ技を見事に披露した。腕太郎は、この姉妹の云い分を信じる信じないは兎も角、ことワインの飲み過ぎについては否定出来ないわなあと思った。

「二十年以上ということは大体俺や君がこの世に生を享けた頃合だと思われる」腕太郎は腿太郎に云う、

「君は今幾つだ」

「よく分かんね？」腿太郎は単簡に応えた。

「自分の歳も分からないのか。誕生日は何月何日だ」

「『たんじょおび』て何だ？『へこおび』みてえなもんか？」

「どうやら誕生日を祝ってもらったこともないようだな」

「へこおびは締めねえ？」

「もういいや」

「百恵は殺されたと私達は考えております」白恵は言葉をレモン汁みたように搾り出して語る、「姉の私が云うのも何ですが、あの子は鄙にも稀な美しい娘でした。隣近所の男どもは、いや女どもも、あの子が歩いている姿に目を奪われたのでした。そういう中には邪な想いを抱く者は当然少なからずいたと思います。そのような邪悪な輩が百恵を拐《かどわ》かしたのです。拐かした挙句——その後は考えたくありません。口に出したくありません。でも仮に生きていたとしたならば、今まで便りの一つも寄越さないような、そんな薄情な子ではないのです。ですから既に命はないとしか考えられないのです。百恵は殺されたのです、邪悪な輩に命を断たれたのです」そしてピタッと口を閉ざしたが、軀の震えは激しくなっている。強風に吹き曝されている山田の中の一本足の案山子《かかし》みたくなっている。傍らに付き従っている百一恵の震えも殆どモンキーダンスを踊っているのではないかと思われる程に激化している。これはちょいとヤバい、そう思った腕太郎は、今はこれ以上百恵の話題に触れるのは止めることとした。絵を描きながらこの姉妹に少しずつ探りを入れていくこととしよう、さすれば、己が産みの親の秘密に触れることが出来よう。

「……んで、どした？」腿太郎は腕太郎を促した。それなり、黙ってしまったからである。

「どしたもこしたもない、」腕太郎は応える、「それで今のところは『つづく』だ。今俺はあの教会みたいな家でフレスコ画を描いてる最中だ。これまでにない傑作が描けそうな自信があるんだ。創作意欲が満ち溢れてるんだ。その一方で、北詰姉妹が俺に気を許して、百恵ちゃんについて喋ってくれるよう、長期戦で構えるつもりだ。期待してくれ給え」そう云って腕太郎は腿太郎の反応を窺ったが、股間をモソモソいじくってたりするだけで特に何等かの発言もないし、何か云いたそうにも見えない。そこで「君の意見はないのか」と問うと「ま、頑張りや?」という完全に他人事な反応が返ってきた。拍子が抜けたのとムカッ腹が立ったのとで、腕太郎は「チッ」と舌打ちすると、とっととその場を後にした。と見るや、腿太郎は不意に「その何だ、フラスコ画ってどうやって描くんだ?」と聞いてきたので「『フラスコ』じゃなくて『フレスコ』だ。描き方については企業秘密だ」とだけ云い捨てて、「とっととその場を後にした」をそのまま続行した。

一方、湯気太郎博士はまたもや招集をかけた。今回は一対一ではなく、複数人を一絡げに〈湯気湯〉へと呼びつけた。呼びつけられた複数人も不満たらたら〈湯気湯〉に来ざるを得なかった事情があるらしい。既に顔見世を済ませたコミュ長の力口山雄三並びに郵便局長の痛田風太郎の他に、もう一人見るからにゴリゴリしてガンガンと人に意見しそうな男がいたが、この男こそ〈激殺邪道軒〉の店長にして、出前持ちのルネ・フロワ・オカモッに「マルセイユから来た凄い奴」という適当な綽名《あだな》を付け、猿のコスプレをさせて悦に入っているコミュニティ内でも一二を争うゴリガン男・五里鴈之助《ごりがんのすけ》であった（もう一人は湯気太郎博士だと云われる）。ゴリガンだけあってゴリラみたいな風貌に角刈りの頭、白い調理服に印半纏を羽織って火の用心の見廻り序に寄ったと云わん許りの風体でやって来た五里鴈之助は、早速「この糞忙しい最中に何の用があって呼び出した、こちとら俺が腕を揮った極上の料理を召し上がりたくて堪んねえお客様をワンサカワンサワンサカワンサイェーイイェーイイェイイェーイと待たせてんだ、用事があるんだったらさっさと済ませちまいな」と一息に捲し立てた。

「分かっちょる分かっちょる、腹を空かせたお客を待たせちゃ申し訳ないわな。ウチの苔子もお宅の上得意である訳だし。そういう時に呼ぶんだから大事な用事なんだなこりが」

「お主は被害者意識が強過ぎるな。失敬じゃねえか」ゴリラ似の店長がゴリゴリガンガンと噛みついた。

「今『ゴリラ』って云ったな。『ゴリラ』なんて云っちょらんぞ、『こりが』って云ったんだ」

「『こりが』じゃなくて『これが』って普通に云えばいいだけのこった」ゴリガン店長は云い返した。

「そりゃそうと、鱶獲り名人は来ないのか。俺からは連絡出来んから、お主を通して来るように云ったんだが」

「来る訳なかろうが、あの海賊みたいな男が」ゴリガンはせせら笑う、「『海を離れたら陸に上がった河童にも劣るこの俺様』とは本人の弁だ。こんな陸の奥も奥までやって来る筈もないわ」

「そこで『俺様』とか云って威張ってるのもどうかしてるな」

「今度本人の前で云ってみな、人喰い鱶を捕まえて捌いて売る男だぞ。お前なんか生きたまま刺身にされちまわぁ」

「この親爺の刺身なんざ、犬も喰わねえや」痛風がデカい面をテカらせつつゲラゲラ笑って云う。こうしたギスギスした雰囲気な癖に、この四人の男は足湯に浸かりながら会話を交わしているのである。足湯は枯山水を思わせる庭（有体に云って庭木の世話を怠っていたため枯れてしまっただけの似非《えせ》枯山水）を囲む形になっており、男どもはその寂寥感溢れる庭が嫌でも目に入るロケーションで、仲良くもないのに仲良さげに並んで座り込み、ズボンの裾を捲り上げ、毛脛を剥き出して足を温めているのだった。足が温まっても、冷たい心は未来永劫冷え切ったまんまである。

「普段堅い靴を履いて歩いてると、踵が角質化してガチガチのバリバリになるだろう、そうした時は風呂に入るなり足湯で温めるなりしてポヨポヨにふやかした後に鑢《やすり》でゴシゴシ擦って尿素入りのクリームを塗りつけるんだ、スベスベ踵になるぞ」博士は云った。

「擬音ばっかの蘊蓄《うんちく》、有難くって涙が出るわ」ゴリガン店長は小馬鹿にして「何だガチガチのバリバリのスベスベのって、幼稚園児の喋り方だわ」

「幼稚園児並のオツムの持主にはこの程度の分かりやすい説明が丁度いい」博士はケロッと云った、

「俺はいつもそうしてスベスベな踵を維持しておる。見てみろ、お主等はどいつもこいつもガチガチのバリバリのカサカサ踵ではないか。《靴下が踵から穴開き団》の一味であることは一目瞭然だな。そんなことだからモテないんだぞ、いつまでも《靴下が踵から穴開き団》におっては」

「艶福家のアドヴァイス、有難迷惑だな」ゴリガンは云った。

「艶福家なんて聞えのいいもんじゃない、こいつは山の女王様に鞭でぶたれて涙流して喜んでる只の変態ジジイだぞ」痛風が指摘した。

「ホッホオ、羨ましいのか」怒るどころか博士はニタニタと卑猥に相好を崩し「悔しかったら山に登って女王様に頼んでみるがいい。あれは乙な体験だ、病みつきになるぜよ」

「お前みたいな変態ジジイに落ちぶれるなんざ真っ平御免だ」コミュ長こと力口山雄三は吐き捨てるように云った。さすれば湯気太郎博士は「ンフッ、」と鼻息を荒らげると足湯の只中にすっくと立ち「人様のことを変態呼ばわり出来る柄なのかお主等は。同じ穴の靴下ではないのか。もう二十数年経ってはおるが、所詮お主等は変態、変質者、猟奇殺人鬼とでも呼ぶべき鬼畜三昧な所業三昧をホシイママ三昧にした同類三昧ではないのか」

「そこまで云うなら中華三昧も入れてくれ」ゴリガンが半畳をぶっ込んだ。

「月蝿《るさ》いわ。どの口が俺一人だけを変態糞ジジイ呼ばわり出来るか、どの口が。こりゃお主等、云うてみよ、云うてみよ。どの面下げて同類を変態糞ジジイと呼べるのか。一蓮托生だぞ俺とお主等は」

「『変態糞ジジイ』とは云ってない、『変態ジジイ』とは云ったが」痛風が閉口して云った。

「同じことぜよ」

「糞とは云ってない。な。な。な」痛風とコミュ長は相互に糞をなすりつけるように云い合った。

「糞が何を云うか、この糞どもが。糞。糞。糞。ウンコ。ウンコ。ウンコ。ションベン。ションベン。ションベン。ウンコ。チンコ。ウンコ。チンコ。ウンコ。チンコ。ウンコチンコブー。オナラがカユい。ウンコチンコブー。死ね。死ね。死ね。殺す。殺す。殺す」発言している途中から逆上して喚き散らしながら、博士は腕を振り回して他の三人をボカボカ殴り始めた。痛風とコミュ長は「こりゃ敵わん。止めろ。痛。止めろ」と云いながら足湯の中を飛沫を立てて逃げ回ったが、それを聞いたゴリガンがいきなり「今てめえら『ゴリラ』って云ったな。許さん」とかトチ狂った怒り方をして博士と一緒くたになって後の二人をボコボコに殴った（**「『ゴリラ』とは云ってない、『こりゃ敵わん』と云ったんだ」「また云いやがったなゴリラと」ボコボコボコボコ**）。この世にも見苦しい光景をば、足湯を麓に見下ろす小高い丘からリュウキュウネギモドキの茂み越しに眺めていたのは、番台の女・苔子と、そしてかの喋る犬、「モチ麦マン第一号」を自称する犬、その割には他人から「モチ麦マン」と呼ばれると怒る犬、「猫」という名の犬だった。

「あの野郎、『犬も喰わねえ』とか云いやがった。普段から犬に散々世話になってる癖に犬を蔑視して止まぬああいった手合の暴言罵言は心底許せぬ。拙者は真剣にあの男の喉笛を喰い千切ってやろうかと思った」怒りに震えながら犬は牙を剝き出した。

「痛風かい。あんな奴噛み殺しちゃってもいいけどさ、多勢に無勢だから止めといた方がいいよ。残った連中に返り討ちにされちまうのがオチだから」苔子は編み棒を器用に操りつつ犬に忠告したが、この様子を見れば両者は予てより見知った仲であるらしい。

「それにしたって醜いにも程がある」

「じゃあ石を投げてみっか」苔子は編み物の手を止めると、足下の石ころを拾い上げ、えいやっと華麗なピッチングフォームで投げた。見事に石は痛風のドタマに命中したが、当の本人はゴリガンに殴られている真っ最中だったので、石がぶつけられたのも殴られたのと同じ程度にしか感じなかったのだろう、不発に終った。一人と一疋して歯噛みして悔しがっているところへ「うっきちーっす」と軽い挨拶をしながら自転車に乗った猿が登場した。本物の猿ではなくて猿コスプレの出前持ちなのだったが、犬を見るとギョッとした。本物の犬も似非猿を見て「ウー」と唸った。

「わ。何だ。あの野良犬じゃないすか」

「野良犬じゃない。己の意志で生きているだけだ。人間に飼われて餌で手なずけられる犬生（けんせい、と読む）なんざ真っ平だ」猫という名の犬が云うと、ルネ・フロワ・オカモッは「わぁ、犬が喋った」と悲鳴を上げた。

「犬がワンワン吠えるだけという決めつけが人間の思い上がりなんだ。それとも貴様は猿なのか？　猿だったら幾分割り引いて考えてやらないでもない。『犬猿の仲』なんぞという言葉は人間が勝手に作り出しただけの概念に過ぎぬわ」

「私も一応人間なんすけどね」出前持ちは恐る恐る応える。

「猿じゃないのか。ガッカリだ。人間とはな。昔、ダーウィンとかいう男が『人間は猿から進化した』みたいな大嘘を吐かしていたが、『人間は猿から退化した』が正しい。退化論だ」

「退化論たぁ、斬新な発想だね。ダーウィンもびっくりしゃっくりぎっくり腰だ」苔子が恐ろしく熱の籠らない声で云った。

「私も退化した部類ですか」出前持ちは緊張した顔で云う。

「他よりもマシだろう、猿の格好してるんだからな」犬は偉そうに云った。

「有難うございます、カタジケノウございます、モッタイノウございます」何故この犬コロにペコペコしなくちゃいけないのかと内心思いながらもルネ・フロワ・オカモッは深謝の言葉をペラペラと並べ立てた。

「アンタんとこの店長がいるんだよ」苔子が丘の麓を指差して云った。

「あ。ホントだ。足湯で爺さんばっか集まって喧嘩してますね。いい歳こいてみっともないなあ」

「さっき痛風に石ぶつけてやったんだ」

「それいいすね。ボキも店長に石ぶつけてやろうかな」何時の間にやら一人称が「私」から「ボキ」に変っている。

「店長嫌いなのかい」

「好きなトコも嫌いなトコもあります。それよか折角のチャンスなんだから石ぶつけてやんなきゃ損じゃないすか」

「そーゆーもんかね」

「出来る時には出来ることをやった方がいいんですよ」そう云いつつ、出前持ちは岡持を持つ手をば石を持つ手に換えて、ゴリガンの脳天に見事命中させた。ゴリガンは「ア痛。誰だ今石を投げ」と云いかけたところで痛風に顔面パンチを喰らわされ、飛沫を上げて足湯に仰向けに倒れ込んだ。出前持ちは本家猿よりもすばしこくリュウキュウネギモドキの藪の蔭に隠れてしまった。

「中々やりおるの」辛口だった筈の犬が褒めた、「猿顔負けだ」

「そこまで褒めてもらったら今後は人間じゃなくて猿として生きようかなあ」出前持ちは満更でもない

様子で云った。

「止めときな。犬の口車に乗せられても莫迦を見るだけさ」苔子は助言しているんだか水を差しているんだかどちらとも意図の摑めない発言をした。

「黙らっしゃい。因に拙者の名前は猫という」猫という名の犬は猿志望の人間に自己紹介した。

「犬なのに猫ですか。流石、頓智が利いてますね」出前持ちはこれまた感心しているんだか滑稽に思っているのか分からぬニュアンスで発言した。

「頓智でも何でもない。そういう名前を付けられただけのことだ」猫的犬は苦々しげに唸った。

「その受け身な姿勢はらしくないね、」苔子がこれは明らかに揶揄のニュアンスを込めて云う、「アンタなんかそんだけ偉そうにしてるんだから、親だか誰だか知らないけれど、ヒト様から押し付けられた名前なんか変えちゃえばいいのさ」

「そういう訳にはいかん。義理と人情とお中元のシガラミに生きるワンワン渡世よ」犬は何やら意味不明な言葉を並べた上で「そんな渡世に生きる拙者らはモチ麦メンじゃ。拙者はモチ麦マン第一号、故に貴様は今日を以てモチ麦マン三号を名乗ることを許可する」と出前持ちの意志なんぞ完全に無視して云い放った。

「何すか、モチ麦マンとかモチ麦メンとか。云ってることが薩張分からない」ルネ・フロワ・オカモッは当然の如く戸惑った顔になった。戸惑うと益々顔が糸瓜に似て、マッド・サイエンティストが猿と糸瓜を掛け合わせてこの世に生み出した**「文字通りの意味での動植物」**に見えてくる。

「何かこの猫センセが勝手にほざいてる『概念』なんだよね、アタシも全然分かんないけど。一応アタシはモチ麦メンマネジャーらしいよ」苔子が編み棒をシャカシャカ忙しげに操りながら犬にも猿にも目もくれずに云う。

「ボキがモチ麦メン三号ならば、二号は誰なんですか」

「巨根の男がいるだろうが、あいつが二号じゃ」

「あのデカチンが二号でボキが三号すか。何だかなあ」オカモッがぼやいた。

「不満か。二号より三号の方が格下であるとかそういった話ではない。単純にモチ麦マンになった時期が少しく後だというだけのことじゃ。天は人の上に人を作らず、人の下に」

「別にボキはモチ麦になるのを承知した訳じゃないっす」オカモッは猫が福沢諭吉の言葉を引用しているのを遮って云った。

「モチ麦ではなくてモチ麦メンじゃ。そして貴様が承知しようとしまいと、拙者が『貴様はモチ麦マン三号じゃ』と云った時点で貴様は否応なくモチ麦マン三号なのじゃ」

「『人の上に人を作らず』の精神に反してるんじゃないすか」

「天は人の上に人を作らず、犬を作った」猫はイケシャアシャアと云った。

「物は云い様っすね」オカモッは降参した。

巨根だのデカチンだのと噂されていた腿太郎は、その頃にくしゃみなどは特にしておらず、鼾《いびき》をかいていた。薪割り場で昼寝の最中だったのである。寝る子は育つというが、腿太郎の股間の逸物も起きている時と比べて、より肥大化していた。そこへ腕太郎が毎度の如く顔を見せたが、熟睡している腿太郎を見て「無防備な奴だなあ」と呆れた。

「敵の陣地に住み込んでるようなもんだぞ。それこそいつ斧で薪みたく真っ二つにされてもおかしくはないのに」試しに薪割り台に刺さっている斧を手に取ると、寸止めのつもりで寝ている腿太郎の脳天にえいやっと振りかざした。と、腿太郎が首からぶら下げている苔色の袋から干涸らびた塩漬けの腿がニョキッと飛び出し、爪先が斧を持った腕太郎の手を摑んだ。猛禽類の爪のように皮膚に食い込んで離さないので、腕太郎は「痛」と叫んで斧を地面に落とした。叫んだ声で目を醒ました腿太郎は「どした？」と暢気に云った。

「あのな。前から思ってたんだけどな、」腕太郎は血の滲んだ手に食い込んだ爪を一本一本丁寧に外しながら腿太郎に苦言を呈した、「腿、腿、腿って云ってるけどな、膝も脛も足もあって、足には踵も踝も指もついてて、指には爪まで生えてて、それが死んだ後まで敵と見なした相手に摑みかかるというのは腿ではないだろう、これは『脚』だ。腿とは膝より上の部位だろうが」

「そんなこと今更云われてもな？　話の根幹を揺るがす問題だべさ？　儂は今から『脚太郎』と名乗らなきゃいけなくなんべや？　んな面倒臭いこと、わてほんまにようういわんわ？」腿太郎が返す、「『腿から生まれた腿太郎』だから洒落になるんでよぉえ、『脚から生まれた脚太郎』じゃ洒落にも何にもなんねんじゃね？」

「単純に書き手の不用意だな」腕太郎が応える、「書き手だか語り手だか知らないが、実に不用意にして準備不足だ。言葉遊びでしか腿語りを、いやさ、物語を紡ぐことが出来ない。人生とは、人間とは、宇宙とは、地球とは、そういうスケールで物事を見ることが出来ない。『森羅万象』という概念すら無いんだろう。精々『森羅万象』の『象』だけは動物園で見たことがある程度の戯言しか云えない類の人種だ、それもパンダを見に来るのが目的でおまけに見て『お鼻が長いのね』程度の感想しか口を突いて出ない哀れな輩だ。その場凌ぎでしかストーリーテリングが出来ない、実に以て貧弱な語り部よ」とか大きなお世話な悪口雑言を並べ立てるので心底胸糞悪い。ムカついた。こいつ、この後の段落で瞬殺してやろうかと思ったが、諸般の事情により出来ない。マジムカつく。近い内に痛い目を見せてくれようと画策している。

「あんたの産みの親の腕だって自由自在に動くじゃないの？　儂の腿とおんなしだ？　どうってこたぁね？　むぅわあああぅあ？」腿太郎は欠伸《あくび》をしながら云った。

「君は欠伸にも疑問符を付けるか。ある意味徹底していると云える」

「産みの親が子供を守ってくれる、これは親の愛だ？」

「君の親の愛のお蔭で、俺は絵筆を握る手に負傷した。まだ血が止まらん」

「何が絵筆だ、斧を握って儂の頭をカチ割ろうとしたんだろ？」

「本気でそんなことする訳なかろう、フリだ」

「フリかフリじゃないか、んなこと見分けられねえよ儂の産みの親は、だいいち眼がねえ？」

「我が子の危機察知能力が秀でているのだろう」

「愛だろ、愛？」

「気障なことを云う」

「あんたみたく、小難しい言葉を使う方がよっぽどキザだ？」

「云わば『お守り』が本当に君の身を守ってくれてるということなんだな」

「かあちゃん？」腿太郎は塩漬けの腿に頬を擦り寄せた。

「幾ら感謝してもし切れないぞ」

「どうでもいいけどあんた、儂の脳天をカチ割りに来たのか？」

「違えよ、その後の北詰姉妹の報告に来た」

「俺らの、産みの母の、人間体の姉と妹らしい人達だな？」

「人間体と云うな、せめて集合体と呼べ」

「何かいいことあったか？　それとも悪いことあったか？」

「いいことか悪いことか分からんが、昨日あの姉妹の家に絵を描きに行ったら、いきなり下宿人がいた。しかも三人もだ」

「そりゃいいことだ？　アル中の女二人で喰うにも困るだろうし、家賃を貰えば生活も潤う？」

「そりゃそうだ。でもな、その下宿人三人が三人とも揃って、俺に『ドウモ、小バヤシ旭レス』とか脳天から突ん出るような声で挨拶してくるんだぞ。三人が三人とも小バヤシ旭の物真似で挨拶するのはどうかと思うぞ、しかもカラッキシ似てないと来てやがる」

「ケバヤシ、アケラって何だ？」

「君は小バヤシ旭も知らないんだな、ゴジラを知らなけりゃ小バヤシ旭も知らんだろうよ。甲高い声が持ち味の歌手だ」

「その歌手の物真似をして喰ってる商売なんか？」

「いや、それが違うんだ。俺も『トリオ、ザ、小バヤシ旭』みたいな芸人かと思ってよく聞いたらな、三人とも北詰家に下宿するまで全く面識は無かったらしい。こんなことってあるか」

「さあ知らん？　それよか腹が減った？　排骨麺喰いてえ？」

「君に聞いたのが間違いだった。俺も根掘り葉掘り聞くのも何だから、それとなく聞いてみたんだが、三人とも抑々このコミュニティの存在すら知らなかったそうだ。或る日突然磁石に引き寄せられる砂鉄みたようにここまでズズズイーと辿り着いたんだそうだ。気がつけば北詰家の扉を相次いでノックしてたんだそうだ」

「家賃は払ってるんか？」

「それがな、その三人は一銭も払ってない。でも別の人間が家賃を払ってるらしい。どうやら君の雇い主がそうらしいぞ」

「博士は太っ腹だな？　儂ぁ腹減った？」

「太っ腹なんだかどうだか知らないが、俺はもしやと思って絵を描いた後にコミュニティを一廻りしてみたら、そこかしこに小バヤシ旭のパチモンがウヨウヨしていた。君の育ての親のGさんとBURさんの家にも二人いたぞ」

「そいつぁちーとも知らんかった？　家を建て替えたんか？　目出度えこった？」

「つくづく薄情な奴だ。育ての親だぞ。ＧさんとＢＵＲさんは君の代りなのか知らんが喜んでダブル小バヤシ旭を可愛がってたようだからいいけどな。そりゃそうと北詰家のトリプル小バヤシ旭には本当に閉口した。姉妹と一緒にタツノオトシゴのワインでベロベロに酔っ払って、俺がフレスコ画に専念している間も散々騒いで『旭のズンドコ節』とか歌ってやがる。しかも三人揃って下手糞で耳が腐るかと思った。五月蠅くって作業が捗らん」

「ケバヤシアケラを追い出せ？」

「あの姉妹の収入源だからそういう訳にもいかん」

「じゃ絵描くの止めろ？」

「莫迦云え、これは俺のライフワークだ。特に今回の絵は熱量が違うんだ、俺の代表作になる予感があるんだ。放棄する気はまるでない」

「でもよ、ケバヤシアケラが収入源だったら、間接的にケバヤシアケラが絵の代金を払うんだべ？」

「君は時たま妙に冴えたことを云うな。あの音痴どもからシコタマ搾り取ってやろう。やる気が出たぞ。どうせフレスコ画とタバスコ茶の違いすら分からん奴等だ」

「タバスコ茶なんて飲んだことねえ？」

「あいつらタツノオトシゴのワインでへベレケになってたから、タバスコを混ぜた紅茶を飲ませてやった。全然気づいてなかったぜ」

「あんた、腹黒いぞ？」

「甲高い声が若干のハスキーヴォイスになってより一層小バヤシ旭度が高くなるだろう、功徳だ。断っとくが、絵を依頼した大事なお客の北詰姉妹には飲ませなかったぞ」

「ケケケケ？」腿太郎は歯を剥き出して嗤った。

「ひょっとして君が笑ってるのを見たり聞いたりしたのは初めてじゃないのか。特段聞いて気持のいい笑い声でもないがな」

「ケケケケケ？」

「笑い声でも最後に疑問符がつくのが如何にも君らしいな」

「世の中への疑問形だ？」

「今日は冴えた言葉が多いな。これまで俺は君を見くびってたかも知れない」

「んだんだんだ？」腿太郎は大きく頭《かぶり》を振った。

「小バヤシ旭がこのコミュニティに続々と集結しつつある」額に絆創膏を×マークに貼り付けた湯気太郎博士は宣言した。聞いている連中も大なり小なり青痣だの瘤だの切り傷だの軽い手負い状態である。足湯から場を移動して、座敷で卓袱台を囲んで座蒲団に座っている。

「『小バヤシ旭』じゃなくて『偽小バヤシ旭』だ、『似非小バヤシ旭』だ。情報は正確に報告しろ。小バヤシ旭が束になって来て堪るか、菠薐草《ほうれんそう》じゃあるまいし」コミュ長が異議を呈した。

「『人間小バヤシ旭群探知機』の俺に云わせれば、本物だろうが偽物だろうがみんな小バヤシ旭だ。小バヤシ旭に格差を付けるな、分け隔てをするな、と俺は云いたい。俺も含めて**人類総小バヤシ旭**だ。『自動車ショー歌』でも『昔の名前で出ています』でも取り敢えず一曲歌っとけば誰でも小バヤシ旭になれる」博士は強引に主張した。

「屁理屈にも何にもなってねえぞ、ボケバヤシ旭」頭に瘤が出来たゴリガンが罵った。瘤はパンパンに腫れ上がって、ゴリガンが逆上すると噴火しそうだった。

「黙れ宇宙猿人ゴリ」博士は一喝した。

「ゴリラと云ったな」早速ゴリガンが逆上した。瘤が噴火して座敷中に火花が飛んだ。

「ゴリラじゃない、ゴリだ。何だったら宇宙猿人ゴリとラーと呼んでやるわ」

「くにゃろ」と立ち上がりかけたゴリガンを、両隣に座ったコミュ長と痛風が押し止めた。好加減、二人とも腕力沙汰にはうんざりしていたのに加えて、瘤から飛び出す火花のお蔭で火傷しそうなのだった。

「俺の**小バヤシ旭超能力**が功を奏したのだ」博士は意気軒昂に語る、「その結果として、**小バヤシ旭風呂**による『国際小バヤシ旭合唱団』を初めとした、俺の**小バヤシ旭プロジェクト**が始まろうとしているのだ」

「『燃える男の赤いトラクター』を合唱するだけじゃ足らんのか」コミュ長は勘弁してくれという言外の想いをプンプン匂わせて云った。

「当り前だの十種類の野菜クラッカーだ」コミュ長の言外の匂いなんぞは手で払いのけて断言した、

「俺の小バヤシ旭LOVEを見損なって貰っちゃ困るぞ。そのためにも、諸君等にはカンパして貰っておる」

「俺はカンパなんかしねえ」ゴリガンが吐き捨てるように云った。

「嫌でもカンパせざるを得なくなる」

「そういうなカンパとは云わねえ、綺麗事で誤魔化してやがる」

「世の中が美しくなければ、美しい言葉を積極的に使おうではないか、それが俺の主義だ。鱶獲り名人にはお主からも『とっととカンパしやがれ』と伝えておいてほしい」

「『とっととカンパしやがれ』の何処が美しい言葉だ」

「お主が美しく云い換えてくれてもいい」

「やなこったい」

「博士が直接鱶獲り名人に云えばいいじゃないか、」痛風がニタニタしながら「その勇気があるんだったらな」と付け加えた。

「今の小バヤシ旭風呂は小さな浴槽でしかない」博士は痛風の言葉を無視して話を戻す、「諸君のカンパによって小さな浴槽を大浴場に変えたい。小バヤシ旭大浴場だな。一大浴場施設で老若男女が風呂を楽しむ、カラオケを楽しむ、そして皆が小バヤシ旭になる」

「誰も小バヤシ旭になんかなりたかねえや」ゴリガンが云う。

「そりゃお主の考え方だ。小バヤシ旭に進んでなりたがる人間はゴマンといる。その急先鋒が今やコミユニティに続々と訪れつつある小バヤシ旭のそっくりさん、小バヤシ旭の物真似が得意な連中だ」

「俺の見たところではそっくりさんや物真似芸人にしたところで随分とレベルの低いのばっかり選りすぐってるみたいだがな」痛風が皮肉った、「博士の小バヤシ旭超能力とやらもあんまりアテにはならんようだの。本当にその超能力とやらが本物だったら、小バヤシ旭本人が真っ先に背中に羽を生やかして飛んで来る筈じゃないのか、渡り鳥だけによ。どうなんだ湯気太郎博士センセエ様よ」

「真打ちはトリを取るものと昔から相場が決まっとる」博士は理屈なんだか屁理屈なんだか分からぬが顔色一つ変えずに応えた、「本当の小バヤシ旭が来たら国賓待遇で大歓迎し、下にも置かぬオモテナシをせにゃあかん。パレードだ、フェスティヴァルだ、紙吹雪だ。そのためにも先行投資を頼んでいるんじゃないか、カンパしてくれカンパしろカンパだカンパ」

「国賓待遇って、このジジイはどっかの国王気取りだぜ」ゴリガンがセセラ嗤った、「ここは只のコミュニティで、国じゃねえ。セッセラ、セラ。なるようになるわ、ってなもんじゃねえ」

「そしてこのコミュニティの先代の長はこの私だ」前コミュ長の力口山雄三がここは自分の番だとばかりに云う、「更に云えば現在のコミュニティの長は私の娘の婿だ。貴様にその地位を譲った憶えはない」

「大体カンパをねだるんだったら、ここにいる三人と鱶獲り名人以外にも、も一人おるんじゃなかったっけ?」痛風がすっとぼけて云う。

「も一人? ああ、あれは心配要らねえ。定期的に《湯気湯》に来てくれて、しかもちゃんとカンパもしてくれちょる。有難ぁいお客だ」

「何かあいつには遠慮してないか。本当はあいつと鱶獲り名人には敵わないと思ってるんだろう、違うか」

「んな訳無かろうがホァホァホァホァホァ」博士はあぶくの弾けたような声で笑い飛ばしてみせたが、他の三人は「そらな」とでも云うように目配せし合った。

長瀬《ながせ》悲惨太《ひさんた》は——唐突に見慣れない名前を出したが、これは現在のコミュニティ長、つまりは初代コミュニティ長・力口山雄三の女婿、義理の息子である——ダブルベッドに全裸で寝そべって、虚ろな視線を室内に漂わせている。傍らには同じく全裸の女が静かに寝息を立てているが、これが力口山雄三の娘にして長瀬悲惨太の妻である、力口山パンケーキだった。夫婦別姓なのは悲惨太が入り婿的立場だからか、この夫婦（の両方かどちらか）がそういう主義なのか、それはこの際関係のないことである。

「嫌な夢だ」悲惨太は呟くと、パンケーキの豊かな乳を荒っぽく揉んだ。パンケーキは「ううん」と不機嫌に唸ってうっすらと瞼を開いた。

「また嫌な夢を見ちまった」続けて云いながら、尚もパンケーキの乳房を揉みしだく。

「もうさあ、」パンケーキは悲惨太の手を振り払うと「一々、嫌な夢見たくらいで起さないでよ。子供じゃあるまいし」

「パンケーキは僕の見たような悪夢を見たことがないからそんなことが云えるんだ。死ぬより辛い、嫌な気分になる」

「死んだことなんか無い癖に」パンケーキはつまらなそうに云う。

「自分が天丼になってムシャムシャ喰われるんだぞ。最悪だ。見知らぬ男の歯で咀嚼されて、舌でしゃぶられて、呑み込まれて、胃液で溶かされるんだ。僕の軀が天つゆの絡みついた海老天と南瓜天と茄子天と数え切れない米粒になったかと思ったら、喰われてこの世から消されてしまう、その過程をじっくりと味わわされるんだ、これは地獄だ」悲惨太は振り払われた手で己の毛髪を掻き毟った。

「最近似たような夢見たんだっけ？」仕方なくパンケーキは悲惨太の頭を撫で撫でしながら聞いた。

「昨夜はカツ丼だ、」悲惨太は呻いた、「一昨日の夜は親子丼で、一昨昨日の夜は鰻丼だ」

「鰻丼だったらいいじゃない、私は鰻丼大好き」

「パンケーキはもし僕が鰻丼になったら食べるのか？」悲惨太は目を剝いてパンケーキを見つめた。

「鰻丼だったらねえ、食べちゃうかも知れない」パンケーキはのほほんと応えた。

「僕は仮令《たとい》食べるのがパンケーキであろうと、鰻丼として食べられるのは嫌だよ。何処の誰だか知らない親爺よりはマシだけど。でも絶対に嫌だよ」悲惨太は啜り泣いた。

「冗談よ、冗談」パンケーキは面倒臭くなって「悲惨太が鰻丼になろうがカツ丼になろうが海鮮丼になろうが食べる訳ないじゃない」と云いつつ、**（海鮮丼だったら分かんないなあ、こんなメソメソしてる亭主なんか鬱陶しくて見てたくないから食べちゃっても構わないかな、鰻丼もやっぱアリだよなあ）**等と思いを巡らしていたが、無論オクビにも出さなかった。

「海鮮丼になる夢はまだ見てないぞ」悲惨太が被害妄想気味に叫んだ。

「だから喩えの話じゃないの」パンケーキはうんざり&げんなりした。

「きっと今夜僕は海鮮丼になって喰われるんだ。死にたい」メソメソと泣き続ける悲惨太をベッドに置き去りにすると、パンケーキはさっさと檸檬色のブラとパンティを装着し、煉瓦色のガウンを纏った。ベッドとは対面の壁一面を占める書棚に向って歩いて行き、一冊の本を手に取った。漱石全集の第二巻である。父親の愛読書であり、自分も好きで読んでいる『坊っちゃん』が入っている巻だった。「親譲りの無鉄砲で小供の時から損ばかりして居る」パンケーキは繰り返し読んできた冒頭の一節で初めて妙な想いに囚われた。「親譲りの無鉄砲」って書いている割には、この主人公の親が無鉄砲な描写なんて無かった。両親ともに主人公を可愛がっていないということだけが伝わってくる。

　パンケーキの父である初代コミュニティ長の力口山雄三も無鉄砲と云えば云える男だった。いや「無鉄砲」と云うよりかは「無思慮」と呼ぶべきだろう。只の村を「コミュニティ」と云い包《くる》め、『坊っちゃん』を愛するあまり、コミュニティの住民に「～ぞな、もし」と喋ることを強要した。無論のこと非常な反発を招き、特に後者に関しては実践する者はいなくなった。抑々、当の父が「ぞなもし」なんざ云っちゃいない。「長は云わなくていいんだ、長は」と云い張っていたが、どう考えたって道理に合わない云い訳なのは娘のパンケーキにも理解出来ない筈が無かった。

　パンケーキは幸いにして父親に可愛がられて育ったが、無鉄砲、若しくは無思慮であったかも知れない。悲惨太と初めて会ったのは、コミュニティから飛んでも八分走って三十分歩いて一時間はかかる海辺であった。その行程を車に乗って十分に短縮し、友人数名と一緒に海水浴と洒落込んだのである。皆と水着姿で砂浜をピッチピッチチャップチャップランランランと戯れていると、波打際に悲惨太が流木みたく転がっていたのである。最初は本当に流木に見えたのだけれども、近づいてみたら人間だった。しかも全裸の男なのだった。

「ヤだ、これ人間よ」「死んでるのかな」「オトコよ、オトコ」「死んでたらオトコだろうがオンナだろうが関係ないじゃん」「関係なくないじゃん、フリチンよ」「死んでたらフリチンだろうがなかろうが関係ないじゃん」「まあハシタナイ、フリチンなんて」と姦《かしま》しく騒いでいる友人達を尻目に、パンケーキはいきなりフリチン流木男の口に自分の口を密着させて人工呼吸を始めたのだった。

「え、人工呼吸なんか出来るの」「ヤだ、マウス・トゥ・マウスよ」「病気が伝染るかも」「死体なのかもなのに」「生きてたらもっとヤバいかもなのに」「まあハシタナイ、フリチンなのに」と周囲は無責任に囃し立てたが、パンケーキは無鉄砲且つ無思慮なので、人工呼吸のやり方も分かっちゃいないのに咄嗟にマウス・トゥ・マウスなのだった。フリチン流木男は息を吹き返したが（「パンケーキ、白雪姫みた～い」「バカね、白雪姫じゃなくて王子様の方じゃん」「パンケーキ、オットコマエ～♪」「チンチン、スゴ～い」）、自己流の人工呼吸で本当に助かったのかどうかは疑問だとパンケーキは今も思っていた。結果オーライなのである。そのまま件のフリチン流木男と何故か結婚してしまったのも結果オーライなのである。流石に父親は「何処の馬の骨とも分からんオトコといきなり接吻した挙句に結婚とは一体全体何なんだ」と激怒したが（出会った際の詳細をよく分かっていなかったし、よく分かっていたら更に激怒したろう）、無鉄砲で無思慮な娘は聞く耳持たないのである。その上、以前から「人の上に立つのは疲れるぞな、もし。そろそろ止め時ぞな、もし」とかぼやいていた父親（何故かこの時だけは「ぞなもし」喋りだった）を口説き落として、後任のコミュニティ長に何処の馬の骨だかも分からぬ自分の婿を就任させてしまった。無鉄砲と無思慮の馬鹿力である。

長瀬悲惨太は自分に関して何も云いたがらなかった。名前を聞き出すのにも骨が折れた。何故浜辺に全裸で倒れていたのかも云わなかった。つまりは得体の知れない正体不明の男でしかないのであった。そんな男と結婚して父親の二代目を強引に嗣《つ》がせたのも、惚れたからだった。悲惨太はさして美男子やイケメンと云われる類の顔はしていなかったのだが（寧ろ一目見ただけでは忘れる、一目見ても忘れる、何回見ても忘れる、そんな印象のぼんやりとした表情だった）、それこそ白雪姫に接吻した王子みたように、あの瞬間に何かが火を付けてしまったのだろうか。悲惨太の口から見えない毒林檎の欠片が零れ落ちて、それがパンケーキの心臓に恋の毒を注ぎ込んだのだろうか。正直、パンケーキ自身にも悲惨太に惚れた理由は分からなかった。「裸だったからじゃない？」とあの時いた友人の一人から揶揄されたが、パンケーキは「全っ然っ、違うっ」と即却下した。それは自信を持って断言出来た。「じゃ、あのスゴいチンチン？」と聞いてきた別の友人にはビンタを一発お見舞して、絶交した。

自分の出自を語らない男を二代目コミュニティ長の座に据えるのは中々の至難の業だった。出自どころか自分から何かを云おうとしない。公の場ではなるべく傍らに付き添って自分が喋るように努めた。しかし、意外とコミュ民には評判は悪くないようだった。「押しつけがましい初代コミュ長より何もしない二代目の方がマシ」程度に評判は悪くなかった。「パンケーキの内助の功」を褒める者もいて、ムズムズした気分になった。自分が「内助の功」なんて言葉を引き合いに出されて評されるのは、殊更口に出して否定しようとは思わないけれど「誰かと勘違いしてんじゃないの?」と思わざるを得ない。と云うか、気持悪くてゲラゲラ笑えた。「出しゃばり」とも云われたが、そっちの呼び方がずっと相応しい。どっちみち父親が健在な内は、「コミュ長」と呼ばれるのは父の方であり、悲惨太は精々「コミュ障」程度の扱いになるのは仕方ないことだと割り切っていた（実際には父親も湯気太郎博士に「コミュ障」呼ばわりされていたのだが）。カロ山雄三は娘のパンケーキを未だに目の中に入れても痛くないとか思っていたし（「パンケーキ目に入れたら瞼が裂けるよね」とは友人達の弁）、悲惨太はコミュニティどころかこの世のあらゆる物事に興味がないようだった。パンケーキはそれで一向に構わなかった。

　しかし変な悪夢を見てパニックになるのはちと困る。悲惨太本人は心の底から恐怖しているのだろうが、丼物になって喰われる夢を毎晩見るというのは、パンケーキには滑稽だった。夢を見たことが殆ど無いから同情が湧かないのかも知れない。海鮮丼に怯える夫は頼りないこと夥《おびただ》しくて失笑も起きない。こうした場合誰に相談すればいいのか。漱石全集を書棚に戻すと考え込んだ。『坊っちゃん』の冒頭の一節の謎は結局解けないままだったが、自分の亭主の夢の謎は何とか解決しなければならない。

「お前には過ぎた嫁なんだぞ、私は。分かってんのか」ベッドでメソつきながら洟も啜っている悲惨太をジロリと一瞥してパンケーキは呟いた。

　教会みたような三角屋根の家に棲んでいる北詰姉妹は、コミュニティでは仲間外れにされている存在だったが、実は「夢占い師」なのだという噂があった。あの姉妹が生業も持たずに一日中家に籠りっきりで、昼間っからタツノオトシゴのワインを飲んだくれてヘベレケになっていられるのも、秘かに夢を占って貰うために訪ねて来る客が殊の外多くいるからなのだという。ただ事実上の「コミュ八分」なので、コミュニティの住民達も大っぴらに行くのは躊躇われるのか、人目を避けて夜に行くらしい。パンケーキは北詰姉妹の家に行ったことはなかったが（抑々夢を見ないので行く理由がない、見たことがあるのやも知れないが起きれば忘れている）、初代コミュ長の娘で二代目コミュ長の妻が人目を気にするのは莫迦らしい。人によっては、そういう立場であれば逆に気にするのかも知れないが、パンケーキはそういう性格ではなかった。本来ならば悲惨太を引き摺ってでも連れて行かなければいけないのだろうが、先ずは様子見で、自分一人で訪問することとした。

　てな訳で、お天道様が満面の笑みで燦々と陽光を地上に投げかけている中、パンケーキは白昼堂々と北詰家へと向った。住民達の視線なぞ意に介さず、大股で歩を進める。住民達も白い目で見ようものならぶっ飛ばされると思っているのか、慌てて目を逸らす。その印象はあながち間違ってはいない。木賊や車前草《おおばこ》や竹似草《たけにぐさ》が履いていたモカシンの底でギショッ、ギショッ、ギショッと音を立ててへし折られのの、踏み潰されののの、青い汁やら黄色い汁やらが飛び散りののので辿り着いたパンケーキはタツノオトシゴを象ったドアノッカー**（こんなの見たの生まれて初めて、タツノオトシゴのドアノッカーだってさ！）**をコチコチと鳴らして「いらっしゃいますか？」と声を張り上げた。すると「ふぇぇぇぁぁぁあい」という気の抜けた声と共に、若い男が扉を細めに開けた隙間から顔を覗かせた。頬に赤や緑の絵の具が付いていている。この家に棲んでいるのは姉妹二人きりだと聞いていたが、誰だろうか。
「キタナジリさんのお宅ですよね？」パンケーキは確認した。

「ええ、まあ、そうなんですが、」腕太郎は応える、「今、鳥渡」

「いらっしゃらないんですか？」

「いや、いることはいるんですけどぉ、」と云いながら腕太郎はパンケーキの顔を不躾に眺めた**（こんな別嬪《べつぴん》がこのド田舎にいたとは知らなかったな、「鄙にも稀な」ってな、このことだにゃ）**。腕太郎はフレスコ画に余念が無かったが、当の北詰姉妹は三人のパチモン小バヤシ旭とテーブルを囲んで、今日は真っ昼間から酒宴の最中であり、訪問者が来たとしても相手が出来るのは腕太郎しかいなかったのである。大体からしてからしてが、この家を昼間訪れる客は殆どいなかった。

「鳥渡、手が離せないもんで」腕太郎は適当に誤魔化した。

「でも、私の話を聞いてほしいんです。中に入って待たせていただいても構わないかしら」

「えぇっと、よろしいんじゃないすかね」腕太郎は中に招き入れた。こんな美形を門前払いするような朴念仁の部類には、腕太郎は当然属していない。

「今、『キタナジリさん』と云われましたね」

「違うんですか。キタヅメさんじゃなくてキタナジリさんと訓《よ》むのだと伺ってますが」

「ええと、今何と云われましたか」

「ですから、キタヅメさんじゃなくてキタナジリさんだと。違うんですか」イラッとしてパンケーキは切り口上になる。

「いえいえ、その通りですよ」とか云いながら、腕太郎はパンケーキの口から再三再四「キタナジリ」

という言葉が発せられて（**こりゃ堪らんなぁ、このポッテリとした桃色の唇から「汚な尻」とか云われた日にゃ**）下衆な悦びにうっとりとしている。うっとり序にパンケーキの頭の先から爪先まで、特に胸の辺りなんざ重点的に粘着質な視線を無遠慮に投げかけているので、好加減パンケーキはイライラが頂点に達し（**こいつ何なんだよ、誰だか分かんないけどヤらしい目でさっきからジロジロ見やがって。これ以上舐め回すような目で見たら一発お見舞してやっからな**）つつある。

「ゲホッ、あの絵は何ですか」強めの空咳をして、パンケーキは相手が作業していたと思しき部屋を見て云った。壁一面に漆喰が塗られ、その上から絵の具が重ねて塗られているのだが、何の形なのかよく分からない。

「あれは俺、いや失敬、僕の描いてるフレスコ画です。フーレフッレ、スーコスッコ、蟹料理〜♪」と敵は自慢げに云い、且つ歌ってみせたが、「はぁ」と気の抜けた反応しか出なかった。フレスコ画だか何だか知らないが、気に食わない相手の描いている絵は気に食わない。ただこの男の視線を払いのけるために話を振ったに過ぎないのであって、勝手に描いてろボケ、という感想しかない。それに全く気づいていないこの鈍感な男は、フレスコ画の描き方について諸々の蘊蓄を垂れているが、右の耳から左の耳へと吹き過ぎていくだけである。

「そういうことじゃなくて、」パンケーキは腕太郎の蘊蓄を遮り「何を描いてるんですか。何だかよく分からない。シミにしか見えない」

「それは完成してのお楽しみですよ、今云う訳にはいかない」

「あ、そう。じゃいいです」さっさと話題を打ち切って「私はキタナジリさんに話を聞いて貰いたいだけなので。何処にいらっしゃるのかしら」

「うぅぅぅん。会わせちゃっていいのかなあ。俺、いや僕はここの住人じゃないんでね」

「壁に絵を描いてるんだから私よか近い関係でしょうが。勿体振らないで会わせてよ」だんだんツンケンした物云いになってくる。

「分かりました分かりました。ではご案内しますが、ガッカリしないで下さいね。何の用があるんだか知らないけど」と云って腕太郎は奥の居間へと案内する。仕方なく後に従うが**（ガッカリするなって何だよもうこいつぁ）**気に食わないこと夥しい。

しかし、確かに食卓を囲みグデングデンに酔っ払って意味不明な言葉を喚き原型も留めない歌を高歌放吟している北詰姉妹（らしき初老の女二人）を見れば落胆しそうになるのは避けられなかった。おまけにその他にも何やら分からぬ連中が三人も雁首を揃えている。確か北詰姉妹は二人きりでこの家に棲んでいる筈ではなかったのか。最初に顔を出したフレスコ画の男にも困惑したが、この似たような面を並べて似たような声で喋ったり歌ったりしている連中**（何だこいつら）**には一層困惑する。

「あの、こんにちは。聞えますか？　こんにちは！」敷居でパンケーキは声を張り上げたが、居間で展開される落花狼藉は一向に止む気配が無い。どいつもこいつも癇に障るような甲高い声で「戀という字はヤッコラヤのヤ〜、いとしいとしとゆうこっころ、ゆうこっころ〜♪」とか絶叫に限りなく近い絶唱が続いている。耳が腐りそうになった。

「ねえ、私は夢占いをして貰いに来たのよ。お金はちゃんと払うから話を聞いてくれないかなあ？」挫けずにもう一回叫ぶと、「お金」という言葉が耳朶を刺激したのか、「鳥渡静かにしなさい」との鶴の一声で漸く静まった。鶴は姉妹のどちらかだったが、多分姉の白恵だろうとパンケーキは察した。その一方で腕太郎は「え。夢占い？　北詰さん、そんなこと出来るの？」とか驚いている。絵を依頼した人間がどういう生業で生活しているのかも興味が無いらしい。絵描きを商売としてやっていくのは厳しいぞお前、と口には出さずに腹の中でパンケーキは毒づいた。

「夢占いのお話だとか」今までへベレケだったのが嘘のようにシャンとなって姉妹のどちらかがこちらに近づいて来ながら（足取りはフラついていたが）云う、「こんなお日様が照ってる時に来られる方は珍しいわ」

「私もこんなお日様が照ってる時から宴会をやってる方々は初めて見ました。そんな方に夢占いなんて出来るのかしら」パンケーキは遠慮なくジャブをかました。

「あら、口の悪いお客様だこと。お恥ずかしいところをお見せしてすんませんでしたわね。でも、こう見えても夢を占わせたら天下一品とはお得意様にも云われてるのよ。北詰白恵です、よろしく」云いながら手を差し出したので「こちらこそ御挨拶が遅れました、力口山パンケーキです」と応じて握手を交わした。

「北詰百一恵です」何時の間にやら食卓からパンケーキの背後に瞬間移動して妹の方が挨拶したので、危うく悲鳴を上げそうになったのを何とか食い止めた。

「コミュニティ長の娘さんなのね」北詰姉は唇の右端を吊り上げて微笑んだ、「色々とお世話になってますわ」明らかに嫌味と当て擦りが入り混った言葉だった。パンケーキも詳しい事情は知らないが、自分の父親と北詰家が敵対関係にあるらしいことは察していたので「私は父とは無関係に北詰さんにお願いしたいと思って来ました。それは予《あらかじ》めお断りしておきます。あと、今のコミュニティ長は父ではなくて、夫です」と云った。

「あらそうだったわね。でもお金さえ戴ければ、私はちゃんとした仕事をしますわ、相手が誰であろうと」そう云って北詰姉は、今度は唇の左端を吊り上げて微笑んだ。北詰妹も姉に合わせるかのように「キャハハハハ」とけたたましい笑い声を上げたので（しかもパンケーキの背後で）、パンケーキは来たことを後悔し始めた。

「へえ、初代コミュ長の娘さんだったのか。絵描きの腕太郎です、よろしくね～」そう云って腕太郎はまたもや粘着質な視線を上下左右に投げかけたので、パンケーキは来たことを更に後悔した。

「そこの三人、あんた達もコミュニティ長のお嬢様に御挨拶なさい」北詰姉が食卓でワチャワチャしていた三人を一絡げに呼びつけた。三人は千鳥足で（三人だから三千鳥足だ）何とかかんとか敷居までやって来ると、

「ドモ、小バヤシ旭レス」

「ドモ、小バヤシ旭レス」

「ドモ、小バヤシ旭レス」

と酒臭い息をヒィヒィ吐きながら三連発で挨拶したので、パンケーキは真剣に帰ることを検討した。

「御免なさいね、こんな連中を見たら怖いでしょ。何だか知らないけれど小バヤシ旭なんですって」北詰姉が説明したが「何だか知らないけれど小バヤシ旭」と云われても全く腑に落ちない。大体小バヤシ旭はこんな顔でも声でもないし、況《ま》してや三人もいる訳がない。

「知らないの、最近コミュニティは偽小バヤシ旭で溢れ返ってんのよ。初代コミュニティ長の娘で二代目コミュニティ長の妻なのに知らなかったの？」腕太郎が揶揄して云うので**（蹴りを入れたろか、ワレ）**思い切り凶暴な目で睨みつけてやったが、敵は蛙の面にションベンであった。

「小バヤシ旭はこの際関係も必要もないんです。私は夢の話をしに来たの」序に絵描きも必要ないと云いたかったが寸止めにしておいた。北詰姉も心得たもので、「私とお客様は一対一でお話しします、個人のプライヴェートな部分は絶対に漏らしませんので、ご心配無く。客室がありますから、そちらへどうぞ」と居間を出てパンケーキを家の更に奥へと案内した。腕太郎は未練がましくパンケーキの後ろ姿を見つめ（視線が焼きつくように感じたので、エイヤッと振り払った。視線は壁に衝突して砕けた）たが渋々フレスコ画を再開し、偽小バヤシ旭三人組はまた酒と唄に明け暮れる日常に戻り、北詰妹は蹣跚とした足取りでそれに付き合い、時々狂ったように笑っていた。あの笑い声は我慢出来ないので、北詰姉が一人で客の相手をするのは願ったり&叶ったりだった**（インチキ臭かったら話の途中だって帰っちゃうんだもんね、私は）**。

客室は奥の階段を上がった二階の廊下突き当りの小部屋だった。この「客室」は夢占い専用の部屋らしく、パンケーキは無論のこと知らなかったが、腕太郎も入ったことはなかった。仮に知っていたからといって優越感に浸ることもなかったろうが。眉毛にビチャビチャ唾を塗りたくりながら客室に入ると、正面の壁には小窓があり、庭に生えた朱木蓮《しゅもくれん》の枝を通してほんの微かに陽光が差し込んでいる。中央には粗末な木のテーブルが置かれ、粗末な木の椅子が窓側と扉側にそれぞれ一脚ずつ置かれている。窓側の椅子に座った北詰姉が「お座りなさい」と云うので扉側の椅子に座ったが、案の定座り心地が悪くて尻が痛い。先が思い遣られる。テーブル上には水晶玉でも置かれているのかと思ったが、その代りに何の変哲もない空の醤油差しが置いてあった。酒屋で出前を取るとおまけに付いてくるようなプラスティック製の安っぽい醤油差しで、〈キッコーサ醤油〉という黄色い文字と、亀の甲羅を象った上に「サ」という文字があしらわれたマークがプリントされている。何故醤油差しなんだか。

「私の夢の話じゃないんです。夫なんです」パンケーキは切り出した、「本当ならば夫を連れて来るべきなんでしょうけれど、今日は鳥渡都合が付かないので」

「先ず貴女が斥候としてやって来たのね。いい奥様を持って貴女の旦那様は幸せだこと。貴女が旦那様を愛してらっしゃることがよく分かります」そう云いながらこちらの目をググッと覗き込んで来るので、こちらの魂胆は見抜かれていると察した。そこで怯まずに「ハイ、愛しています」と応えると、北詰姉は「ホホホ、率直な物云いね。貴女みたいな方、私は好きですよ」と云った。嫌われるよりかはマシだ。でもこの女はどうにも油断ならない。しかも息が酒臭い。この狭苦しい部屋中に腐った柿みたような匂いが充満しており、辛抱するのも骨が折れる。「ホホホ」という笑い声の「ホ」一文字にも酒精が大量に充満している。酒臭くて、その上インチキ臭かったら容赦しない。

「変な話なんですけど」と前置きしておいた上で、悲惨太が毎夜日替りで丼物に変身し、喰われてしまう夢を見るのだと事細かに説明した。説明しながらパンケーキは莫迦らしさが心の内に湧いてきた。ウチの亭主は毎晩天丼やカツ丼になる夢を見るんですよ、そんで喰われっちまうんですよ、みたいな話を初めて会った赤の他人に話している自分は何なのかという想いが次第に強くなっていくのだった。しかも相手はアルコォル依存症の女である。今も素面には見えない。何故自分はこんなところへ来てしまったのか、そして自分の亭主の恥をペラペラと告白しているのか。しかもテーブルには醤油差しだし。キッコーサだし。一部始終を話し終えた時には自己嫌悪すら感じていた。

　しかし、聞き終えた北詰白恵は徐《おもむ》ろに荘厳な声音で「これは多分貴女が思ってらっしゃるよりも深刻な事態です」と宣言した。思わず「本当ですか？」と返した声も疑わしげになる。

「夢を舐めちゃいけないわよ、貴女」北詰姉は険しい顔で云う、「賢い人や教養のある人ほど得てして夢を莫迦にしがちだけど大間違いのコンコンコンチキチ、コンチキチなの」

「コンチキチ？」パンケーキは**（何を云うとるんだ、このオバハンは）**聞き返した。

「コンチキチなの」北詰姉は繰り返す、「夢は怖いの。特に悪夢は」

「ハア」気の抜けた返事をする。

「このままだと、貴女の旦那様は夢の中で本当に丼物として食べられてしまって、現世には戻れなくなってしまうわよ。貴女、それでもいいの？」

「よかないです。全然よかないです。そんなの全否定です」慌てて首を横に振る。

「夢魔は夢に巣喰って、夢を見る人間を喰ってしまうの」

「むま」パンケーキは「馬」みたく発音した。

「夢に悪魔の魔と書いて、夢魔。貴女の旦那様に仇を為しているのは夢魔に違いない」

「そいつをやっつける方法を教えて下さい」パンケーキは椅子から乗り出して北詰姉に懇願した。

「テーブルに乗っているこれは何ですか」

「醤油差しです」

「キッコーサの醤油差しです」北詰姉は「キッコーサの」の部分に特に力を込めて云った。

「でもキッコーサって」渋い顔をするパンケーキに「キッコーサの何が気に入らないんですか、そんなことを云ってる場合じゃないのよ」バンとテーブルに両手を叩きつけたので、件のキッコーサが一ミリ程度宙に弾んだ。

「夢魔を封じ込めるのよ、いいこと?」北詰姉はそれこそ詰るように云うと、醤油差しを両手で高々と捧げ持ち**「キッコ〜サ〜、キッコ〜サ〜♪」**と濁声で唱えながら狂ったように踊り出した。雨乞いでもやっているみたいだ。両手は醤油差しで塞がっている分、それ以外の軀の運動量が半端ない。全身を大きく台風の眼もかくやとばかり廻転させて、屈み込んだかと思うと仰け反り、両脚なんか床に着地している時間の方が明らかに少ない。あまりに激しい踊りなので、床を踏み抜くのではないかと心配になる。どう考えても声や音が下に響いているのは疑いない。

唖然として眺めているパンケーキの背中を思い切りどやしつけて「貴女、何をボケーッと突っ立ってるの。私と一緒に踊るのよ」

「え。でも。私踊り下手だし。無理だし。キッコーサなんてマジ勘弁だし」

「何を気取ったこと云ってるの。プライドを捨てなさい。貴女の旦那様が死ぬか生きるかの瀬戸際でしょうが」

「そりゃそうかも知れないけど、キッコーサは本当に無理」

「貴女は旦那様を愛しているんじゃなかったの？　違うの？　愛があるなら踊りなさい」と責められて、詮無く「キッコ〜サ〜、キッコ〜サ〜♪」と涙目になりながら踊らされる羽目となった。とてもじゃないが師匠（？）の北詰姉みたくは踊れないので、志ムラケんが嬉々として「木曜日はモ〜リモリ♪」と歌い踊るのに嫌々ながら見様見真似で従わざるを得ない石ノヨウ子みたようなシッチュエイションに陥った。身も心も惨めだった。

「ハイ、それでは今日は予行演習でした」一頻り踊った後に師匠（だから何よ師匠って）の北詰白恵は云ったので「え。予行演習」とパンケーキは絶句した。

「当り前でしょ。夢魔に蝕まれているのは貴女じゃなくて貴女の旦那様なの。旦那様がいないのに貴女と私だけ踊ったって何の意味もないじゃない。今度の本番は旦那様も交えて踊ります」

「亭主と一緒に今のアレをやるの？」パンケーキはベソをかいた。

「旦那様を連れて来るのはいつにしますか？」

「絶対にあの人来ないわ」

「首に縄つけて引っ張ってでも連れて来なさい」

「無理よ、無理無理無理無理無理無理」

「どうしても無理とか云い張るんだったら、私が貴女方の家まで出張するしかないね」

「嫌。絶対、嫌。あんなスットコドッコイダンシングを悲惨太と一緒にアワスウィートホームでダンシングするなんて最悪過ぎる。トゥバッド。ソウバッド。ヴェリヴェリバッド。嫌。嫌嫌嫌嫌嫌」

「でも他に方法はないでしょ」その数日後に「力口山」と「長瀬」の表札が仲良く門柱に並んだスウィートホームに参上仕った北詰白恵は、玄関先で勝ち誇ったように云い放った。

「誰だこのひと」北詰姉を見るなり悲惨太は怯えてパンケーキに抱きついた。

「だらしねえなあ、」うんざりしてパンケーキは云った、「経緯は逐一説明したじゃん。覚悟決めなよ。私は覚悟を決めたんだから。大体私の問題じゃなくて悲惨太の問題なんだからね」敢えて悲惨太を無下に引き離した。

「土壇場になったら女の方が男より強いと相場が決まってるの。男ってだらしない生き物だよねえ」北詰姉は案内も乞わずにズカズカと上がり込みながら云った。

「貴女に私の亭主をどうこう云われたくないけど、」パンケーキは不本意ながら云った、「でもそれは本当だから仕方ないわね。客間はこっちよ」

　客間のソファに深々と座り込んだ北詰姉は硝子のテーブル越しに「それで昨夜見た夢は何だったんで

すか」と向いのソファに座った悲惨太に話しかけた。

「昨夜は親子丼だったんだって」口籠る悲惨太を見かねてパンケーキが云った、「その前の夜は海鮮丼。どっちも食べられる寸前で目が醒めたのはおんなじ」

「本当は旦那様の口から聞きたかったんだけど」出されたレモンスカッシュをストローでチュウチュウと耳障りな音を立てて吸いながら北詰姉はジロリと上目で悲惨太を見た。

「誰だか分からないひとに自分が見た夢の話なんかしたくない」悲惨太は意固地に云った。

「だから夢占いのセンセなのよ」パンケーキは宥めた、「口が酸っぱくなるほど説明したじゃない」

「このレモンスカッシュはいい塩梅に口が酸っぱくなったね。爽やかな、いいお味ざんした」

「自家製なの。私が作ったのよ」パンケーキは自慢してから「おっと、お酒の方がよかったかしら？」

「いいのいいの。私は自家製のタツノオトシゴのワインしかアルコォルは摂取しないことにしているからね**（「タツノオトシゴ？」と悲惨太が妙な顔をするからパンケーキが「シーッ。んなこといいから貴男もレモンスカッシュ飲んで」と注意した）**。それではと、」北詰姉は持参した大きめのハンドバッグから醤油差しを三本取り出し「パンケーキさんは分かってらっしゃるけど、旦那様にはこれも説明されたのかしら？」テーブルに載せたので、硝子がプラスティックへの差別意識を漂わせた「カチン」という音を立てた。

「……それが……どうにも私からは……実際にやってみないと……ね」それまで歯切れよかったパンケーキの口調が急に茹ですぎた饂飩《うどん》みたく途切れ途切れになった。

「百聞は一見に如かず、よね。それは確かに云える。『百聞は一ダンシングに如かず』とも云うけれど。さあ二人ともこれを持ちなさい、両手で捧げ持つようにして」醤油差しを二本差し出す。

「キッコーサなんですかぁ、やっぱ」パンケーキは素直に受け取りつつも、うんざり&げんなり&がっかりする。

「何で醤油差しなんだ。しかも空だし」悲惨太は手渡された醤油差しを胡散臭げに、繁々と観察している。

「夢魔は夢を見る人間を喰い殺すのです」北詰姉はこっからが独壇場とばかりに滔々と語り出した、「夢魔は俗説的に牡のインキュバスと牝のサッキュバスに分けられると云われておりますが、そないな単純なもんやおまへん（悲「何故関西弁？」パ「知らんがな」）。それは夢魔を性的な見地、駄フロイト的観点からしか見ていないヒッジョーに凡庸且つお粗末な男根女陰主義でしかないのであります（悲「ダフロイトって誰やねん？」パ「知らんがな、ってあんたかて関西弁になっとるがな」）。人間ばかりがこの世に幅を利かせているという思い込みがこの世に幅を利かせている、それは誤った人間本位主義であり、牡牝本位主義なのであります。この世に生きとし生けるもの、それは人間だけではなく、動植物全般が生きているのであり、生命は人間の特権ではないのです。いや、この世に死にとし死せるもの、この世に生きぬとし生けぬものも、生命を持っていないからといって除け者にしてはいけません。死せる魂も生きています、本来命無きものも生きています、生けるものや死せるものより作られし命無きものも生きています」

「何を云ってるんだ、このひとは」悲惨太は不安な表情でパンケーキに聞いた、「命無きものも生きています、って生きてないだろ」

「私に聞かれても困る。このひとに聞いて頂戴」パンケーキも不安を隠しつつ、そう応えるしかなかった。

「夢魔はインキュバスやサッキュバスのような性的なものばかりではありません、」構わず北詰姉は語り続けた、「旦那様を悩ませている夢魔がどのようなものか私にも分かりませんが、このまま放置しておけば旦那様は本当に丼物として食べられてしまうことでしょう。この夢魔は性欲ではなく、食欲が原動力となっているのです。そこでこの醤油差しの出番なのです」手にした醤油差しを葵の印籠みたくこれ見よがしに振りかざした。

「やっぱ、キッコーサなのね」パンケーキが諦めたようにボソッと云った。

「醤油差しを舐めてはいけません」北詰姉は声を張り上げた（パ「別に舐めちゃないわよ」）、「醤油差しにも醤油差しならではの命無きものの生き方があるのです。そのことを世間の人達は誰も知らない。知ろうともしない（悲「知る訳がない」）。醤油差しが夢魔を封じ込める力を持つことを貴女方は知らない。醤油差しを単なる『醤油の容器』としてのみ見ている者は醤油差しを侮っているのです。醤油差しを嗤う者は醤油差しに泣くのです」

「強烈な『醤油差し推し』だな」感心半分寒心半分で悲惨太が感想を述べた。

「感心してないでよ。こっからが大変なんだから」パンケーキが軽く肘鉄を喰らわせた。

「では恥じましょう。じゃなくて。始めましょう。皆さんも御一緒に。キッコ〜サ〜、キッコ〜サ〜♪」と醤油差しを捧げ持って踊り出した。

「何だこの狂気の沙汰は」悲惨太は呆気に取られた、「踊る宗教か」

「いいから一緒に踊ってよ。キッコ〜サ〜、キッコ〜サ〜♪」パンケーキは『志ムラケんのだいじょうぶだぁ』も大分後半になってからの石ノヨウ子的ヤケッパチパワーでこれまた踊り出した。

「嫌だよ」「嫌がってない、一緒に踊るのことある」背中をどやしつけて（両手が塞がっているので足蹴にした）無理矢理に踊らせた。仕方なく屁っぴり腰で真似している悲惨太を「気合が入ってないんだ」と心を鬼にして叱り飛ばす。

「『心を鬼に』って顔も鬼じゃないか」悲惨太が泣き言を垂れるので、「仕方ないじゃないか、私の『内助の功』ってのはこういうもんなんだ。泣いてる暇があったら踊れ踊れ」と檄を飛ばした。

「何て酷い内助の功だ」とか愚痴りながら悲惨太は嫌々踊っていたが、興が乗って来ると踊りも本格的になって来る。「キッコ〜サ〜、キッコ〜サ〜♪」という掛声も張りが出て来る。三人の男女が醤油差しを両手で捧げ持ちながら客間で踊り狂っている様は傍から見ればそれこそ「狂気の沙汰」であったろうが、幸いなことに見る者はいなかった、少なくとも人間は。お天道様は何でもお見通しだから勘定には入れない。今日も満面の笑みで燦々と陽光を地上に垂れ流し、そのほんの極一部は客間にもカーテンを通して差し込んでいた。

　その内、踊る宗教は更にエスカレートし、教祖である北詰姉は「キッコ〜サ〜、キッコ〜サ〜、サッちゃんはね、サッキュバスってゆ〜んだ、ホントはね♪」とか歌い出した。それに合せてパンケーキと悲惨太も「キッコ〜サ〜、キッコ〜サ〜♪」とコーラスした。狂乱の唄と踊りが絶好調に達したかと思われた丁度その時、いきなり悲惨太がピョンと兎みたく飛び上がったかと思うと、バタンQで床の上に伸びて、そのまま鼾をかいて寝てしまった。

「心配したんだよ、私は」北詰姉はパンケーキに云う、「貴女が旦那様に本当に睡眠薬を一服盛ったかどうか今一つ信用出来なくてね」

「ちゃんと言われた通りやってるわよ、亭主のためだもん」

「間違えて私のレモンスカッシュに入れられたりしたら堪んないから。全部台無しになっちまう」

「抜かりはないってば」共犯者となった二人は眠っている男を見ながら悪い目配せをした。眠る悲惨太は、初めの内はビースカ鼾をかいていたが、そのうち魘《うな》され出した。

「怖いよぉ、喰われるよぉ」と云いながら汗ビッショリで身悶えているので、北詰姉は「よし来た」と云いながら醤油差しの蓋を開けて、悲惨太の顔に近づけた。

「こうやって夢魔を吸い込むのよ」北詰姉は得意満面で云った。

「これ、正確には夢占いじゃなくて『夢退治』ね」パンケーキは踊り疲れて息切れしながら「でも私や悲惨太が持ってる醤油差しは何なの」と聞いた。

「アクセサリだね。私だけ醤油差しを持って踊ってたら莫迦みたいじゃない？」

「何それ。私達が莫迦みたいじゃない？　こんなもの持って踊らされて。草臥《くたび》れ儲けだわ」

「踊るのは必要不可欠なの。私と、悪夢を見ている当人と、出来れば当人の家族と。それも最愛の人じゃないと駄目ね」

「何か上手いこと云われて乗せられた気がする」パンケーキはさっき口を付けなかったレモンスカッシュを一息に飲み干した。炭酸は抜けて温かったが、喉は潤った。

「怖いんだよぉ、喰われるんだよぉ、ドンドンドンブリなんだよぉ」悲惨太が魘され続けているのへ、北詰姉は「キッコ～サ～、キッコ～サ～、夢魔ちゃん夢魔ちゃん夢魔の子ちゃん♪」と、適当に作詞作曲したとみられる小唄を歌いながら醤油差しを尚も口許に接近させる。

「大丈夫かしらなの」パンケーキが不安なのは変りない。

「夢魔ちゃんが旦那様の口からゲロみたように吐き出されるのを待ってんの。そこをこのキッコーサで一網打尽なのよ、ウッフフフフ～」北詰姉は余裕綽々で御座いといった面持ちで御満悦である**（このひと、もう成功したみたいなドヤ顔しちゃってさ、そんな上手いこといくんかいな。これで失敗したとか云ったらどうしてくれようか）**。

軈《やが》て、悶えていた悲惨太が「ウッ、ウッ、ウグェッ」と声を発すると、嘔吐した。半ば消化された飲食物が床にブチまけられて**（その光景を目にして「絨毯じゃなくてフローリングにしといてよかった」とか、この緊急時にパンケーキはぼんやりと思っていた）**、その中に何やら水揚げしたばかりの魚みたくピチピチと跳ねているものがある。うっかり&ぼんやりしていたパンケーキはその形を視覚で捕捉し損ねたが、夢退治師匠の北詰姉は**「キッ、コ～、サッ！」**というチャー、シュー、メン！感とド根性を詰め込んだ掛声と共に、どういう手練手管を使用したのか、醤油差しに閉じ込めて素速く蓋を閉めてしまった。でも醤油差しに入る程小さなものだったろうか。もっと大きかったような気もするが、それだと悲惨太の口からも出て来ないだろう。摩訶不思議なこっちゃで。

「ほら、これ」北詰姉は醤油差しを見せた。中には小さな丼状の物体が虫籠の中のバッタみたように脱出したくて跳ねている。

「これはね、旦那様がたった今見てた夢の中で変身した丼が実体化したものなのよ」

「今度は何丼なんですか、今まで日替りだったもんですから」云いながら、自分の夫が見ていた夢は定食屋みたいだなあとかパンケーキは思った。

「これはキジ丼ね」

「キジ丼」パンケーキは相手の言葉を反芻した**（そう云えば欽ドンって昔見てた。良い子悪い子普通の子。私は良い子）**。

「キジ丼たって、雉子《きじ》の肉を使ってる訳じゃないのよ、昔は本当に雉子だったかもだけど。要するに焼き鳥丼だね。キジ焼き丼とも呼ぶけど」

「焼き鳥は好きよ、ぼんじりが好き」

「そりゃ結構ね、私は皮が好き、それも塩限定。だけど、先ずは焼き鳥より旦那様の方が大事でしょ。これを捻り潰せば、万事解決よ」

すると、醤油差しの中から「助けてくれぇ、殺さないでくれぇ」という必死の声が小さいながらも聞えたので、パンケーキは「鳥渡待って」と云って耳を澄ました。それは確かに悲惨太の声だった。

「この醤油差しの中のキジ丼が悲惨太よ。捻り潰しちゃったら夫を殺すことになっちゃう」

「じゃあ、今床に倒れてるのは誰なの？　貴女の旦那様じゃなくって？」そう云われて、パンケーキは倒れた悲惨太を起すべくかなり乱暴に、首の骨が折れる程に揺さぶったが、いっかな目を醒ます気配は無かった。

「そっちは魂の抜け殻だよぉ、僕はこっちだよぉ」醤油差しの中から悲惨太の情けない声が微かに、だが確かに「へるぷ、みぃ。へるぷぅぅぅぅう」と聞えてくる。

「あの『へるぷぅぅぅぅう』っていう声は間違いなく悲惨太の声よ、」パンケーキは断言した、「他にあんな蚊の鳴くような声出せる男を私は知らない、この私は」そして胸を張った。

「いぃオッパイだわね、」北詰白恵は云った、「私もそんな立派な胸の持主として生まれたかった」

「オッパイよりこの情況を何とかして頂戴よ。何のために夢占いだか夢退治だかを頼んだんだか分かりゃしない」

「私も正直なところお手上げです」北詰姉は言葉通りに両手を挙げてみせて「万歳、じゃなくて降参ね。これをどうしたらいいか今の私も分からない。早急に解決策を見つけるから、料金はその後でもいいわ」

「そんなの、当り前じゃない。兎に角こんなテエタラクにしてくれた責任を取ってほしいわよ」

「断っておくけど、私がいなかったら旦那様はキジ丼としてすら生きていることは出来なかったのよ。

夢の中で食べられて、それで何もかもお終い。人間の姿じゃなくたって、生きてるだけで希望が持てるんだから、ある程度の感謝はしてほしいところよ。元の姿に戻して差し上げるけれど、時間が必要ね」

「どれくらいかかるのよ」顳顬《こめかみ》に青筋を立て、パンケーキは喰ってかかった。

「今は全然見当もつかない。適当な日にちを云ってまたキレられるのも嫌だし。こちらから連絡するから、それまで当分はキジ丼の旦那様と幸せな愛の巣を育んで頂戴としか云えないね。それから醤油差しには特別なオマジナイがかけてあるから、万が一にも旦那様が外に漏れちゃうことはないんでその点は安心して。あ、そろそろアルコォルが切れてきた。ウチ帰ってタツノオトシゴ一杯引っかけないとマジ死んじゃうわ。じゃ、また」夢占い師だか夢退治師だかの北詰白恵は云いたいことだけ云ってとっとと帰ってしまった。

　数日後、いつか悲惨太を見つけた砂浜で、パンケーキは青いビニルシートを敷いて、醤油差しを持って座っていた。醤油差しの中には変り果てた亭主がいる。これを人前には晒せないので、「病に臥せっている」という建前にしてあった。強《あなが》ち嘘ではないし、殆どのコミュニティ民達は初代コミュニティ長であるパンケーキの父を未だに「コミュ長」だと思っているので、さしたる難は無かった。

　海を見ながらパンケーキは思う、「今はミニキジ丼になっちまったこの人は何処から来たんだろう？」その視線の先には島影が浮いていた。彼《か》の島はコミュニティではタブー扱いされていた。「あの島には鬼が棲んでいる」というのが共通認識なのだった。行ったら戻って来られないという話がマコトシヤカに伝わっていた。以前は単純に「鬼ヶ島」と呼ばれていたが、初代コミュ長が「あの島のことは口にするな、どうしても話したければ《鬼ヶアイランド》と呼ぶがいい」とのお触れを出した。その語感の間抜けさ、アホらしさが妙にウケてしまって、〈鬼ヶアイランド〉という呼び方が定着してしまった。もしかして悲惨太はあの〈鬼ヶアイランド〉から流れて来たのではないかという考えは、以前から、より正確に云えば発見した時からパンケーキの頭の中にあった。

「ねえ悲惨太、あの島から来たの？」と聞いてみたが、頑なに沈黙を守っているのか、眠っているのか、返事はない。キジ丼（しかもミニサイズ）だから表情が分からないのが小面憎い。

そこへ犬と猿と人間がやって来た。「犬と猿って仲が悪いんじゃ？」とか思って見ていると、犬は本物の犬だったが、猿はかぶり物をした人間だった。そして人間（最初から人間に見えた人間）は二人、男と女だった。一人が間違いなく男なのは、股間から正視に堪えない程にニョッキリと生えている逸物からしても明らかだったが、もう一人が女なのかは暫《しば》し判断がつきかねた。何やらクチャクチャ噛みながら編み棒を目まぐるしく操っている。こちらに敵意の滲み出た視線を投げて来たので、パンケーキもガンを飛ばしてやった。すると、件の女らしき人間が「あのひと、コミュ長の御令嬢だよ」と云ったので**（よく口に入れたまま器用に喋れるもんだ）**、他の連中も一斉にこちらを向いた。こちらが見知っていないのに、向こうが知っているというのはつくづく不利だと思った。俗に云う「面が割れてる」ってなこういうことなんだろう。

「ごれえじょお、って何だ？」腿太郎は云った。

「娘っていう言葉をお上品に云い換えた言葉だ」猫という名の犬が指摘した。そしてパンケーキ**（ゲッ。**

犬が喋ってる）の方を見て「今、貴様は『ゲッ。犬が喋ってる』と思っただろう。顔見りゃ分かるんだ、そういう顔してた」と云った。図星&度肝だったので、パンケーキは黙したまま首を縦に振るしかなかった。

「大体からしてからして、犬が喋ると人間は概ね『ゲッ。犬が喋ってる』と思う、そして口に出して云う輩も少なからずいる。実に人間とは愚かしい、残念無念な生き物だ。犬は喋れぬと決めてかかっている。貴様も残念ながら残念な生き物だったな」猫（という名の犬）はパンケーキに牙を剥いた。

「犬に残念呼ばわりされる謂れはないわ」頭に来たのでパンケーキは云い返した。

「その『犬に残念呼ばわり』という云い方が犬を侮蔑している何よりの証拠だ」猫はギュインギュインと鼻を鳴らした。

「喧嘩は止めな。猫は直ぐにムキになる」苔子が割って入り「お嬢さんも犬を侮ったらいけないよ」と云った。

「猫？」とパンケーキが云うと「そういう名前なんだよ、この犬は」と苔子が応えた。

「お嬢さん、勘弁して下さい」猿コスプレの出前持ち（without 岡持）ルネ・フロワ・オカモッは接客業に就任している人間らしく下手に出て云う、「このワン公は直ぐ人に噛みつくんでさあ、比喩的でも文字通りでも」

「今の言葉を訂正しろ。拙者は『文字通り』には噛みついたりしないぞ、」猫はそう云った後一拍置いて「滅多に」

「やっぱ噛みつくんでしょうが」

「稀だ、稀」猫はそう云うと、再びパンケーキの方に向いて「そんな拙者らは世界を股にかけたい**（たいんかい、願望かい）**モチ麦メンじゃ。拙者はモチ麦マン第一号、今この場に屯《たむろ》しておる連中も皆モチ麦マンじゃ。貴様をモチ麦マン四号に任命しよう」と勝手に決定している。

「意味不明」パンケーキは斬り捨てた。

「そだそだ意味不アキラだ？」腿太郎が賛同した。

「あんまり足並みは揃ってないみたいね、モチ麦メンは」パンケーキは嘲笑してやった。

「土台、この連中は足並みなんか揃ってないのさ」苔子はあっさりと云った、「アタシはモチ麦メンの顧問だかマネジャーらしいんだけど、マネジメントも何もしてない。見てるだけ～」

「儂も何もしてねえ？」腿太郎が自慢げに云った。

「私が誰だか貴方達にはバレてるのに、貴方達が何者なのか分からないのって不公平でしょう？　自己紹介くらいしなさいよ」パンケーキは云った、「犬の猫さんはもういいけどさ」

「本格中華の店《激殺邪道軒》で働いてるルネ・フロワ・オカモッです。店では『マルセイユから来た凄い奴』と呼ばれてます。今度ウチに是非食べに来て下さい。美味いっすよ～。うっきー」出前持ちはエテ公の真似なのか、両手を頭に乗せておどけてみせた。

「腿太郎だ？《湯気湯》の三十三代目三助をやってる？」腿太郎も自己紹介した。

「アタシはその《湯気湯》で番台に座ってる苔子」苔子が云った、「趣味は編み物」

「よろしく。あら。でも、」パンケーキは妙な顔をして「お風呂屋さんや中華料理屋さんがこんな海まで遠征してて、お店の方は大丈夫なのかしら？」

「儂らがいなければ《湯気湯》も臨時休業だ？」腿太郎はまたもや自慢げに云う。

「ウチの店はどうなんすかね？　まあ、店長に毎日コキ使われてますから、一日くらい自主的に休みを取ったってバチは当らないと思います」出前持ちも云った。

「そんなことよか、」猫は鼻をクンクンさせながら「美味そうな匂いがするぞ。貴様が持っているその瓶の中から漂って来ている」とパンケーキの方へ近づいて来たので「しっしっ」と追い払った。

「この中には大事な物が入ってんの。なんで犬にくれてやらなきゃいけないのさ」

「『犬にくれてやる』だの『しっしっ』だの一々無礼千万な女だな貴様は。稀な『文字通り』の方を喰らわせてやろうか」牙を剝くので「巫山戯《ふざけ》んじゃないよ、そっちだって初対面の人間に対して『貴様』呼ばわりしてさ。そんなの犬だろうが人間だろうが関係なく失敬至極じゃないのさ。犬だから無礼じゃないんだよ、あんたが無礼だからこっちだって無礼な態度で返してるだけじゃん。分かったか、偉そうな態度しくさりやがって」云いたいことを云うと、ドンヨリしていた心がスッキリ&ハッキリした。

「モチ麦マン第一号、云われっぱなしでやんすね。ウッキキキキキィ」ルネ・フロワ・オカモッが猿爆笑した。

「こりゃ猫の負けだ」苔子が編み棒を振り上げて判定を下すと、クチャクチャ噛んでいたグミをゴクンと呑み下した。

「月蠅《るせ》え。ウゥウゥウゥ」猫は唸っていたが、牙はひとまず引っ込めた。

「お風呂屋や中華料理屋を臨時休業にして何しに海まで来たのよ？　海水浴？」

「あの島だ？」腿太郎は投げ遣りに云いながら、沖に浮かぶ〈鬼ヶアイランド〉を指差した。

その頃〈湯気湯〉では、湯気太郎博士は一風呂浴びに来た客達の対応に大童《おおわらわ》だった。

「何で臨時休業なんだ」Gさんが抗議した。

「昼風呂に入れろ」BURさんが咆哮した、「客人を二人も連れて来てるんだぞ」

「ドモ、小バヤシ旭レス」小バヤシ旭Aが云った。

「ドモ、小バヤシ旭レス」小バヤシ旭Bが云った。

「二人合セテ、ダブル小バヤシ旭レス」小バヤシ旭Aと小バヤシ旭Bがハモった（このダブル小バヤシ旭は北詰家に居候しているトリオ・ザ・小バヤシ旭とはまた別の小バヤシ旭である）。

「風呂に入れろ」「顔を洗わせろ」「ケツの穴を洗わせろ」「フルーツ牛乳を飲ませろ」その他のコミュニティ民とその他の新参者である小バヤシ旭達は声を揃えて怒号した。

「待て待て皆の衆よ、」博士は汗をかきながら怒れる皆の衆に呼びかけた、「誠に面目ないこったが、今日は番台と三助が流行病《はやりやまい》で寝込んでしまって、衛生上の関係で風呂を隅から隅までズズズイズイズッコロバシゴマミソズイと洗わなければいかんのだ。勘弁してけろ」

「衛生上、問題があるって云うなら、何で病み将軍なんかを上得意にしてるんだオラオラ」BURさんは与太ってみせた、「その口に手ェ突っ込んで奥歯ガタガタ云わしたろか」

「懐かしい台詞だ、『ローハイド』だな」Gさんは暢気に懐旧に浸っている。

「違うわ、『ララミー牧場』じゃ」BURさんは癇癪を起して怒鳴った。

「残念ながら俺は寄る年波で奥歯がもう無いのじゃ」博士は歯がボロボロの大口を開けてみせた。

「ならば舌を引っこ抜いたろかい」BURさんは益々柄が悪くなる。

「この親爺は二枚舌どころか、何枚舌持ってるか分からんから気をつけい」Gさんが警戒する、「百枚舌かも知れないな、百舌《ひゃくじた》だな」

「閻魔様か、お前等は」博士は云って「大体『百舌』は『百舌《ひゃくじた》』ではなくして『百舌《もず》』と読むんだぞ、鳥の名前だ。ささ、兎に角今日は臨時休業だから、ここは俺の顔に免じて入浴を一日だけ我慢して貰えんじゃろか」

「免じたくなるような面してねえだろうが、なあ皆の衆」BURさんは皆の衆を煽った。

「んだんだんだ」皆の衆の怒濤の声が轟いた、「んだんだんだんだんだんだんだんだんだんだんだ」

「ウルトラセブンに変身するのは誰だ」BURさんは大声で皆の衆に問うた。

「もろぼし、んだ」皆の衆が反射的に返した。

「モロボシ・ダンだ、ったく何云ってるんだか。『もろぼしんだ』なんざ縁起でもねえ」Gさんはブツクサ文句を云う。

「んだんだ云ったからって風呂に入れる訳じゃないんだ、そこんところを理解してほしい」博士は空涙を流して皆の衆に嘆願した。

「また嘘泣きしてやがる」ワン・オブ・皆の衆が云った。

「ドモドモドモ、小バヤシ旭レス」ワン・オブ・小バヤシ旭が云った。

「嘘泣きじゃない、本泣きだ」博士は嘘泣きに更に磨きをかけてオイオイと嘘泣きした。ここまで本格的に嘘泣きをすれば本当に泣いているのと変りはない程に嘘泣いた。泣きながら腹の中では**（苔子と三助の奴等、何処フラついてやがんだ、帰って来たら只じゃ済ませねえからな。どうしてくれようか、斧でバラバラにして薪と一緒に燃やして風呂を沸かしてやるか、それとも硫酸風呂に放り込んで骨まで溶かしてやるか）**とか、行方不明の苔子と腿太郎への復讐の算段を色々と煮詰めている。硫酸風呂は今のところ〈湯気湯〉には作っていなかったのだが、その目的のためだけに作ってもいいと、博士は真剣に考えていた。

　薪と一緒に割られて焼かれたり硫酸風呂で溶かされたりするという企画が雇い主の脳裏で進行しつつあることなぞ知ったこっちゃない腿太郎は、自分等が海までやって来た理由をパンケーキに説明しようとしていたが、腿太郎だけだと心許ないので、他の連中が口を入れたり訂正したりして余計に混乱が拡大した。

「あの島には鬼が棲んでるってな？」腿太郎は云う、「だから一度は行ってみなけりゃいかん？　儂の産みの親をバラバラにした奴は鬼に決まってる？　だから行く？」

「正確に云うと『産みの親の持主』だけどね」苔子が注釈を入れた。

「鱶獲り名人もあの鬼ヶアイランドに棲んでるんすよ、」出前持ちが付け加えた、「ウチの店長や湯気太郎博士もビビってるくらい怖い、らしいっす。ボキも会ったこたないっす」

「だからボキは耳障りだ」苔子が忠告する。

「産みの親とか鱶獲り名人とか、何云ってるんだか全然分からない」パンケーキは当惑した。

「そこら辺のややこしい話はこの俺が分かりやすく説明しようじゃないの」腕太郎がいきなり不意打ちで割って入った。

「わ。何なのこのひと」パンケーキは仰天した。

「驚き桃の木ポンキッキーズ」出前持ちも同調した。

「お前、呼んでねえぞ？」腿太郎が云った。

「貴様みたいな男をモチ麦マンに任命した憶えはない」猫が牙を剥いた。

「一体何処に隠れていたのさ」苔子が聞く。

「砂浜に潜っていたのさ。やれやれ砂塗れだ」腕太郎は髪の毛や服についた砂をバサバサバサッと払う
**(「蟹かよ」)** と「実はカクカクシカジカで縷〜縷〜縷縷縷〜♪なんで、実は俺も、いやさ僕も腿太郎とは血を分けた兄弟になる訳なんですなこれが」とサクサクサクッとスナック菓子みたように香ばしく説明を終えてしまった。

「説明の上手い蟹だな？」腿太郎が感心した。

「流石に舌先三寸の蟹だ」苔子も感心した。

「僕は蟹じゃない、絵描きだ。銭湯絵師でフレスコ画家だ」腕太郎は反り身になってエッヘンと咳払い

した。その弾みで、まだ執拗《しつこ》くこびりついていた砂も下に落ちた。

「俺は、いや僕はどうやら今フレスコ画を描いている北詰家の、行方不明になった二番目の姉妹である百恵の腕から生まれたらしい。そしてこの腿太郎も同じ北詰百恵の脚から生まれたそうだ」腕太郎は云った。

「腿だ、腿？」腿太郎は訂正した。

「そりゃどうしたって腿じゃなくて脚だろう」腕太郎は腿太郎が首から提げた袋を指して云う。

「儂の名前は脚太郎じゃなくて腿太郎だ？　今更そういう難癖つけられても困る？」

「細かいことあげつらうのがお前さんの悪い癖だ」苔子が腕太郎を評した。

「あのキッコーサのオバチャンにそういう謂れがあるとは知らなかった」パンケーキがボソッと云ったのを、腿太郎が小耳に挟んで「キッコーサって何だ？」と訊ねた。

「何でもないの〜、気にしないで〜」パンケーキは自分も北詰姉と一緒に歌って踊る宗教していたのを想い出し、慌てて打ち消した。

「あのぅ、」猿系出前持ちのルネ・フロワ・オカモッが口を挟んだ、「後からこういうこと云い出して、後出しジャンケンだと思われるのも癪なんですけどぉ、ボキもどうやらソレらしくて」

「ソレって何だ。ボキは止めろ」苔子が疑問と注文を纏めて提出した。

「いやぁ、ボキ——ボクは孤児なんですけどね、ウチの店長に育てられた、つーか、餓鬼の頃から鍛えられてコキ使われてたんですけど、何処の誰が両親だかも知らなかったんすよ。んでね、店長に聞いたんですよ、ボ……クはどういう生まれなんですかって。そしたら『お前は女の股じゃなくて、脚から生まれたんだ』って云うんですよ。意味分かんないじゃないすか、そんなの口から出任せに決まってんじゃんって思ってたんすよ」

「マルセイユじゃなかったんかい」

「んなの、それこそ嘘っ八に決まってんでしょうが。そんでもって、ずーっと店長の云うことなんか信じてなかったんですけど、もしかしてボ……キ……クも」苔子を横目で見ながら告白した。

「それが本当ならば右脚から生まれた訳だ。この男は左脚だからな」腕太郎が腿太郎を指しながら云った、「そして俺と君は右派となる訳だ。そして腿太郎は左派だ」

「んなこた、どうでもいいさ？」腿太郎はつまらなそうに云って砂浜に寝そべった。

「どうでもよかないさ。ここにいる内の三人が義兄弟となる訳だぞ。いや義兄弟じゃないな。同じ血を分けた兄弟だから血兄弟、それとも軀を分けてるから軀兄弟か？」

「んだったら、拙者もこの機会に云わせて貰おう、」猫という名の犬が切り出した、「拙者は貴様等とは違ってキチンと胎内から股間を潜って生まれた」

「そりゃどうも、自分は俺達とは身分が違うとでも云いたいのかね」腕太郎は糞面白くもないと云いたげな顔をした。

「まあ待て。話はまだ終ってはいない。拙者の父は、拙者の姿を見れば分かる通り、生粋の犬だ。拙者は犬として生まれたことに誇りを感じこそすれ、恥じたり僻《ひが》んだりといった感情を持ったことはこれまでの犬生で一切ない。ないが、実は拙者本犬は生粋の犬ではなかったようなのだ。それは父から聞いた。父は語学に堪能で犬の言葉の他にも人間の言葉を四カ国語喋れる程のインテリジェンスの持主であったが、閉塞的な犬社会で目立つことを恐れ、その爪を隠したまま生き、そして死んだ。拙者はそうした父の卑屈とも云える犬生を反面教師として生きようと欲し、『能ある犬は牙隠さず』という古の格言に忠実に、己の犬生を全うしようとすべく」

「君の生き方はさぞかし御立派なんだろうが、本題からズレてきてるんで、もそっと端折って話してくれないかね、」腕太郎は口を挟んだ、「あいつなんかもう寝てる」

その言葉通り、砂浜に寝転がった腿太郎は寝息と鼾の狭間でゆったりと舟を漕いでいた。

「話が佳境に入って来たのに邪魔をしおって、無粋なことだ。まあよかろう、いずれ拙者の犬生は時間を作って話すとして（「誰も聞かねえよ」という無言の答にも怯まず）、拙者の父は人間と契って拙者をこの世に送り出した。父は」

「お父上は何て名前だったんだい」苔子が猫の話の腰を折った。

「今は関係ないだろうが。大体他人が話している時に余計な言葉を差し挟むとは実に無礼極まりない。端折れと云ったり、その一方で関係ない質問したり、どっちかにしろ」

「無礼は重々承知の上で、お願いっ♥」苔子は何故か可愛げをアピールして（可愛くも何ともないが）手を合わせた。

「鼠」猫は極めて低声でボソッと云ったので殆どはよく聞き取れなかったが、苔子は聞き逃さずに「猫の親が鼠たぁ、そいつぁケッサクだわ」と一人だけ大喜びしている。

「話を続ける、」猫は不機嫌そうに云った、「父は血肉の匂いを嗅ぎつけて、山の奥の地面を掘り返しておった。そうすると女の軀が土の中から出て来たのだ。しかもその軀は首と手脚を切り落とされた胴体のみであった。父は美味そうな匂いに堪らずかぶりつきそうになったが、その一歩手前で思い留まった」そこまで云って猫は口を閉ざした。

「つまりは、同じ喰うのだったら違う喰い方があるんじゃないかってことか」腕太郎がヘラヘラと云う。

「頗る下品な云い草だな」

「でも、とどのつまりそういうことだろうが」

「父は矢張己が犬であることに劣等感を持っていたのかも知れぬ」猫はそれ以上腕太郎を相手にせずに話を再開した、「己の家系に人間の血を入れたかったのだろう。拙者は父のそういう姿勢とその後の行動に反感を覚えずにはいられない、しかしながらそれが無ければ拙者がこの世に生まれなかったこともまた事実なのだ。拙者は矛盾の産物なのだ」

「大袈裟に考え過ぎだ？」何時の間にやら目を醒ましていた腿太郎が云う、「自分の父を責めるな？誰だって生まれて来てナンボだ？　そうだべ？」

「貴様はボンヤリしているようでいて、時折憎いことを云う」猫は牙を剥いて微苦笑した。

「そこを見込んだからこそ、儂をモチ麦マン二号に任命したんじゃねえのか？　違うか？」腿太郎はそう云った後に大欠伸した。

「え。どうしたの。どしたのどしたのどしたの」最前から周囲の言動に置いてけ堀を喰っていたパンケーキが、いきなり手にした醤油差しに耳を澄まして声を高くする。

「あの女、醤油差しに耳を当てておるぞ」

「ケエタイか何かと勘違いしてんじゃないの」

「クルクルパッパか？」

「折角あんなに綺麗な顔してんのに、御愁傷様でやんす」なんぞと皆で云いたい放題云っていると、パンケーキはキッとなって「この中には私の夫がいるのです」と云った。

「随分とコンパクトな御亭主でらっしゃる」苔子が慌てず騒がず動じず云う。

「さっきから良さげな匂いがしていたのは貴様の夫であったか。もし今の時点で夫に飽きたら気が向いたらで結構なんだが拙者の餌食に頂戴したい」猫が涎を垂らしながら云う。

「金輪際お断りよ、グァウ」パンケーキは眦《まなじり》を吊り上げて猫という名の犬を一喝し「大事な伴侶を犬の餌になんかするもんか。莫迦にすんじゃねえやガルルルルルルゥ」負けずに涎ならぬ唾を飛ばしながら唸ったので猫もタジタジとして「分かった分かった分かった」と云いながら後退《あとずさ》りした。

「私の夫は訳あってミニキジ丼に姿を変えられてしまったんです」パンケーキは口の周囲の唾をポケットティッシュでお上品に拭いながら説明した、「細かい経緯は面倒だから話しませんけど、実は今もこの醤油差しの中で息をして、喋ってるんです」

「もしかして、あの北詰姉妹と関係あったりしちゃったりして？」腕太郎が粉をかける。

「御想像にお任せします」パンケーキは無愛想な返事をして「それよりも、今夫が云いたいことがあるらしいんだけど、小さくなったら声も小さくなって——元々声の大きい人じゃなかったんだけどさ——耳をこの糞忌々しい醤油差しに押し付けなければ聞えないの。本当に不便、難儀、散々、うりざん」

(「うりざんって何だ？」「うんざりって云いたかったんだろ」「あんれまあ」)

「あれはキジ丼の匂いであったか。道理で良さげな匂いが」懲りずに猫が舌舐めずりするのをパンケーキが刺すような視線で睨んだので、透《す》かさず舌が引っ込められた。

「鳥渡貸してみぃ」苔子が手を差し出すと、パンケーキは思いの外、何の抵抗もせず自分のミニ伴侶が入った醤油差しをあっさりと差し出した。苔子は暫し醤油差しに耳を傾けていたが、軈て徐ろにこう云った、「あんたの旦那様も、ここに屯してる連中の仲間に入りたいと云ってるようだね」

「あんれまあ」皆は驚愕した(或いは驚愕したふりをしてみせた)。

「ではこのキジ丼もワン・オブ・モチ麦メンだ。先ずモチ麦マン四号はこのキジ丼に任命することとしたい」猫が云った。

「それは後にしとけ」苔子が忠告した、「あと他人の亭主をキジ丼キジ丼って連呼するのも止めとけ。デリカシィがないぞ犬よ」

「有難う」パンケーキは、どういう訳だか何時になく〈気遣いのひと〉な苔子に礼を云って「悲惨太は——あ、悲惨太って夫の名前ですけど——この浜辺で倒れてて、自分が何処から来たかとかも全然云おうとしないんです。私はそれでもいいからって結婚しちゃったし、そのことを後悔もしてない。結果的にキジ丼と結婚してても後悔してない。でも改めて彼の生い立ちやどういう道を歩んで来たかはやっぱ知りたい。悲惨太はあの島から流れ着いて来たんだと私は思ってる。あの島できっと凄く嫌な目に遭ったから、私にも何も云いたくないんだと思ってる。でも気が向いたら聞かせてほしいってずっと思ってた。だから聞かせてほしい。でも声が小さくて聞えないの」

「これは声が小さいから聞き取れないんじゃない、キジ丼語で喋ってるから人間には理解不能なんだ」

苔子は説明したので、今度は皆本当に驚愕して「キジ丼語なんてあるんか？」「じゃあ何か、キジ丼は普段から喋ってるのか、おい」「キジ丼語があるんなら天丼語やカツ丼語や鉄火丼語もあるんすか」「大体何でキジ丼の言葉が苔子に分かるんだ」と、鳥渡前まで人気《ひとけ》の無かった砂浜が囂しいこと夥しくなった。

「苔子ちゃんは何でも知ってるんだよ、知らなかったのかい？」苔子は偉そうに云った、「喰うことに貪欲な人間は、喰い物への理解も厚いんだよ」

「じゃあ、『喰われるのは嫌だあ』とか云ってる喰い物を苔子は平気で喰えるのか？」腿太郎は訊ねた。

「大抵の喰い物は喰われることを嫌がってはいないのさ」苔子はマコトシヤカに応えた、「仮に喰い物が喰われることを嫌がる場合があるとしたなら、それは味音痴の人間に喰われる時くらいなもんだ。苔子ちゃん位の美食家になると、喰い物は競って挙《こぞ》って『食べて食べて。食べて食べて♥』って云ってくれるから、もう可愛くなっちゃってついつい全部喰っちまうのよ」

「うっそくせぇぇぇぇぇえ？」腿太郎は正直な感想を吐露した。

「可愛いと思ったら喰えないだろう普通の神経持ち合せてたら、な」腕太郎が同意する。

「ボ……クは信じますよ、苔子さんの仰ることは。ええ、非常によく分かりますですハイハイ」ルネ・フロワ・オカモッは揉み手をしながら只管《ひたすら》阿《おもね》った。

「幾ら相手が上得意の客だとて、見え透いた追従やらおべっかやらが過ぎると見苦しいぞモチ麦マン三号よ」猫は遠慮無く批判した。

「客商売をしたことのないお犬様には分かりますまいっすよ」出前持ちは云い返した、「揉み手なんかしようたって出来ないっしょ」

「揉み手なんぞしたいと思ったこともないから、毛頭羨ましいとは思わぬ」「出来ないのを僻んでるのはお見通しでさ」「何故拙者が貴様を僻む必要があるのか、聞き捨てならぬ」とか犬と猿とで啀《いが》み合っており、故事成語も満更嘘ではないことを証明しつつある。

「じゃ、そのキジ丼も『食べて食べて。食べて食べて♥』とかピヨピヨ啼《な》いてるんだぁ⁉」腿太郎が感心して云う。

「冗談云わないでよ。食べられて堪るもんですか」パンケーキが憤慨する、「大体キジ丼になった時には確かに人間の言葉喋ってたのよ」

「それは旦那様のキジ丼化が進行してるからさ。……っと、旦那様は確かにあの島からこの砂浜へ漂着したんだそうだ。正確には脱出したらしいけどね」苔子が嘘か真か知らねどもキジ丼語を通訳する、「島にはおっかない鬼がいて、いつ何時喰われるかどうかも分からなくて生きた心地がしなかったそうな。旦那様は以前住んでいた場所からあの島に拐かされた。どのような方法で拉致されたかは憶えていないが、気づいた時にはもうあの島にいたことは間違いないそうな」

「出た、」腕太郎が口笛を吹いて「本当にキジ丼語とやらでそう云ってるんだろうな、そのキジ丼氏は。苔子が出任せ云ってるんじゃなけりゃ、ここに来て作者が一気に話を纏めたがってると俺は見たね」

「アタシが嘘吐いてるとか思ってんだったら、アタシは通訳を止めるよ」苔子は口の端をひん曲げてクチャクチャしながら云う、「別にアタシぁ、金貰ってやってるんじゃないんだ」

「悲惨太のことを『キジ丼氏』とか呼ばないでほしいわ」パンケーキは憤然として「この姿は呪いをかけられたせいなんだから。悲惨太は立派な人間なの」

「アイシー、アイシー」腕太郎は両手を挙げて降参の意を示し「信じるよ、信じるから許してたもれ」

「その『おっかない鬼』ってどういう奴だったんだ？」腿太郎が聞く。苔子は醤油差しの中のキジ丼と何やら意味不明な言語（言語というよりは、炭酸が弾ける音か、ポおる牧が指パッチンする音に近かった）で話していたが、一通り話した後で「角は生えてないってさ」と云った。

「そんだけか？」桃太郎は拍子抜けした。

「あとモジャモジャ頭なんだってさ」苔子は続けた。

「それ、鬼じゃないんじゃないか」腕太郎が指摘した。

「おまけに妙にモチモチした、粘着質な声で喋るんだってさ」

「それはモチ麦メンバーに相応しい、逸材ではないか」猫が先走って感涙に咽《むせ》んでいる。

「あ。それってもしかして、百戦錬磨の鱶獲り名人のこっちゃないすか」ルネ・フロリ・オカモッが口を挟んだ、「自分も実物にお目にかかったことはないけれど、店長の話聞いてるともう人間じゃないっすよ、鬼か悪魔か怪獣かってな感じで。人喰い鱶を獲って喰うんだから、間接的に人を喰ってるのとおんなじでさ。もうね、煮たり焼いたりせずに人喰い鱶を生きたまま頭からバリバリ喰っちゃうんですって。活き作りですらないんですって。そんなの会いたくないっすよマジでマジで」

「鱶獲り名人の名前は何ていうんだ」

「ええと、店長が云ってたな……確かテテッツォ・縊死田《いしだ》とかいう名前です。そうそう間違いない、『シチリアから来た凄い奴』っていう綽名で呼ばれてるんでさ」

「本当にシチリアから来たのか」

「絶対に違いますね。それと、鱶だけじゃなくてワカメも獲ってるそうです」

「ワァアァカメ　好き好き　ピチピチ～ィ♪」腿太郎の口からコミュニティに古より伝わりし民謡が飛び出した。

「お前は何処のワカメじゃ？」反射的に猫が云った。

「お前こそ何処のモチ麦じゃ？」これまた反射的に腿太郎が応えた。

「これが俗に云う『パブロフの犬』ってヤツだな」腕太郎が云った。

「犬を冒瀆する言葉を使うな」猫がそれこそ条件反射的に牙を剥いた。

「『パブロフの犬』は冒瀆じゃなくて事実だろ」

「パブロフの捏造だ、でっち上げだ、ゴッドハンドだ」猫は堂々と無茶を云い張る。

「大体だな、君はいつも他人様を横柄に『貴様』呼ばわりしている癖に、何で『お前は何処のワカメじゃ？』の時だけ『お前』なんだ、何で『貴様は何処のワカメじゃ？』じゃないんだ」腕太郎は尚も云い募る。

「古の昔の武士の侍の時代からそういうナワラシ、いやさナラワシになっておるんだ。ええと、鎌倉時代、室町時代、雑居時代の頃からの古式ゆかしき伝統なんだ。貴様こそ重箱の隅を突っつくようなことばかり云っておるから嫌われる」

「君ほど嫌われてはいないと思うが」

「どっちもどっちだぁ？」腿太郎が大口を開けて欠伸をしながら半畳を入れた。

「右に同じ」ルネ・フロワ・オカモッが尻馬に乗った。

「静かにしやがれ、頭が混乱する」苔子が両手の編み棒を高々と振り上げ、口からペッと青林檎グミを青痰みたく吐き出したので、一瞬だけ青い静寂が舞い降りた。それを好機に苔子は再び出前持ちに確認した、「んで、その鱶獲り名人……名前何だっけ？」

「テテッツォ・縊死田でさ」

「ワァアアカメ 好き好き ピチピチ〜ィ♪」

「お前は何処のワカメじゃ？」

「お前こそ何処のモチ麦じゃ？」

「やっぱパブロフの犬じゃないか」

「犬を冒瀆するな」

「だから何でそん時だけ『貴様』が『お前』に変るんだ」

「だから雑居時代から伝わるナワラシ、いやナラワシなのだ」

「あのさ、その先の話が私は聞きたいの、皆さん少しの間でいいから黙っててくんないかなあ？」今度はパンケーキが癇癪を起した、「こう見えても私は気が短いんだ。キレて暴れてやっから」そう云って糸の切れた操り人形みたように手脚をバタバタさせた。

「『こう見えても』じゃないな、お嬢さんは最初に見た時から充分に短気でキレたら暴れそうに見えた」苔子が慌てず騒がず云った、「本当の本来の本題の話を続行しようず」

「パブロフの捏造の話か」猫が云うのへ被せて「全く違う」と切り捨てた苔子は話を続けた。

「その『おっかない鬼』＝鱶獲り名人かどうかは一先ず置いといて、お嬢さんの旦那様、悲惨太さんだっけか？は鬼に虐待されこそすれ、優しい扱いは全く受けていないと。復讐の念こそあれ、感謝の念なんか一欠片もないと。『おっかない鬼』は飽くまでも『おっかない鬼』であって、恐怖や怒りは抱いても、愛着なんかこれっぱかしもないと。お嬢さんや、旦那様から具体的な虐待の内容も聞いてはいるが、云っていいものかどうか。鬼だけに、鬼畜の所業ぞよ。苔子ちゃんもあまりの鬼畜振りに生唾を呑み込んだぞよぞよ。聞きたければ通訳してもいいぞよぞよぞよ」

「あんま聞きたくない。少なくとも今は聞きたくない」パンケーキはかぶりを振って「聞くのが怖いからじゃない。悲惨太がどんなに悲惨な目に遭ってたかなんて聞いたら、私の怒髪が天を衝いて、『おっかない鬼』の代りに今いる貴方達に危害を加えそうだから」

「誰かさんの身代りで八つ当りに殺されるのは真っ平牛蒡《ごぼう》だ？」腿太郎が皆を代表した形で云うと、その場にいた他のモチ麦メンもそうじゃないメンも「んだんだんだ」と頷いた（腕太郎も「金平牛蒡と真っ平御免を混同してんだろ」とかいった瑣末主義に走るのを控えて「んだんだんだ」に声を和して、日和った）。

「私が『おっかない鬼』とやらを目の前にしたら、その時こそ逐一聞かせてほしい、私の怒髪の一本一本が悉《ことごと》く毒針と化して鬼の餅肌に突き刺さるぜよ」パンケーキが小気味良く啖呵を切ったので、皆「ヒュウヒュウ♪」と声援を送った（或いは日和った）。

そういった場の勢いで、モチ麦メン改め腿太郎一行は鬼ヶアイランドへ鬼退治に行く顛末となる訳なのだが、これを「腿太郎一行」と呼ぶべきなのかどうかは甚だ疑問だと思う向きも多いやも知れぬ。これは苔子の「神輿《みこし》は軽い方がいい」という鶴の一声で決まったものだった。この寄せ集めメンバーは何時の間にやら苔子が頭脳的精神的（一部の者には肉体的にも）リーダーとなってしまっていたのだが、「アタシはリーダーだのボスだのにはなりたくない、本音を云えばモチ麦メンのマネジャーもやりたくない。責任を持つ立場は好きじゃないのさ」そして後に続けた言葉が「神輿は軽い方がいい」だった。そして全員一致で鬼退治隊のリーダーは腿太郎になってしまった。腿太郎本人は内心不本意だったのだが、反論するのも面倒なので云われるままに「リーダー？　儂がリーダーなのな？」と覚束無い決意表明だか決定確認をするに留まった。「神輿は軽い方がいい」という言葉は「オツムも軽い方がいい」とも受け取れないでもなかったが、「自分のことを『儂』なんて呼ぶような大物が上にいりゃダイジョービなのよ。『大欲は無欲に似たり』って云うじゃないか？」とか苔子に上手いコト云われて他愛もなく丸め込まれてしまった。

　しかも苔子は「アタシは鬼ヶアイランドには行かない」と云う。「三助がいなくて、おまけに番台がいなければ、《湯気湯》はアガッタリだろ？」というのが理由だが、苔子がそこまで《湯気湯》や湯気太郎博士に忠節心があったとは誰も信じなかった。「そうは云っても一宿一飯、どころか百宿百飯の恩義があるじゃん？」とも云ったが、誰も信じなかった。「責任逃れだ」と猫が抗議したが、耳を貸さなかった。また、「悲惨太と話せる人がいなくちゃ不安なの」とパンケーキが訴えたが、「夫婦は以心伝心よ」とだけ親切ごかしに云って、結局は耳を貸さなかった。

　腕太郎も「俺はフレスコ画に没頭しなくちゃいけないから、やっぱ行けないな」と云った。耳を貸す以前に誰も反対しなかった。パンケーキは「私は悲惨太に付いていなくちゃいけないから、当然お供する」と勇ましく云い放ち、その場にいた者どもの紅涙を搾り取った。

「でも何で『長瀬悲惨太』ていう名前なんすか。長瀬ちう名字の由来は何なんでしょ」とルネ・フロワ・オカモッが聞き、パンケーキは「分かんない。本人がそう名乗ったから。それだけ」としか応えられなかったが、これは小栗虫太郎の『黒死館殺人事件』に、幼き頃より館に幽閉され一歩も外に出ていなかったにも拘わらず「グレーテ・ダンネベルグ夫人」という名前の登場人物がいるのに比べれば物の数ではあるまい。何処にいるかも分からない「グレーテ・ダンネベルグ夫人の夫」を探す作業はやりたければやるがいいし、不毛だと思えばやらなければいい、それだけのことである。所詮物語の登場人物の名前なんぞは記号なのであるから、「男A」や「女B」、「男か女かよく分からないC」といった無味乾燥な記号よりかは、同じ記号でも精々派手で突飛で素っ頓狂な記号で呼ぶに越したことはないというのが、この物語の語り手の意見、所見、考え方なのである。何故語り手が「長瀬悲惨太」という名前を思いついたかについてはそれなりの経緯はあるが、この物語自体にはこれっぱかしの関係もない、それは断言出来る。

扨《さて》、話を本題に戻すとして、海を越えて島に渡るには移動手段が必要となる。「泳ぐか？」と腿太郎が甚だ無邪気に云って、皆一斉に押し止めた。押し止めたはいいが、誰も舟を漕いだことも無く、飛行機を操縦した経験も無いことが分かった。「だって、そのひと（と、パンケーキの手にした醤油差しを指差しながら）は島から泳いで流れ着いたんだべ？」と腿太郎は懲りずにまた云って顰蹙を買った。

「それは偶々運が良かっただけの話だ」猫は唸って「拙者は犬であるから、人間なんぞよりは余程泳ぎは達者であるが、それでもあの島まで泳ごう等という愚かしい蛮勇は持ち合せてはおらぬ」

「鱶に喰われまさぁ」オカモッがゼリーみたくプルプルプルッと震えてみせた、「パクリっすよ、一口でパクリ。マジでよく喰われなかったもんでさ、ラッキーボーイっす。ラキラキボ〜イ、ラキラキボ〜イ♪」出鱈目なメロディに乗せて歌い出した。

「このテエタラクで本当にラッキーボーイなのかしら、」パンケーキは怨めしそうな顔で云う、「折角助かってもキジ丼だし。喰われに里帰りするようなもんだわ」

「その量と大きさじゃ前菜にもならないな」腕太郎が寸評を述べる。

「貴方はこの前、行かないって云わなかったっけ？」パンケーキは思い切りドンヨリとした嫌な目つきで腕太郎を睨みつけた。

「そんなことを云うが、君らは俺の仕事現場で話し込んでるんだぞ」腕太郎はパンケーキのみか、その他の面々も睨みつけながら云った。確かに、腿太郎御一行様は北詰家の一部屋、只今腕太郎が三本の腕に縒《よ》りを掛けて絵筆を揮っている現場の外で、北詰姉妹に振る舞われたタツノオトシゴのワインを呷りながらピーチャカパーチャカと喋っていたのだった。何しろ客として来ようものなら、「どうぞどうぞ」とばかりにタツノオトシゴのワインを勧めて来る。勧められるままに飲むと「もっともっと召し上がれ」と更に勧められる、そしてへべれけになる。何しろ出るのはタツノオトシゴのワインだけで、他の酒も無ければつまみも出ない、精々がトコ、必死にリクエストすればやっと水が出る位だ。只管タツノオトシゴのワインばかりを飲み続けるしかない。そしてへべれけになるしかない。しかも当然のことながら飲んだ分はきっちりお代を取られる。ツケは利かない。それが北詰家に客として訪れる者の掟だ。

「何が掟じゃ、俺はこんな糞不味いカストリは一回飲んでゲロ吐いて懲りたわ。以来この家では仕事はしてもアルコォルは一滴たりとて飲まん、それが俺の掟だ」腕太郎は喚き嘯いた（喚きながら嘯くことを「喚き嘯く」という、たった今語り手が発明した）。

「にしたってだ、この家は『コミュ八分』だと云ったよな？　んでもって、この家の姉妹はセエキョオトだとかピュータリンだとか云ってたよな？　この満員御礼の居酒屋の何処が『コミュ八分』だ？　酒を引っ切り無しに勧めて来るあの二人の遺手婆の何処がピュータリンだ？　嘘こくでねえだよ？　ヒッ？」酔った勢いで普段は訥弁の腿太郎も回らない舌が廻転している。

「ピュータリンじゃなくてピューリタンな。ノ★タリンみたく聞えるじゃないか。俺がこの家に来出した頃は、来る者も殆どいなかったんだ。それがな、小バヤシ旭軍団が群になってコミュニティに殺到し始めた頃から何だか様子が変って来たんだ。まあ、パンちゃんが云うように、北詰姉の方には夢占いの固定客がいて、前から夜分には来てたらしいんだが、今や昼も夜も関係なくカストリ飲んでドンチャン騒ぎの毎日だ、芸術を創造する環境としては五月蝿くって敵わん。こいつぁコミュニティを支配する層の弱体化も背景にはあるかも知れんな」腕太郎は概略説明する。

「何よ、馴れ馴れしく『パンちゃん』とか呼びやあがって。何だパンちゃんとか莫迦にしゃあがって。私はアンタにちゃん付けで呼ばれる程落ちぶれちゃないわよ。あ。でも落ちぶれちゃったのか。弱体化で悪かったわねえ。私は弱体化しつつある初代コミュニティ長の娘で、形ばかりの二代目コミュニティ長夫人よ、どうせ私の夫はキジ丼よ、どうせ私は斜陽族よ、桜の園よ、白系ロシア人よ。大体あのF★CKでSH★Tな遺手婆のせいで私の夫はこんな情けない姿にされちまったってえのに、その遺手婆に出された酒で私は酔い潰れてるんだからね。さっき会ったから『私の夫をどうしてくれるの』って詰め寄ったら『あら何のことかしら、オホホのホ』とかシラを切られて逃げられたもんね。みっともないったらありゃしない。ウェッ」悪酔いして腕太郎にせっせと絡んでいたパンケーキは、嘔吐を催したのか口を両手で押えて奥の便所へと一目散に駆けていった。

「本当にみったぐねえ?」腿太郎は無遠慮に評した。

「そういう君も相当にみったぐねえぞ」腕太郎は指摘した、「涎が垂れてる。牛みたいだ」

「泳ぎてえよなあ?」涎をズルッと啜り上げると、腿太郎は懲りずにまだ云う。

「どっちみち俺は行かないからどうでもいいが、泳ぐのはやっぱ御免だな。しかし、教会みたいな家だった筈がすっかり禁酒法時代の非合法居酒屋みたくなっちまったぜ、やれやれ絵が描けやしない」腕太郎は嘆くと絵に専念すべく絵筆を握りしめ、偉そうに「アトリエ」と称している別室に閉じ籠ってしまった。


　腕太郎の云うとおり、ついこの前まで静謐の極みだった北詰家は今や殷賑《いんしん》の極みを呈していた。超殷賑である。大殷賑である。嘗《かつ》てはピューリタン=清教徒と腕太郎に評された北詰白恵は、変節したのか単に化けの皮が剝がれたのか、夜の夢占い師から昼夜を問わぬカストリ屋の女将と化して、妹の百一恵を顎でコキ使いながら自身もフルに活動し、北詰家に大量に貯蔵し溜まりに溜まっていた秘伝のタツノオトシゴのワインを「お蔵出し」と称して、ここぞとばかりに銭を取って飲ませた。タツノオトシゴのワインはほぼ無尽蔵にあり、アルコォル度数も強烈なので、腐る程に客に飲ませることが出来、客も酔い潰れて腐った屍状態になった。皆が皆酔っては騒ぎ、騒いでは飲み、飲んでは吐き、吐いては飲み、飲んでは歌い、歌っては排泄し、排泄しては飲み、と死ぬまで止まらぬ循環運動を繰り返している、鳥渡した地獄となっていた。極楽かと思う者もいたろうが、「地獄極楽紙一重」という言葉を先ずは進呈しておきたい。この紙一重界には少なからぬ数の小バヤシ旭が紛れ込んでいて（と云うか、群がる小バヤシ旭の中に非小バヤシ旭が散見されるという方が正しい）、そいつらは隙あらば「ドモ、小バヤシ旭レス」と挨拶し（小バヤシ旭同士で「ドモ、小バヤシ旭レス」をしているのはステレオみたようで滑稽千万だった）、「まぁだまぁだがんばるぞぉ、おぉれたぁちぃわあぁぁぁぁ」と絶唱し、その場で上下の出口から排泄した。家の中には騒音のみならず異様な悪臭が漂っていて、素面の者はとても居続けられない状態となっていた。矢張この紙一重界はアルコォルに正比例して地獄度数の方が強めである。

「今便所に行ってきたら、チンコの包皮に毛が巻き込まれちゃってて、尿がとんでもない方向に放物線を描いて飛んでったっす」オカモッが態々《わざわざ》云わでもな報告をする。

「陰茎を持つ者あるあるだ」猫は偉そうに宣《のたま》う、「拙者も日頃から包皮の陰毛巻き込み問題には油断禁物、注意を怠らないようにしておる」

「そうなんすか？　でも牡犬は片足上げてチィィイトトトトトってだけっしょ。チィとも関係ないっしょ」との返事に侮蔑を感じたのか、いきなり猫はオカモッの向う脛に噛みついた。

「ギャアアアア」出前持ちは激痛に悲鳴を上げた（現在も順調に出前持ち稼業が続けられているかはまた別の話だ）。

　そんな超殷賑&大殷賑の中、何処の誰が迷い込んで来ているかも分からない。と云うのも、山の女王様・鞭子が山の天辺の〈飴と鞭の御殿〉から態々足をお運びになられていたからである。女王様ファッションの女王様を見るなり、一部から喚声が上がった。マニアックな顧客であろうことは間違いない。

女王様はそれら配下どもに「苦しうない」とでも云うように目配せもおさおさ怠りなく、威風堂々と即席カストリ居酒屋に入ってきた。女王様が何者かは知らぬ新参者の小バヤシ旭達も、その威厳と露出過多の黒レザーの衣装と匂い立つサディズム（抑々右手に鞭を持っている）に気圧されたのか、口々に「ドモ、小バヤシ旭レス」と恋の告白でもするかのように熱い感情を込めて自己紹介していた。

　鞭子は丁度犬に足を嚙まれて絶叫していた出前持ちを目敏く見つけると「あら、中華のお兄さんじゃない？」と愛想良く声をかけた。「イタタタタ」と喚いていたオカモッも反射的に「お。女王様。毎度御贔屓に」と愛想を振りまいてから、再び「イテテテテ」と喚くのを続行した。引き続いて鞭子は腿太郎に見逃さず「あらら、オチンチンの立派なお兄さんもいるじゃないの」と叫んだ。

「人聞きの悪い呼び方すんな？」腿太郎は閉口した。

「人聞きなんか何も悪くないじゃないの。オチンチンがデカいのは悪いことじゃないでしょうよ。そりゃオチンチンが小さいからって恥じることはないけどさ」鞭子はオチンチンを連発した。

「アンタはオチンチンガトリング砲だな？」腿太郎は降参した、「云っとくけど、儂は湯気太郎博士みたいな苛められて悦ぶ趣味は無いんじゃや？」

「別にマゾっ気のある人とばっかり仲良くしたい訳じゃないのよ」鞭子は嫣然と微笑んで「色んな趣味の人と仲良くなりたいのさ」

「そっちの方に引き摺り込まれるのは真っ平牛蒡だ？」

「んなことしないわよ」と云いながら、鞭子は腿太郎の横に座って躯を擦り寄せて来たので、腿太郎の巨根は大巨根になった。

「あらまたオチンチンがデカくなった。元気ねえ」鞭子はニヤニヤしながら八百屋で野菜か果物でも確かめるように巨根をポンポンと叩いたので、大巨根は巨大巨根になった。「巨」という字を消せば「大根」である。更に鞭子は網タイツの脚を腿太郎の三本の脚にウニャウニャと絡ませながら更に「よく育ったねえ」とか云うので、巨大巨根は超巨大巨根になり、且つ本来の二本の脚よりも長大なる脚となった。その三本目の脚に鞭をギリギリと巻きつけながら「鳥渡さ、私の話を聞いてくれない？」と掻き口説くように云う。断ろうものならば、有り余って仕方ない男性機能を鞭で締めつけて根本から抹殺しかねないのが怖い。詮無く「何の話だ？」と聞いた。

「あんた方、鬼ヶアイランドに行くとかって小耳に挟んだんだけど。ううん、隠したってお見通しよ。云っとくけど、私の耳は地獄耳なんだよ。何だって耳に入って来ちゃうんだから、隠し事は無理だかんね」云いながらギリギリを更に強めてくる。「ショエエエ？」という裏返った声が腿太郎の口を突いて出た。

「何事だ」皿に入ったタツノオトシゴのワインを器用な舌使いで一心に舐めていた猫が、腿太郎の妙な声に若干の反応を示して「失禁したのか寝小便か起き小便か座り小便か立ち小便か勃ち小便か」

「小便漏らすなんかよかもっともっと怖いことだぁ？」腿太郎は情けない声を上げた。

「じゃあ大便か固形か中身か」そう云いながら猫はワインを飲むのに余念が無くて、腿太郎に目を向けようとしない。腿太郎が「助けてぃ〜？」と悲鳴を上げると、首に提げた毛糸の袋から塩漬けの腿がスルリと飛び出して、女王様の御尊顔、特に鼻頭辺りに蹴りをぶっ込んだ。ノックアウトされた女王様は「ゲフッ」と喉の奥で一声叫ぶや、悶絶&気絶した。

「どうした」漸く顔を上げた猫や、脛に包帯を巻いたオカモッ、そして便所からゾンビみたような顔をして帰って来たパンケーキ等が駆けつけた。鞭子は酒の染みだらけになった絨毯の上に倒れていた。鼻が弾けた柘榴の実みたく派手に変色&変形し、鼻血がダラダラと流れて、絨毯に新たな染みを作りつつある。

「産みの親が守ってくれた？　くれた？　くれた？」腿太郎は狂騒状態に陥りながらも経緯を説明した。

「いつも他人を痛めつけて金を稼いでおるのだから、偶には痛めつけられるのも一興であろう」猫は冷たく云った。

「そうそうその通り」オカモッが珍しく一も二も無く猫に同意した。

「この女が『山の女王様』なんだー」パンケーキは棒で云った、「何だかなー、何処が女王様？って感じよねー。安い。超ヤッスいよねー、激安の殿堂だよねー」

「御令嬢は辛辣だの」猫は苦笑した、その一方で崇拝者達が落ちたソフトクリームに集《たか》る蟻の如く周囲に寄ってきて（且つ酔っていて）、愛しの女王様の惨状に一様に逆上し、今にも暴動が起きそうな状態だったのを「バウッ。グルルルルゥ、ギャゥッ」と一際強烈な咆哮で黙らせるのも忘れてはいなかった。

「やっぱリーダーは儂には向いてね？」腿太郎が珍しく悄《しょ》気《げ》た。

「気にするな、苔子が申したように『神輿は軽い方がいい』なのだ」猫が云った。

「慰めにも励ましにもなんね？　うえぇぇん」嘘泣きをしてみせた。

「しかし貴様には『産みの親』という強い味方がついている、」猫が更に云い募り「鬼に金棒、グラハム・カーにスティーヴだ」その場の誰にも理解出来ぬ喩えで激励した。

「でも、この激安の女王様はどっから私達の情報を嗅ぎつけたのかしら」パンケーキが眉を顰《ひそ》める。

「地獄耳だとか云ってましたぜ」オカモッが云う。

「『地獄耳』なんて単語を使う人間は百パーセント安い人間と相場が決まってるのよ、間違いない」パンケーキは飽くまでも「安い」を強調した。

「全面的に同感だな」猫が云って「誰か軽率な奴が口を滑らせたんだろう。断っておくが拙者ではない」念を押した。

「でも、あれっしょ。腕太郎さんが砂の中に蟹みたく潜って聞いてたじゃないすか。あの砂浜には他にもスパイ蟹が隠れてたんじゃないっすかね」オカモッが意見を述べた。

「珍しく貴様にも一理ある」猫が云った。

「珍しく、は余計でさ」オカモッが云った。

「激安の女王様に直接聞くのが、一番話が早いんじゃない？」パンケーキがズケズケと物申した。

「云い方に険があんな？」腿太郎が指摘した。

「今頃になって何云ってんの、さっきは『助けてぃ〜』とか悲鳴を上げてた癖に。聞いてたこっちの方が恥ずかしくなったわ、『助けてぃ〜』。アップルティーかルイボスティーじゃあるまいし、『助けてぃ

～』だって。こんな蚤の肝っ玉みたいな人が泳いで島に行くなんて云ってたんだから、マジ嗤わせるう」

「そこまでリーダーを追い込むものではない、神輿はヨイショで担ぐものだ」猫が取り敢えず宥めた。

「何か軽く扱われてるぞ？」腿太郎はむくれた。

「兎に角、女王様を問い質してみましょうや」オカモッが云った、「話はそれからでさ」

「んだんだ」という流れとなって、気絶した鞭子を三人と一疋掛りで部屋から外へと運び出した（一疋は運ぶ三人の周囲をワンワン吠えながら駆け回っているだけだったが、近づいてくる崇拝者達を退ける力にはなった）。庭のリュウキュウネギモドキの茂みの蔭にグンニャリして嵩張る軀を横たえると、パンケーキは何時の間にやら持参したタツノオトシゴのワインを一杯、無慈悲に顔にぶっかけた。潰れた鼻に強アルコォルを浴びせられて、鞭子は「ギャアアア」と叫んで目を見開いた。

「ねえ山の女王様、どっから私達が鬼ヶアイランドに行くと伺ったのかしら？」満面に笑みを浮かべてパンケーキは訊ねた**（「あの笑顔が超怖かったぞ？」と後に腿太郎はしみじみと語った）**。

「あんた、何処の小娘よ」血と酒塗れの鼻の激痛にもめげず、鞭子は高飛車な態度を崩さなかった。

「私はこのコミュニティの長だった男の娘です、そして現在のコミュニティ長の妻です」パンケーキは笑みを絶やさず、一語一語ハッキリと噛んで含めるように云い聞かせた**（「あの喋り方もマジ怖かったっす」とオカモッも目を宙に据えて語った）**。

「コミュ長の娘なの？　それはそれは初めまして。あんた、知ってる？　あんたのお父上もアタシのお客で来たことあるのよ。湯気太郎博士に連れられてさ、最初は嫌々来たんだけど、アタシが一発鞭をお見舞いしたら、すっかり気持良さそうな顔になっちゃってさ。あんた、そのこと知らなかったでしょ？キャハハハハ」鞭子は痛みと興奮と持って生まれた強気とサディズムで、パンケーキを挑発した挙句、けたたましく嘲笑した**（「あの女、斯様な態度を取った時点でもう終ったと思ったな」と猫も感慨深げに語った）**。

「そうだったの、私が全然知りたくもなかったことを態々御親切に教えてくれてどうも有難う、有難過ぎて日から血の涙が溢れて来た」パンケーキは飲み過ぎて胃の内容物を吐瀉した後のゾンビみたく蒼凄《あおすご》んだ顔で変らず笑みを浮かべていたが、表情は凍りついていた。倒れたまま狂ったように笑っている鞭子を充血した涙目（果して父親を侮辱されたからか、吐いた勢いで出たものなのかは判別出来ない）で凝視していたが、いきなり手にした鞭を振るって強《したた》かに打ち据えた。鞭子は再び「ギャアアア」と叫んで仰け反ったが、お構いなしにパンケーキは鞭を振り上げ、幾度も幾度もお見舞した**（その場にいなかった腕太郎「でもさ、鞭なんか何時の間に持ってたんだよ？」腿太郎「分かんね？」猫「誰も気づかぬ内に女王様から奪い取っていたようだな」オカモッ「本当に、見たらいきなり持ってたんでさ。孫悟空の如意棒みたくちっちゃくして耳に隠してたんじゃないすか」猫「あり得ないとは云い切れない」腕太郎「嘘だろ、おい」）**。

鞭打たれた鞭子はヒイヒイ泣き喚きながらリュウキュウネギモドキの茂みを転げ回った。女王様コスチュームのそこかしこが裂けて皮膚の露出が更に過多になり、そこを狙って鞭が飛ぶ。鞭に加えて、リユウキュウネギモドキの棘が全身に突き刺さり、鞭子の肌は刺し傷切り傷蚯蚓《みみず》腫れ等々で血塗れになった。それでも鞭打ちマシーンと化したパンケーキは容赦せず、鞭子を責め殺さんばかりの勢いと、目にも止まらぬ速さで鞭を振るった。パンケーキは両の眼をひん剝き歯を食いしばり一言たりとも口にせず、ゼイゼイと息切らし髪振り乱し、生え際から流れる汗で額にほつれ毛をへばりつかせ、故障して止まらなくなった器械人形みたいに、只管鞭打ち運動を高速度で繰り返した。

「これはいかん、殺してしまうぞ」猫が珍しく危機感を表明した、「何かを聞き出そうという姿勢ではない、ただ嬲《なぶ》り殺しにしようとしている。止めろ」

「しかし、肝腎のリーダーがあんなに」オカモッがそう促すので猫は腿太郎を見た。三本目の脚がこれ以上ない程に膨張していた。本来の二本の脚は用をなさずに宙に浮き、案山子かやじろべえか傘お化けか、股間に生えた一本足で、風の吹くままに揺れながら立っていた。

「この期に及んで大勃起しておるとは、貴様はとことん最低な男であるよな」猫は呆れ果て「どちらに欲情しておるのだ、鞭打つ方か打たれる方か。拙者の目を見てヒュッと応えてみい」

「ええっと……両方、かな?」腿太郎は風の向き次第で前後左右にフラフラしながら云った、「自分の足で歩けねえ?」

「どうでもいいわ」猫は業を煮やし「もういい、止めろ。止めないか」とパンケーキに呼びかけたが聞く耳を持たない。否、聞えていないのだろう。鞭打ち人形パンケーキの暴走はいっかな止まらず、鞭子の耳障りな絶叫も絶え絶えになりつつあった。手出しも出来ずやきもきしていると（猫「下手に止め立

**てしたら拙者の命が無くなるところだった」腕「いなくてよかった」）**、北詰家の扉からゾロゾロと群をなして出て来る黒い影の一団がある。先程邪魔立てしてきた女王様の崇拝者達だった。思わず身構えたが、彼らは鞭を振り続けるパンケーキにドヤドヤと詰め寄って「その鞭で私達をコッ酷く痛めつけて下さい」「俺も」「おいらも」「苛めて下さい」「殴って下さい」「鳩尾に蹴りを入れて下さい」「踏みつけて下さい」「地獄の底に叩き落としてくれ」「もう山の女王様は飽きました」「我らの新女王様だ」「女王様」「ジョオーサマ」「魔王様」「帝王様」「新しい女王様に乾杯だ」「乾杯」「献杯」「ブラヴォー」「ヴォーフラ」と掌返しで口々に訴え、慕い、褒め讃えた。

　と、パンケーキは唐突に夢から醒めたのか、或いは憑き物が落ちたのか、はたまたアルコォルが完全に抜けたのか「女王様？　何それ。冗談じゃない。女王様なんてやなこった。何であんたなんか踏まなくちゃいけないの？　あんた讃岐饂飩なの？　コシが強くなりたいの？　ったく、莫迦にしてるったらありゃしない！　私は女王様でも饂飩屋でもない！　悲惨太、一緒に帰ろ」と叫んで鞭を放り投げるや、北詰家とは反対方向の雑木林の方角へスタスタと早足で去って行ってしまった。鞭はボロ雑巾の如き姿に成り果てた鞭子の傍らに絡まり落ちた。

「新しい女王様、私達を見捨てないで下さい」「俺達を救って下さい」「お願いします」「頼みます」「女王様待って」「捨てないで」と新たに鞍替えした崇拝者達はドヤドヤと群をなしてパンケーキを追いかけたが、それらの連中は今まで自分等を踏みつけていた（そして有難がっていた）鞭子が倒れているのを一顧だにせず、中には踏みつけていった無礼者もいた。踏まれた鞭子の唇から「ギュウ」という音が漏れた。

「盛者必衰は世の習いとは云いながら何とも酷い有様である」猫は嘆息した。

「介抱してやらなくちゃいかんでしょ」オカモッが云う、「別にこの女を助けてやる謂れはないすけど、話を聞き出さなきゃ」

「んだな、んだな？」漸く二本足で立てるようになった腿太郎が同意した。といった次第で、一旦庭に運び出した鞭子を再び北詰家に運び入れて（しかも運搬する人数が一人減っているので余計に重い）、手当をするという面倒な仕儀となったのである。

「あららら酷いお怪我を。早く手当して差し上げなきゃ。百一恵、救急箱を持って来て。包帯を、ガーゼを、赤チンを」ボロボロの鞭子を見るなり、北詰姉は北詰妹にあれこれ指図してお役立ち感をアピールした。北詰家は転向した女王様の崇拝者達がいなくなったせいで、最前より人は少なくなっていた。

「どうしたどした」絵に没頭している筈だった腕太郎もアトリエから飛び出して来たので、その場に居合わせたモチ麦メンは経緯を説明した。

「いなくてよかった」腕太郎は何回も繰り返して云った。

「赤チンなんぞでどうにかなるのか」猫が云う、「見ての通りの重傷だぞ」

「まあボキらは黙って見てましょうや」オカモッが云う。

「苔子がいないと自由に『ボキ』と云えるな」

「ボキはボキっすから。でもリーダーはボキじゃなくてボッ」

「その先は云うな」猫は釘を刺したが、当のリーダーの腿太郎は己の産みの親を頭陀袋の上から撫でるのに余念が無い様子だった。

「親は有難いものさ」腕太郎はその姿を見ながら、自分も服の上から産みの親を撫で撫でした。

程なく救急箱を持って現れた北詰妹を、「早く早く」と叱咤する北詰姉は安物ウィスキーの大型ペットボトルを手にしていた。その中身がタツノオトシゴのワインだと承知している皆は嫌な予感がしたが、それは的中した。北詰白恵はペットボトルをグイグイと喇叭《らつぱ》飲みした、その姿は鯨が糠蝦《あみ》を大量の海水ごと呑み込む姿とも見紛われる量と勢いである。そして、体内で濾過した純度の高いアルコォルを、人間ポンプみたく口から吹き出し、鞭子の全身に浴びせかけた。全身傷だらけの軀にアルコォルの洗礼を受けた鞭子は、その場にいた誰もが恐怖のあまり耳を塞ぎたくなる絶叫を上げると共にこの世のありとあらゆる悪口雑言罵詈讒謗を吐き出した。それもまた耳を塞ぎたくなる口汚さだった。

「随分と荒療治ですな」腕太郎が恐る恐る云った。

「アルコォル消毒が一番の治療なのよ。それにタツノオトシゴのワインは万能薬ですから」北詰姉は口から滴るアルコォル原液を手の甲で拭いながら云った。

「殺す気かぁぁぁ」ボロ雑巾状態だった鞭子は立ち上がり、その他にも到底活字には出来ないような単語や表現を北詰姉に並べ立てた。

「ほら見なさい、忽ちこの通りピンシャンになったじゃありませんか。タツノオトシゴの効能はこれ程までにアラタカなのです」北詰姉は落ち着き払って云った。

「痛いからじゃボケ。カス。死んじまえクソババア」鞭子は喚き散らした。

「痛いのは生きている証拠ざんす。百一恵、この方に赤チンを隈無く塗って、ガーゼを当てて、包帯を巻いておやんなさい」白恵の号令一下、百一恵は暴れ出そうとする鞭子を羽交い締めにして難無く取り押さえると、瞬く間に赤チンを全身に塗りたくり、ガーゼを貼りまくり、包帯でグルグル巻きにして、木乃伊女の出来上がりと相成った。手脚も殊更分けることなく包帯巻き巻きしたので、白くて巨大なクロワッサン状態となった（つまりは完全無欠に身動きが取れないのだった）。呼吸が出来るように口と鼻の辺りに穴を開けると、またもや耳を覆いたくなる罵声が飛び出した。

「力が強いんですねえ」腕太郎が北詰妹にこれまた恐る恐る云った。

「日頃のトレーニングは怠りませんから」百一恵は無感情に応えた、「女二人暮しなんていつ何時危険な目に遭ってもおかしくないですから、いざという時に備えて鍛えております。トレーニング・ルームは地下にあります」

「妹は肉体労働専門、私は頭脳労働専門でやっております」白恵はどこかで聞いたような台詞を発した。

「いやあお姉様も充分肉体労働してると思いますよ、人間ポンプ」腕太郎はそこまで云って慌てて口を噤んだ。

「しかしこの女王様もこれだけの深傷《ふかで》を負っていながら、これ程までに聞くに堪えない罵りが未だに口から機関銃の如く連射されるのだから丈夫なものよ。女丈夫だの」猫が感心半分寒心半分で云う。

「女王様は客を口汚く罵ってお金が稼げる珍しい商売っすからね」オカモッが指摘した。

「もっと罵ってほしいぞ、儂は？」腿太郎は懲りた様子もなくケロッと云う。

「んな寝惚けたこと云ってる暇があったら、この怖いお姉さんに話を聞くべきだろ」腕太郎が云ったのをきっかけに、鞭子への尋問が開始された。

「誰から拙者等が鬼ヶアイランドに行くという話を聞いたのか」猫が口火を切った。それに対し木乃伊女の鞭子は犬に関する侮辱表現を雨《あめ》霰《あられ》と浴びせた。結果、冷静さを失った猫が目の前の巨大クロワッサンにかぶりつくのを皆が止めなければならなかった。他の連中もやってみたが、同様に罵声を浴びせられただけに終った。

「コチョコチョ擽るのはどうだべ？」腿太郎が提案したが、「包帯の上からコチョコチョしてどうすんだ」と皆に却下された。

「鼻の穴から炭酸水を流し込んだらどうだろうか」と腕太郎が恐ろしく無慈悲な意見を出したが、「んなことしたら、マジで死ぬぞ」とこれまた却下された。

「死なないんじゃないかなあ」腕太郎は不服そうに「不死身だよ、きっと」

「不死身の人間は、少なくともこの世にはいない」苔子が云ったので、皆どよめいた。

「どっから湧いたんだ？」腿太郎が聞いた。

「お湯かボウフラじゃあるまいし、どっから湧いたも無いもんだ。アタシゃ、さっきからこのドタバタを興味深く見学してただよ。アンタ等が気づかなかっただけのこった」壁に片手をついて軀を斜めに傾け、相変らずクチャクチャ口を動かしながら苔子は云った（編み物一式は持っていなかった）。

「隠れ蓑の術を使ったであろう。拙者の嗅覚を以てしても、貴様がこの場にいることに気づかなんだ」

猫が云う。

「気配を殺すことなんざ、アタシにとっちゃ朝飯前のお茶漬けサラサラなのだ。犬の嗅覚なんか目じゃない。鳥渡さ、その女王様がアンタ等の手に負えなそうだったから来てやった」

「『アタシに任せとき』と云うこってすか」オカモッが聞いた。

「蛇の道は蛇、だかんね」苔子は云った。

「今ひとつ、分かりにくい表現だな。何が蛇の道なんだか。この女王様と苔子様は同じ爬虫類なのか」

腕太郎が云う。

「同じ女類だあね。男には分からない冴えたやり方ってのがあるのさ、キラーン★」

「何がキラーンだか」

「そいだから、ちょいと女王様を預からせて貰う、まあよろしくな」と云って、積荷を運ぶ荒くれ水夫のように白いクロワッサンを軽々と担ぎ上げると、口笛を吹きながら（**「何かをクチャクチャ噛みながら口笛を吹くなんざ器用な芸当しやがんの」**）さっさと北詰家を後にした。積荷は何やら喚いていたが、最早意味も理解出来ず、それも軈て聞えなくなった。

「あの口笛、何の曲だったか分かったか。ピノペ～、ピノペ～、ピノペのピノピノペ～、だぞ」腕太郎が妙に勢い込んで云った。

「ピノペって何だ？」腿太郎は実際のところ興味は無かったが、お義理で聞いた。

「俺の育ての父親がよく歌ってた歌だ。この家の行方不明になった百恵ちゃん——もしかして俺達の産みの親かも知れない人だな——もよくこの唄を歌ってたそうだ」

「何だそりゃ？」

「あれは『森シゲのピノペ節』に相違あるまい」猫が自信たっぷりに云った。

「森シゲヒサ彌主演映画『喜劇・駅前ピノペ』の主題歌だ。三キノリ平も出ていて、森シゲと一緒に歌っている」

「『駅前ピノペ』って何だ」

「駅前にあるピノペだろう」

「だからピノペって何だ」

「知らぬわ。映画そのものは見てはおらぬ。主題歌だけは知っておるのだ。父親が子守唄代りに聞かせてくれたのだ」

「そう云われれば子守唄っぽいっすね」オカモッが云う、「ボキは初耳です」

「拙者の父親は犬であったが、映画好きでな。満員の映画館に潜り込んでは、観客の足の隙間を掻い潜って映画を見まくったそうだ。まだこのコミュニティが『コミュニティ』というあざとい名では呼ばれずに単なる『村』だった頃の話だ。その頃はこの文化の僻地にも映画館位はあったそうだ」

「エイガなんて見たことねえや？」腿太郎は云った、「抑々『エイガ』とか『エイガカン』とか云われたって何だか分かんね？」

「俺が教えてやろう。映画ってなぁな、映画館って建物ん中で見るもんなんだ。中が暗くなるだろ、すると客席の後ろの映写室って部屋にある映写機って機械から客席の前にあるスクリーン、銀幕ともいうんだな、これに映像を投写して客がそれを見て泣いたり笑ったり悲鳴を上げたりするもんなんだ。分かったか？」腕太郎が説明した。

「説明聞いても分かんね？」腿太郎は率直な感想を述べた。

「分からんでもいいさ。今はエイガカンとエイリアンの区別もつかなくたって、その内どっか余所の都会で見ることもあるだろうさ。多分百恵ちゃんが元気だった頃には、まだ映画館もあったんだろうなあ」

「でなくして、その唄を口ずさんでいた訳がなかろう。しかし、苔子は一体映画なんぞ見たことがあるのだろうか」猫が疑問を呈した。

「大体苔子って歳幾つなんだ」

「年齢不詳っすね。若いようでも年寄のようでもある、若年寄でやんす」

「百歳以上かも知んね？」

「それはひょっとしてひょっとしたりするぞ」と、本人がいないので好き勝手なことをはざいていた。

　腿太郎は翌日、〈湯気湯〉で苔子と顔を合わせた。湯気太郎博士は両名に色々と不平不満文句叱責の思いはあるのだろうが、今のところ積極的に何かを云ってくる気配はない。それをいいことに、両名はのんべんだらりと手抜き仕事を続けている。

「あれからどした？」腿太郎は薪を割りながら聞いた。

「山の女王様のことかいや？　まあ、色々と、あれやこれや」編み物をしながら何やら仄めかすような誤魔化すような云い方である。

「誰から聞いたって云ってた？」これ以上突っ込んでも聞き出せないと判断した腿太郎は質問を変えた。

「ああ、それもねえ。まあ何やかんや」とかクチャクチャ噛む行為に紛らわせてしまった。

「ただ、ああいう話を持ちかけて来た理由は分かったわ。船だってさ。アタシ達が一番どうすべきか思案投げ首だった鬼ヶアイランドに渡る手段である船と船乗りを用意してくれるっていう話だったんだわ」

「じゃ、親切なしとをあんなボコボコにしてグルグルにしちゃったんか？」

「さあ、そりゃどうなんだろう。アタシャ体のいい罠なんじゃないかって気がするけどねえ。どうせ湯気太郎博士かそこら辺の連中の差し金なんじゃないかって気がする。あの凶暴なパンケーキのお父っつぁんが一枚噛んでる可能性だって大いにあるしさ」

「どうするだよ？」

「試しに罠に嵌まってみるのもいいんじゃないかなあって思うんだ。まあ、最終的に決めるのはリーダーであるアンタだから判断は任せるよ」と下駄を預けられてしまった。優柔不断なリーダーは他の一行メンバーにも「どうするだよ？」と聞いたが「リーダーが判断してくれ」と誰もが応えた。リーダーの腿太郎は自分で考えるのは面倒なので、苔子に教えられた時間と場所で、件の船乗りに会うこととなった。

「船《ふな》乗《の》りの鮒森《ふなもり》だ」船乗りの鮒森は自己紹介して腿太郎の手を強く強く握りしめた。お蔭で手が痺れてしまった。船乗りの鮒森は背丈こそ低いが、筋骨隆々の分厚い肉体を所有し、顔は陽光と潮風に燻蒸されて、「目鼻口のついたいぶりがっこ」といった趣である。しかも顔面の額から顎までに縦一文字に深い傷痕があるので、「無理矢理に縦に切り損ねたいぶりがっこ」にも見える。会った場所は先方の行きつけだという居酒屋〈人魚と半魚人亭〉で、潮風の匂いもきつい海辺に店を構えていた。コミュニティでも殆どの住民は足を運ばないが、専ら漁業・海運業従事者の溜り場であり、有体に云えば柄が悪くて荒々しくて、並の神経の持主であったならば中々足を踏み入れるのは躊躇したくなる（映画好きの猫であったなら「日活アクションに出て来るような」とか、それこそ「本物の小バヤシ旭が出て来るような」と形容しただろう）店だった。腿太郎は並ではない異常に骨太な神経の持主だったので（神経に骨が入っているかと思われる）、何等躊躇することなく店に入っていった（寧ろ難儀だったのは店に辿り着くまでの道程だった。苔子の描いた地図が下手糞極まりないものだったからである）。扉を押し開けると、アルコォルと紫烟が綯い交ぜとなったムッとする温気《うんき》と、喧噪と呼ぶには暴力的に過ぎる怒声の谺《こだま》が腿太郎を出迎えた。薄暗い店に屯するやさぐれ男とやさぐれ女どもの中で一際目立っていたのが船乗りの鮒森だった。

「山の女王様からあんたらに船を用意するように頼まれたんだが、肝腎の女王様が最近何処に行っちまったんだか、頓と姿を見せねえ。一体どうしちまったもんかな」

「さあ、どうしちまったんすかね？」腿太郎はシレッと応えたが、行方を知らないので嘘ではない。敢えて苔子から聞き出したいとも思わなかった。

「何はともあれ、初の出会いを祝って乾杯だ。乾杯」船乗りの鮒森は巨大なマグカップ（持つ手が巨大なのだから相当に巨大に違いない）を腿太郎の麦酒のジョッキに衝突させたので、こんもりと盛り上がった泡が吹っ飛んで床に落ちてしまった。腿太郎が仕方なく泡のない麦酒を飲むと、船乗りの鮒森もマグカップになみなみと注がれた蜂蜜入り黒糖ラテをグイグイと飲んだ（下戸で甘党なのだという説明を受けた）。

「鮒森さんは山の女王様のお客だったんすか？」腿太郎は聞いた。

「『鮒森』だけで呼ぶのは止めろ、『船乗りの鮒森』とフルネームで呼んでくれ」船乗りの鮒森はそう断ってから「女王様はイイ女だ。俺は女王様からタップリとイイ想いをさせて貰った」と感慨深げに云った。

「そうなんですか？」どういう「イイ想い」をさせて貰ったんだか、腿太郎は一向に興味が無いので、話はそれ以上に進まなかった。船乗りの鮒森も何が何でも話したい訳でもないようで、蜂蜜入り黒糖ラテを勢いよく啜りながら遠い目をしている。腿太郎が一杯の麦酒を舐めるように飲んでいる間にも、蜂蜜入り黒糖ラテは何杯もおかわりされた。隣席にいたやさぐれた男と女が「んな甘ったるいもん、よくそんなに飲めるぜ、タハ」「糖尿になっちまうぜよ、テヘ」と揶揄した。

「月蠅《るせ》え」船乗りの鮒森は吼えた、「人の嗜好を兎や角云う奴は鱶の餌食になっちまえ、鱶の牙で囓られて、鱶の胃袋で溶かされて、鱶の糞になっちまえ。そのまんま海の藻屑と消え失せろ」

「おお怖」やさぐれ男女は揃って肩を竦め、揃って安酒に酔い痴れ続けた。

「蜂蜜入り黒糖ラテを飲めば、心が落ち着く。そしてあるがままの世界に眼が開く、毛穴が開く」船乗りの鮒森は腿太郎を相手にするでもなく、仮に日の前に誰がいなくとも一向に構わぬ様子で訥々と語る、

「砂糖黍の葉擦れの音色が聞えてくる。砂糖黍に集るアブラムシどもの囁きが聞えてくる。アブラムシを貪り喰うテントウムシの歯応えが聞えてくる。ざわわ、ざざわ、ざざざ。このような天然自然の声に耳を傾けずに安酒なんぞに身を任せている輩は愚の骨頂、『キング・オブ・愚か』よ。そうは思わぬか」

「今、儂ぁ安麦酒を飲んじょるところですけど、やっぱ愚かですっすか？」腿太郎は臆せずに云った。

「気にするな、それは俺の奢りだ。俺は人の嗜好を兎や角云う奴じゃねえ。甘党もいれば辛党もいる、両刀使いの甘辛党もいる、そんななぁ当り前のこっちゃねえか。人間の多様性を莫迦にする奴が気に喰わねえのさ」との船乗りの鮒森の言葉に、腿太郎は表情を全く変えずに心の中でガッツポーズをした。そこは生命の危険よりも、金銭面の危険に怯える腿太郎なのであった。況してや、船乗りの鮒森の「人間の多様性」についての有難いお話には何等の感銘も受けない程度の感性しか持ち合せていない我等がリーダー腿太郎なのであった。

「で、肝腎の船のことですが？」腿太郎は感動も何も無く話を持ちかけた。

「おう、それよ」船乗りの鮒森は身を乗り出し「船は用意してあるし、船乗りも用意してあるぜ。何時でも何なりと使ってくれ」

「それは有難うございます？　船乗りの鮒森さんがいれば鬼に鰹節です？」腿太郎は間違った諺の引用をしながら礼を云った。

「おっと、慌てるねえチチチチ」船乗りの鮒森は人差し指を振りながら腿太郎の礼を制し（映画好きの猫がその場にいたなら「この男は宍ド錠の真似をしておるぞ、実に以て笑止千万である」とか云ってその場の空気をぶち壊していただろう）「誰が船に乗ると云った。船は確かに提供してやる。しかし船乗りは俺じゃねえ」

「でも、船乗りの鮒森さんじゃ？」流石に腿太郎も混乱した。

「だから云ったじゃねえか、『船乗りの鮒森』はフルネームだ。俺の生まれついての名前が『船乗りの鮒森』なんで、俺自身は船に乗ったことなんか一度たりとてねえや。仮に俺が船なんかに乗って海に出た日にゃあ……何だ、ほれ……陸に上がった河童……だっけか？　の反対の意味だ。つまりそういうことになる。俺は船酔いなんかで死にたかねえや」

「生まれついての名前？ってことは、何処までが名字で何処からが名前でですかですか？」混乱し切った腿太郎はもっと大事な質問をすべきところを気づかない。

「船乗《ふなの》家の長男として俺は生まれて、鮒森《ふなもり》という名前を付けられた」船乗りの鮒森は明快に応えた。

「じゃ、じゃ、じゃ、『りの』って何なのでですかですか？」

「母親の名前が『りの』だったんだな。その名前をミドルネームとして授かった、有難いことよ、有難や有難やの有難や節だぜ。産みの親の名前をつけられるなんざ、嬉しいことだ。あ〜りが〜たや、あっりがたや～♪」船乗りの鮒森は興が乗ったか歌い出した。

「じゃ、じゃ、じゃ、船乗りは？」

「俺の手下を紹介するぜ。船乗家の出世頭でこれぞ百戦錬磨の船乗り中の船乗りよ。船乗家は船でブイブイ云わせて来た家系だが、俺みてえな船に乗ったらゲエゲエ吐いちゃう御曹司とかが生まれてきたとすんじゃね（「何故この男は唐突にギャル語で喋り出すのか、この変物が」と猫がいたなら嫌味たらしく云ったであろう）、そういう時のために外からイイ筋してる奴を引き取って教育してんのさ、船乗りを。歌舞伎だってさぁ、相撲だってさぁ、血筋にばっか拘ってたら腐っちゃうじゃん、その最たるものって政治家だよね～。政治家の二世とかホント、ウンコちゃんばっかだもん。でもさ、船乗家はさ、そーゆーとこは抜かりないんだよね～。ちゃんと船乗りを絶やさないようにしてんのさ、見習うべき業界って絶対に多いよね～、そう思わねえか、なあ、あんた？　聞いてんの？　聞いてんのかよ！」途中までギャル語で喋ってたと思ったら、いきなり荒くれた船乗り言葉（若しくはバンドマン言葉）で恫喝するように問うてきたので、反射的に腿太郎は「その通りでありやんす？」と応えてしまった。

「そう思ってたか。反応が薄いんでてっきり死んだのかと思ったぜ。菜っ葉ばっかり喰ってやがったからなあ」船乗りの鮒森は慨嘆するように独りごちて、腿太郎の「別に菜っ葉ばっか喰ってないし？　排骨麵シコタマ喰ってるし？」という言葉にも全く聞く耳を持たなかった。

「五平《ごへい》は最高だぞ。うぉい、五平」怒鳴ると、店の喧噪の奥から一人の男が離れてやって来た。スキンヘッドの、雲突くばかりの大男である。

「五平餅の五平です」大男は野太い声でブスッと云った。

「こいつは俺と違って優秀な船乗りだから、大船に乗ったつもりで任せるといい、文字通り大船に乗ってな。実際は大してデカい船でもないんだけどな。シシシシシシ」糞面白くもない自分の言葉で下品な笑い声を上げる。

「五平餅の五平さんもフルネームですか？」腿太郎は念のために聞いた。

「いんや、違う。只の綽名だ。五平餅に似てるから皆そう呼んでる。本名は俺も知らん。シシシシシシ」

「五平餅の五平です」五平餅の五平は再び野太い声でブスッと云った。威圧感を与えているつもりなのだろうか。抑々この大男が五平餅に似ているのかどうか全く分からない、それ以前に腿太郎は「五平餅」が何たるかを知らない。取り敢えず「腿太郎ですぅ？」と名乗ったが、常の如く語尾が上ずってしまうので、威圧感はまるで無かった。

「五平と、五平丸を貸したる。五平丸が五平の船、今云った『大してデカい船でもない』船だ。それで鬼ヶアイランドに行ったらよろしい。何だ。お金って。銭のことなら気にしなくていい。俺は山の女王様に世話になってるからな。んじゃ、後はよろしくな」何杯目かの蜂蜜入り黒糖ラテをゴクッと飲み干すと、船乗りの鮒森は腿太郎と五平餅の五平を置いてさっさと〈人魚と半魚人亭〉を出て行ってしまった。

「五平餅の五平です」五平餅の五平は三たび野太い声でブスッと云った。

「リーダーの、腿太郎です？」腿太郎は「リーダーの」の部分を強調して云ったが、矢張威圧感はまるで無かった。

「おいリーダー、その大入道は本当に信用出来るのか」それから数日後、鬼ヶアイランドを沖に臨む桟橋、通称〈地獄桟橋〉（「何なのか、この日活を通り越して新東宝じみたセンスは」「儂ぁ、知らんがの？」）で猫は腿太郎に聞いた。

「信用しなければ、どうもなんねえべ？」腿太郎は不貞腐れて云う。

「何なのだ、その統率者とも思えぬ投げ遣りな態度は。拙者等が身を任せる相手だぞ。信用出来なければ拙者らの身が危険ではないか」

「んなこと云ってたら、島に渡れねえぞ？　そんでもいいのか？　あん？」投げ遣りな態度のリーダーは逆ギレする。

「でも、船っていうから来たみたらアレってどうなの？」パンケーキは桟橋の先を指差した。

「ネッシーの首、じゃないっすね。どう見ても」オカモッが云う。ニョッキリと海面に飛び出ているそれは、確かに誰がどう見ても潜望鏡だった。

「船としか聞いてなかっただよ？」腿太郎は正直に認めた。

「次回からでいいから、もっと突っ込んだ話、つまりは詳細を聞いてほしいんだけど」パンケーキは酷く不機嫌な声で要望を出した。因に彼女は、北詰家での夜以来、新女王様としてしつこく後を追ってきた崇拝者どもを追い払うのに疲れ果てていて、甚だ御機嫌斜めだったのである。

「ハイ」珍しく語尾を上げずに、かき消えるような声で素直に返事をする腿太郎であった。

「船で鬼ヶアイランドに渡るのに次回などあって堪るか」猫が吐き捨てる。

「そりゃあ分からんでしょうよ」猿のコスプレで完全装備したオカモッが反論したのは、別にリーダーを擁護するためではなく、単純に猫に逆らいたいだけである。

「貴様は次回を望んでいるのか」

「別段、望んじゃいませんや。おっかないと云われてる場所に何で二回も行きますか。ただ、成り行きってもんがありまさあ」

「どういう成り行きだ」

「例えば、鬼ヶアイランドに行って、鬼退治して、金銀珊瑚ザックザクで戻って、気づく。『あ、財布落とした』みたいな」

「金銀珊瑚ザックザクだったならば、今更財布など新しく買えばいいだけの話ではないか」

「そういう話じゃないっしょ。免許証も健康保険証もクレジットカードも全部財布に入ってるって場合だってありましょ」

「拙者は免許証も健康保険証もクレジットカードも持ち合せておらんぞ」

「そりゃ犬だからっしょ。人間は日々の生活のためにそういう種々雑多なカード類が必要なんでさ」

「貴様、またしとぇも犬を莫迦にしおったな」猫は声を裏返らせる。

「莫迦にしてませんってば。人間はそれだけ生きるのが面倒って話っす」とか云いながら、オカモッは猫の「またしとぇも」という大仰な物云いに笑いを堪えている。

「悲惨太が何云ってるんだか、もう全然分からなくなっちゃったの」パンケーキは紐で結わえて首からぶら下げた醤油差しを腿太郎の目の前に突き出し「早くしないと人間に戻れなくなっちゃうじゃない。貴方がリーダーなんだから何とかしてよ」悲痛に訴えた。

「ふぐむが？」腿太郎も、首からぶら下げた頭陀袋の中を覗き込んで相談でもするように、意味不明な唸り声を上げていたが、産みの親からの返事は何も無かったようだった。そうこうしているところへ猫呼ぶところの「大入道」こと、五平餅の五平が海坊主みたように海中からヌッと輝く頭を出現させた。実際には潜水艦のハッチを戸閉蜘蛛《とたてぐも》の巣の蓋よろしくパカッと開けて登場した次第である。

「乗れ」五平餅の五平は野太い声でブスッと云った。

「いきなり命令しおった。客に対して『乗れ』とはどの分際で云うか」猫は文句タラタラである。

「命綱握られてるんだから、あまりブツクサ云わない方がいいっすよ、口は災いの元っす」オカモッが注意する。

「潜水艦なんかあるなんて知らなかったし。パパったら何も教えてくれなかったし」パンケーキも不平たらしく云う。

「父上は潜水艦がコミュニティにあることを御存知ではなかったのではないか」猫が云う。

「もしそうだとしたら、初代コミュニティ長失格だよね」パンケーキは口をへの字に曲げた。

「大体、潜水艦ってな、どうやって乗船するんでやんすか」オカモッが云う。

「飛び乗る、そして入る」相変らず五平は野太い声でブスッと、必要最低限未満の説明をした。

「ブラボッキーだな？」腿太郎が苦言を呈した。

「それを云うならブッキラボーだ」五平は訂正した。

「それだ、ブッキラボーだ？」腿太郎は改めて苦言を呈した。

「文句云う暇があったら、飛び乗る、そして入る」五平は飽くまでブラボッキーならぬブッキラボーに云い張った。云われるとおり、一行は地獄桟橋から潜水艦（どうやらこれが「五平丸」らしい。相当に年季が入っていて、有体に云えば見るからにポンコツなのが不安感を誘った）の、海面の吃水線ギリギリに姿を覗かせており、そのため滑りやすい甲板にどうにかこうにか飛び乗った。「私、出来るかな」と心配していたパンケーキは、地獄桟橋を一旦戻って助走し、難無く飛び移って皆の喝采を浴びた。それに対し、オカモッは足を滑らせて海に落ちそうになり、皆に手を引っ張って助けて貰う羽目になった。

「『猿も木から落ちる』という言葉は禁句だからな」猫は釘を刺した。

「んなベタなこたぁ、死んでも云いませんよーだ」オカモッは悔しそうに云い返した。

「死んだら何も云えないではないか、失笑憫笑呵々大笑」猫（実は犬）は猿（実は人）を軽侮した。

「大体猿は泳げるのか。犬は無論泳げる」

「無知でやんすね、猿は泳げますよ」

「私、泳ぐの得意じゃないけど頑張ってみる。悲惨太のためだもん」パンケーキは健気に宣言してから「でもリーダーは泳げるの？」と聞いてきた。

「泳いだことがないから、分かんね？」腿太郎が正直に応えると「だよな」「だよねえ」と落胆したような反応が向い風になって圧倒されそうになった。

「仕方ねえべや、儂は海なんか来たことねえだよ？」腿太郎は抗って云う。

「でも、川を流れて来たんでしょ？」オカモッが云う。

「川を流れてきたのは産みの親だ？　儂が流れてきたんじゃね？　大体『流れる』ってこた『溺れる』ってこったろ？」と、珍しくムキになって抗言したら、皆妙に納得して黙りこくってしまったので、腿太郎はゲボゲボと妙な音を立てて溜飲を下げまくった。と同時に、五平丸もゲボゲボと妙な音を立てて海底に沈んでいった。余韻も味も素っ気もない、ただ船底に穴が開いて浸水しているかのような性急な沈み方だった。

「と云うか、本当に船底から浸水していると思うのだが、如何なものであろうか。これはひょっとすると、潜水艦ではなくして浸水艦か沈水艦なのではないか」と、妙に落ち着き払って猫が云ったので、最初は冗談を云っているのかと誰もが受け止めた。しかし、潜水艦の丸窓から、ゆらゆらと揺れるワカメ越しに見える海底の風景に、鯛や鮃《ひらめ》の舞い踊りに混じって、海坊主が暗黒舞踏（だかステテコ踊りだか知らないが）を踊っている姿を発見して一行は凍りついた。

「あれは最前の無礼極まりない大入道ではないか」猫が指摘した。

「ブラボッキーか？」腿太郎が聞いた。

「ブッキラボーでやんしょ」オカモッが訂正した。

「あのブッキラ坊がお魚と一緒に海の中で踊っているのであるならば、今この潜水艦を操縦しているのは一体誰だというのか」

「あら、やだ」とか云っている内に、潜水艦は着実に沈んでいき、皆の足下には海水が溢れてきた。

**「死ぬのは嫌だ〜、死ぬのは嫌だ〜♪」**パンケーキが古のフォークソングみたような節回しのアコースティック声で歌った。

「そのような辛気臭い唄を傍で歌われると意気阻喪するから止めてほしいのだが」猫が苦言を呈した。

「私が歌ってるんじゃないの。悲惨太が歌ってるのが私の心に伝わってくるの。だから私は自分の声で歌ってるだけ。死ぬのは嫌だ〜、死ぬのは嫌だ〜、死んだら何も無い〜、意識も何にも無〜い♪」構わず歌い続けた。

「元々ない元気も出なくなるな？」腿太郎も閉口した。

「死ぬのは嫌だ〜、死ぬのは嫌だ〜、死んだら何も食べられない〜、カツ丼も天丼も食べられない〜♪」

「キジ丼も喰えなくなるっす」オカモッが付け加えたが、そう云っている内にも、底が抜けた潜水艦には海水が容赦なく流れ込み、皆の膝丈程にまで到達した。

**「ワァァァカメ 好き好き ピチピチ〜ィ、ワァァァカメ 好き好き ピチピチ〜ィ♪」**腿太郎は咄嗟に焼け糞で歌い出した。

「どうした、空元気か。ワカメを見ていたら想い出したか」猫が云った、「拙者はいざとなったら件の海坊主同様泳いで脱出するが、悪く思うな」

「ワァァァカメ　好き好き　ピチピチ～ィ、ワァァァカメ　好き好き　ピチピチ～ィ♪」腿太郎はお構いなしに歌い続けた。すると、只管に沈んでいた筈だった五平丸のポンコツ船体が、何か大きな力によってグイグイと勢いよく海面へと引き摺り上げられているではないかプイプイ。

「儂のワカメの御利益だ？」さしたる根拠もなく腿太郎が自慢げに云っている間にも、サルヴェージ作業は着々と、どころかあれよあれよとばかりに進み、猫が「拙者が如何に泳ぎが達者であるかを見せる好機を逸した」とか誰も聞かないし聞きたくもない発言をしていた時には、ポンコツ潜水艦・五平丸は完全に海面を離水して、大海原の上に拡がる蒼穹へと浮揚していたのであった。

「一体、何事？」辛気臭い唄を歌うのを止めたパンケーキが目をパチクリコンとさせて丸窓の外の青空を眺めていると、喇叭状の尖った口をした巨大で奇天烈な怪物がヌッと顔を近づけて来たので「ギャッ」と云って尻餅を搗《っ》いた。既に潜水艦の床からは海水がザアザアと音を立てて遥かに見下ろす海に滝となって流れ落ちていた。

「ここで落ちたら死ぬぞ？」腿太郎は珍しくリーダーらしい（と自分では思っていたものの、至極月並な）言葉を吐いたが、誰も聞いていなかった。腿太郎のみならず、一行は潜望鏡やら操舵やら何だか分からぬ部品やらに蟬みたように獅噛みついて、何としてでも海に落ちないようにと、頑張って踏ん張って気張って筋張っていた。重力がどちらの方向にかかっているのか見当がつかないので兎に角手にした物を摑むしかない。どうやら重力が床部分に安定し、何かに摑まらずとも立っていられる状態になった時には、既に五平丸はポンコツ潜水艦ならぬポンコツ飛行船となっていた。そして飛行する動力はパンケーキが見た尖った口の巨獣なのであった。太くて長い尾を何重にも五平丸に巻きつけつつ、雲を突き抜け風を巻き起し天翔るのであった。

「坊やぁ　良い子だ　ねんねした〜い♪」との男女デュオの歌声が聞えたので、腿太郎はハッチを開くと、向い風に顔を晒しながら、歌声の聞える方角、丁度空飛ぶ怪物の頭と背中の中間辺りを見た。しっかりと二本の脚を怪物の首筋に絡ませながら、例によって編み物をしている苔子と、でんでん太鼓を胴体から伸びた第三の腕に握りしめた腕太郎の姿があった。腕太郎は残り二本の腕を苔子の体に嫌らしく回している。両人共に太平楽な顔して暢気に歌ってやがった（あいつら、一発やりやがったな？）。

「来るのが遅いぞ？　儂のワカメの唄を聞いて来たか？」腿太郎は先ず文句をつけた。

「人が助けに来たっていうのにこの云い草だぜ、なあ苔子ちゃ〜ん」腕太郎の軽薄に語尾を伸ばす喋り方が憎い。

「この怪物は一体何処から湧いて出て来たのか」猫が訊ねた。

「怪物ってまたまた……目をオッ開いてよく見てみなよ、こいつぁタツノオトシゴだぜ」腕太郎はふんぞり返って、危うく苔子を道連れに墜落しそうになった。

「それにこの腕太郎が描いたタツノオトシゴだし」慌てる様子もなく、苔子はガムだかグミだかをクチャクチャ噛みながら注釈を加えた。

「あのタバスコか？」腿太郎は聞いた。

「フレスコな、フレスコ画」腕太郎は訂正した、「『画龍点睛』を地でいった話でな、龍じゃなくてタツノオトシゴなのがちょいと格落ちだけどな」そう語る腕太郎の言葉を理解しているのかいないのか、件の巨大なタツノオトシゴは尖った口から何かをペッと吐き出した。吐き出された何かは海へと落ちていった。

「君達を罠にかけた大入道の成れの果てだ」腕太郎が云う。

「喰っちまったんか？」

「肉や皮は消化しちまって、骨だけ吐き出したんだ。タツノオトシゴが喰わなくたって、どうせ鱶の餌になってるさ」

「いい気味」パンケーキが海に向ってアッカンベエをした。

「しかし、タツノオトシゴなのに羽が生えてるっす。こんなの見たことないっす」オカモッが云ったように、象牙色の刺々しい背中には、凡《およ》そそれに似つかわしくない純白の翼が二枚生えている。白鳥か天使の羽みたようだ。

「芸術家であるこの俺が描いたタツノオトシゴであるからしてからしてからしてが、現実のタツノオトシゴとは違ってたって一向に差し支えない。抑々依頼者にはヤマタノオロチでもゴジラでも自分の想像した怪獣でも何でもＯＫという承諾を得ている。タツノオトシゴにペガサスの翼を生やそうが何の問題もありゃしない。何だったら翼も二枚とかケチケチせずに三枚とか四枚とか描いても全然ダイジョビだったんだが、流石に見た目のバランスが悪くてそれは断念した。どうだ、この現代に新しく蘇りし絢爛豪華なキメラを見るがいい。グハハハハハハハハ」御満悦である。

「自慢もいいけどそれよかさ、アンタら、そのポンコツ潜水艦から、こっちに来るがいいよ」苔子が呼びかけた、「タツノオトシゴが尻尾の力でスクラップにしてまうからに」そこで腿太郎一行はあれやこれやで潜水艦を脱出してタツノオトシゴの背中に跨がった、その経緯については、誰某が墜落しそうになったの誰某が罵ったのの誰某が見事な運動神経をみせたののの、一々描写するのは面倒なので割愛する。兎に角一行が皆、潜水艦を脱出してタツノオトシゴの背中に跨がったと見るや、苔子は件のタツノオトシゴの頭部、哺乳類ならば耳があると思しき箇所に何やら囁いた。するとタツノオトシゴの尻尾は更にギリギリギリッと孫悟空の緊箍呪《きんこじゅ》みたように五平丸を締めつけ、ボロ潜水艦は木っ端微塵となって海の藻屑となったのであった。

「あんなボロ船で渡ろうとしてたんだな、儂らは？」腿太郎が海を見下ろしながら云った。

「仮令罠では無かったにせよ、あのスクラップだったら途中で本当に沈んでおったやも知れぬぞ」猫が付け加えた。

「大入道も自分の船と一緒に海底に眠るんだから、さぞや冥加に尽きるだろうさ。なんまんだぶなんまんだぶ」苔子は取って付けたように念仏を唱えてみせた。

「ワカメの唄で来ただな？」腿太郎が云う。

「ワカメ？　何のこっちゃい。俺達は君達が頼りないこと夥しいからこそ、こうやって助っ人に来てやったまでのことだ、義侠心だぜベイベー」腕太郎はでんでん太鼓をビュンビュン振り回して威張った。

「貴方達、来ないって云ってたじゃないの」パンケーキがそれこそタツノオトシゴみたように口を尖らせる。

「俺はフレスコ画を描くのに忙しいから断ったんだ。こうして見事に完成して、しかも壁から呼ばれもしないのに飛び出てジャジャジャジャジャ～ンなのだから、もう行かない理由はいっかな見当らない」腕太郎は明快に応えた。

「じゃあ苔子さんはどうなのよ」

「アタシは色々と野暮用があってクチャクチャクチャクチャ。それが一段落したんでクチャクチャクチャ。んだからクチャクチャクチャ」誤魔化すためなのだろうか、ガムだかグミだかを噛む音を聞えよがしに強調した真実味の無い答が返ってきた。

　ここで一旦、時間は遡り舞台も変り、数日前の北詰家のアトリエとなる。創作意欲に燃え盛っている腕太郎は、三本の手に持った絵筆を自由自在に操り、巨大なフレスコ画を仕上げつつあるところであった。画題は北詰姉妹に敬意を表してタツノオトシゴと決めていたが、只のタツノオトシゴではつまらないので、天馬の翼を生やすこととした。前肢と後肢を描き加えることも考えたが、グリフォンみたく格好良すぎるのもタツノオトシゴらしさが失われると判断し（手脚の無いのがタツノオトシゴ的な飄々然たる風流なのだと腕太郎は理解していた）、これは止めた。

　それを眺めているのは、依頼主である北詰姉妹の白恵と百一恵、苔子、そして何故か「山の女王様」こと鞭子（パンケーキは新女王様になることを拒否しているので、「元・山の女王様」という意地悪な呼び方は無しにしよう）が白クロワッサン状態からかなり回復した木乃伊女状態で見学に参加している

（と云うか、させられている）。

「ふぃにっしゅ〜」腕太郎は力を込めて叫んだつもりだったらしいが、勢い余って上擦って、蚊の鳴くような声しか出なかった。

「出来たのか」苔子が聞いた。

「でけた〜」矢張情けない声で腕太郎は応えた、「精も魂も尽き果てた。鼻血も垢もザーメンも出ねええええ」

「本当かいな、『疲れ魔羅《まら》』という言葉を知らないとは云わせないぞ」そう云う苔子の言葉通り、疲労困憊している筈の腕太郎の股間がコンモリと盛り上がっている。

「あらら、ご活発だことホホホホホ」北詰姉は嬌声で笑う。北詰妹も「フォフォフォフォフォフォ」とバルタニックにハモった。

「ザーメンはまだ尽きていないようじゃん」苔子が畳みかけるように云う、「『獣は極度の疲労に瀕した時に種の保存のために生殖能力が高まる』という説を自ずから立証してるじゃないかいな」

「月蠅《るせ》え、このドスケベ淫乱女が」腕太郎は一喝したつもりらしいが声に力が入らない。

「それにしても、素敵だこと。私達が想像していたのよかずっと素敵。ねえ百一恵」北詰姉が北詰妹に促す。

「ホント素敵ねえ、姉さん」北詰妹は本心からなのか姉に合せているだけなのかは知らぬが、「素敵」を繰り返した。「素敵」は何回云おうが金はかからない。

『素敵』以外に褒め言葉は無いのか」腕太郎はヒイヒイと喚いた。

「よっ、巨匠。世界一。コミュニティのレオナルド」苔子が棒読みでヨイショした。

「心にもないこと云われたって屁も出ねえや」

「ケッ、こんな落書き、それこそ屁みたいなもんだ」思いがけず、木乃伊女の口から悪態が飛び出した。

「あらヤだ、てっきり寝てるのかと思ってただよ」苔子は云った。

「むむ、却ってこういう酷評の方がやる気が出るぜ」腕太郎は何故か元気を取り戻した。

「お前が本当にコミュニティのレオナルドならば、もっと出来ることがあるだろ。レオナルド・ダ・ヴィンチは本当の天才だったんだ。絵だけじゃない、人体の研究もしたし飛行機も作ったんだ。お前にそれが出来るか、このスッポコ銭湯絵描きが」ここぞとばかりにサディスティックな本質を花咲かせて、木乃伊姿の女王様は腕太郎を口汚く罵った。

「むむむむむ、もっと罵れ、もっと罵れ。やったるで」腕太郎は徐々に普段の元気を復活させていった。

「アンタ、本当にマゾっ気があんのかしら」苔子は興味深げに両人を観察している。

「そこまで云うならばな、俺はこの壁に描いたタツノオトシゴを空飛ばしてやるわ」

「一休さんみたいなコト云いやがって、下らない頓智とかで誤魔化したら承知しないからね」鞭子は一笑に付した。

「頓智なんて小細工は使わない、俺は気合で勝負する」腕太郎は胸を張った。

「低レベルな発言だ。気合だって。まあいいや、トンチンカンチントンチンカンチン気にしないっと」

苔子はボソボソと呟いた。

「折角描いて貰った絵が抜け出しちゃうのは残念だけれども、私達、断然腕太郎さんを応援してますことよ、ねえ百一恵」意外にも北詰白恵が積極的に加勢した。

「勿論ですわ。素敵ねえ、腕太郎さん」北詰百一恵は依然として「素敵」を繰り返した。

「気が乗らなかったら止めてもいいんだぞ。挑発に乗って縮尻《しくじ》ったヤツ程、間抜けに見えるものはないぞ」苔子は念のため、腕太郎に注意した。

「心配するな、俺には自信がある」徹夜明けの妙な高テンションになった腕太郎は金切り声で応じた。

「ありゃ駄目だね。鳥渡ばっか銭湯絵描きの頭と体を冷やしてやる必要があるわ」苔子はそう独りごちると、「女王様も北詰の御姉妹さんも少し時間を下さいね。ちょいとこの気合莫迦をお借りしますから。直ぐ戻りますから。逃げも隠れもしませんから」と各方面に云い訳しながら、気合で熱くなっている腕太郎を「鳥渡来な」と部屋から連れ出した。「何しやがるんだコケコッコ、俺はこれから気合を見せつけるんだ」とか文句を垂れながらも、腕太郎は連れ出された。苔子には有無を云わさぬ腕力と説得力があるものと見える。

　軈て、北詰邸の何処かから「ハヒ～ィィイ」という声が響いた。甲高い、悲鳴とも歓声とも取れる声だった。姉妹と女王様が何事かと耳を欹《そばだ》てていると、声はパタリと止んだ。それから暫しの時が過ぎて、苔子と腕太郎は帰還した。苔子に変った様子は見られなかったが、腕太郎は放心したような、それでいてどことなく一皮剝けたような面構えになっていた。敢えて形容すれば脱皮した昆虫か甲殻類を思わせる何かがあった。

一体何があったのか聞きにくい妙な雰囲気が何故か漂っていたが、それを打ち消すように木乃伊の女王様は「気合はどうしたんだ、気合は」と鋭い声を上げた。

「お待ちかね様でした。今アタシがこの男に喝を入れてきたから、今から気合を見せてくれると思うよ」腕太郎に代って苔子が云った。腕太郎はボケッとした顔のまま、自分が今しも描き上げた壁一面の巨大タツノオトシゴの前に佇んでいたが、突然脳天から突き抜けるような声で「あ〜ぁみ〜ぃま〜ぁぁぁあ」と叫んだ。

「そしたら、このタツノオトシゴが飛び出した、とそういう訳だ」腕太郎が自慢げに語った、「すかさず俺とコケコッコはタツノオトシゴに飛び乗って、君達のピンチを救ったという次第だ。どうだ、俺の気合の成せる業を」

「本当に気合で飛び出たのか？」腿太郎は率直に質問した。

「野暮は云いっこなしさ、腕太郎の気合で飛び出した、ということにしときなよ」苔子が云った。

「『ということに』とは何だ。俺の気合の賜物に決まっている」腕太郎は不満げに云う。

「それならば、貴様が手にしているでんでん太鼓も気合で出て来たとでも云うのか」猫が聞く。

「そのでんでん太鼓は北詰姉妹が持たせてくれたのさ。『私達のために描いてくれた絵がこうして飛び出してくれたのも奇蹟でしょう。このでんでん太鼓は、百恵が子供の頃に遊んでいた形見です。どうか、これも持ってってやって下さい』とね。自分の家の壁に馬鹿デカい穴が開いちまったってのに、何とも鷹揚と云うか寛大と云うか」苔子が説明した。

「私はあの姉妹、特に姉の方には恨みがあるから、意見は差し控えさせて貰うけどね」パンケーキが鼻の頭に皺を寄せた。

「そういうアンタにも土産を持って来てやったよ。ほれ」と何処に隠し持っていたのか、鞭を放り投げた。パンケーキは反射的に鞭を受け取った、と云うか、鞭の方からパンケーキの手の内に嬉々として飛び込んでいったように見えた。

「こいつぁ、山の女王様御愛用の、いやさ御愛用だった鞭だ。アンタは新女王様になるのは真っ平らしいが、山の女王様はもう女王様を続ける気はないんだとさ。築き上げた地位も後進に譲るって云ってた。自分は《飴と鞭の御殿》を安く売るか畳んじまってから、山を下りて《湯気湯》で湯治でもしてじっくり体を休めた後、何処か見知らぬ場所へ放浪の旅に出るという生涯設計なんだってさ」

「巫山戯んじゃない、私は後進になんかならない。誰か他の人に譲って頂戴よ。そんな生涯設計、人に何の断りもなく勝手に立てんな」パンケーキは気色ばんだが、怒った勢いで手にした鞭をビュンビュンと唸らせながら振っているのを本人だけが気づいていない。

「あの鞭も気合で出したのか？」腿太郎が云った。

「らしいっすね。『気合』って『イコール魔法』ってことみたいっすね」オカモッが相槌を打った。

「『鞭子』という名前も譲るって云ってたよ。どうやら世襲制らしいな。二代目鞭子はあの娘しかいないって、そりゃもうお気に召した御様子だったぜ」腕太郎はニヤニヤしながら云った。

「マジで全然嬉しくない。勘弁してほしい。あの女、殺しておけばよかった」ビュンビュンビュン。

「あの女王様の本名は鞭子じゃないんか？」腿太郎が素朴な質問をした。

「どうやら違うらしい」苔子が云った、「恥ずかしいから云うなと口止めされたが、別にバラしちゃったって構わないでしょ、『筑前煮』というのが本当の名前なんだってさ」

「さすればあの女性《にょしょう》は尼僧であったか、筑前尼」猫が首を捻る。

「筑前尼じゃなくて筑前煮。パンケーキと五十歩百歩な名前だぁな」

「パンケーキは筑前煮と違う。全然違う。パンケーキはオシャレだし、筑前煮はちっともオシャレじゃないし、筑前煮なんて全然好きじゃないし。山戯《ざけ》んなざけんなザケんな」振った鞭が弾みでタツノオトシゴの背中に当って、「ブビビビビーン」と嘶《いなな》いた（馬の鳴き声と雀蜂の羽音を混成させて、音も不快感も百倍にしたような嘶きだった）かと思うと、飛ぶ速度が一気に上がって、皆振り落とされないように必死で獅嚙みついた。

「ほれ、タツノオトシゴも喜んでおるわ。アンタはやっぱ生まれながらの鞭使いよ」苔子はパンケーキを讃えた。

「ちっとも褒めてないし、これっぱかしも嬉しくないし」パンケーキは鞭を振り振り耳をつんざく金切り声で絶叫した。ビュンビュンビュンビュンビュン。ピシッピシッピシッピシッピシッ。ブビビビビビビビビーン。翼を持ったタツノオトシゴは一散に鬼ヶアイランド目指して、超音速超光速（白髪三千丈式に盛ってる）で飛翔した。

鬼ヶアイランドに接近していくに伴い、唄が聞えてきた。長い歳月を波飛沫に打たれ、削られ、穿たれてきた岩の底から響いてくるような唄声だった。これが古よりこの離れ小島に伝わる〈鬼ヶアイランド島唄〉である。

鬼ヶ鬼ヶ鬼ヶ鬼ヶ　鬼ヶアイランドオ
鬼鬼鬼鬼鬼鬼鬼鬼　鬼ヶアイランドオ
アイアイアイアイアイアイアイアイ　鬼ヶアイランドオ
アイアイアイアイアイアイアイアイ　オ猿サンジャナイヨオ
鬼シカ鬼シカ鬼シカ鬼シカ　鬼シカイナインダヨオ
ラララララララララララララララ　ラララララララランドダヨオ
ランランランランランランランラン　ランランランドダヨオ
オニョニョニョニョニョニョニョニョニョニョニョニョニョニョニョ　オニョガアイランドオ♪

「あの唄は一体全体何なのだ。ロシア民謡を歌い上げるような荘厳な声音なのに、肝腎の内容は恐怖や脅威の欠片も無い脱力系コミックソングとは。勢い込んでやって来た拙者等の矛先が鈍るではないか」
猫が呆れて云った。
「だからさぁ、それが連中の狙いなんですってば。あの間抜けな唄を聞かせて油断させといて、その隙に」とまでオカモッは云って、後は喉を手で掻き切る真似をしてみせた。

「本当にそうだとしたら、とんでもない深謀遠慮だな」腕太郎が云う。

「辛抱して遠慮するのか？　そいつぁ楽しくも何ともねえな？」腿太郎が大真面目に聞いた。

「後でゆっくり教えてやっからな。ヒントその一、食べ物ではありません」腕太郎は適当に混ぜっ返した。

「ヒントその二、飲み物ではありません」尻馬に乗って苔子が付け加え、その流れで腿太郎以外の皆が皆、「動物ではありません」「植物ではありません」「ロシア民謡ではありません」「中華じゃないっす」「元を辿れば中華だろうが、この愚か者が」と調子に乗ってリーダーを揶揄したため、古の間抜けな島唄（猫曰く「コミックソング」）よりも威厳が無くなった。腿太郎は腐ったが、お蔭サマーの夏夏夏夏ココ夏で、リーダー以外の一行は意気揚々と心置きなく島に上陸することが出来た。因にこの時の季節は定かではない。と云うか、作者的にはどうでもいい。

　島の比較的平らな土地に舞い降りたタツノオトシゴは、背中から腿太郎一行がゾロゾロと降りるのを見計らったように、ウネウネと蜷局《とぐろ》を巻いたかと思うとそのままゴロリと寝転がってしまった。そして例の耳障りな鼾きを立て始めた。鼾きは大きくなったり小さくなったりを繰り返している。

「これは鼾なんだと思う」腕太郎が云った、「元来は俺が物した大傑作だからな、生き物じゃないんだ。長い時間飛んだりするのは慣れていないようだ。暫くは寝かせてやりたいし、一旦寝たら中々起きないと思うぞ」

「このタツノオトシゴが寝てる間に鬼退治するってか？」腿太郎が云う。

「へへへ。腿太郎、天に代って鬼退治でやんすね」オカモッは揶揄ともおべっかともつかぬ口振りで云った。

「貂《てん》でも鼬《いたち》でもねえ、儂自身と儂の産みの親のために鬼退治だぁあ？」腿太郎は大見得を切った。

「何かカッケーじゃん」苔子が珍しく褒めた。

「漸くリーダーとしての自覚が目覚めたものと見える」猫も褒めていないではない勿体振った云い方をした。

「そりゃそうとさ、山の女王様、いや、今や元・山の女王様か（「私は認めてないぞ」とパンケーキが喚いたが誰も相手にしなかった）、あの女はどういうつもりで鬼ケアイランドへ行く話なんか持ち出したのかな」腕太郎は苔子に改めて聞いた。

「アタシの雇い主に聞いたらしいよ」

「《湯気湯》の親分か」

「試しに話を持ちかけてみろとか云われたらしい」

「あの海坊主は《湯気湯》の手の者だったのか」

「多分買収されたんだろうね。ただ、船乗りの鮒森は単純に女王様の崇拝者だから、親切心で気を利かせてくれたんだと思う。実際のところは分かんないけどさ」

「拙者等は危うく殺されかけたのだぞ。幾ら悪気は無かったとて罪は免れぬ」猫は憤然として云う。

「犬は泳げるんじゃなかったでしたっけ？」オカモッが明らかに揶揄して云った。

「要らぬ揚げ足を取るな。あのような深海に沈められた上で放り出されれば、どのように泳ぎの上手い犬とて溺死するに決まっておる。戯《たわ》けたことを申すでないぞ、この戯け猿」猫は怒りが収まらない。

「戯け猿は聞き捨てなりませんねえ、この知ったか犬」猿は犬に云い返した。

「『知ったか犬』とは何だ、云ってみろ」猫は血相を変えたかどうか誰も分からなかったがプリプリして問い質した。

「『知ったかぶりの犬』ってこってさ」

「それこそ聞き捨てならぬ、この鬼退治とやらが無事に終ったら素《そ》っ首洗って待っておれ」

「だからぁ、私はぁ、女王様なんかなりたくないんだってばぁ、みんな聞いてよもう」パンケーキは最前から喚き続けている。

「危機から脱出したと思ったら、もう学級崩壊だな」苔子が慰めるように云った。

「儂ぁガッコのセンセじゃないし、崩壊しても関係なくね？」腿太郎は不貞腐れる。

「こういう時こそしっかりしなリーダー」

「リーダーはつまらんし割に合わん？　もう辞めてえ？」

「マジで学級崩壊しそうだ」苔子は嘆いた。

　その頃、鬼ヶアイランドに棲む百戦錬磨の〈鬼〉どもは飯を喰っているところであった。鱶獲り名人のテテッツォ・縊死田は人喰い鱶を生きたまま頭からバリバリと囓っていた。鱶獲り名人は人喰い鱶喰い人でもあるのだった。「人喰鱶喰人」は字面のみ取れば回文である（額面通り逆に読めば「トヒイクカフイクトヒ」となり、回文でも何でもない、意味不明の呪文となる）。鱶獲り名人の子分達も、鱶こそ喰わないものの、鯵だの鯖だの鰯だの種類は異なれど、生の魚を頭からバリバリ囓っている。刺身にするとかそういう手の込んだ発想は一切無いらしい。植物質の食物としてはワカメも喰っているが、これも生食である。〈鬼〉どもは別段、熊や原始人みたように洞窟に棲んでいる訳ではなく、〈鬼ヶアイランド城〉と呼ぶ建造物にて集団生活をしている。実際には城と云うよりは砦に近い。

「オヤビン、俺達を退治しに来るという命知らずの莫迦どもが来ると、五平餅の五平からのタレコミがありやしたが」テテッツォ・縊死田の一の子分であり、「鱶獲り名人一家の大政」の異名を持つ〈テテッツォ・縊死田のコビンA〉が云った（テテッツォ・縊死田は子分達を「コビン」と呼び、自分は「オヤビン」と呼ばせる慣わしだった）。

「ホンに命を粗末にする連中もあったものよ、ねえオヤビン」テテッツォ・縊死田の二の子分であり、「鱶獲り名人一家の小政」の異名を持つ〈テテッツォ・縊死田のコビンB〉が阿るように云った。以下のコビンについては一々紹介もしないし、もう呼び名を考えるのも面倒なので、〈その他コビン〉で片づける。〈テテッツォ・縊死田のコビンA〉と〈テテッツォ・縊死田のコビンB〉も長たらしいので〈コビンA〉〈コビンB〉で統一する。四百字詰め原稿用紙にして三百枚まで来てしまったのに、ここでまたその他大勢の雑魚の名前で枚数を稼いでいたら、完結するものも完結しなくなる。

「ニ゙ニ゙ニ゙ニ゙ニ゙」オヤビンはそう応えたが、丁度生の鱶鰭が喉に引っかかっていたので、このような分からぬ返答になった。ここでテテッツォ・綛死田のポートレートを簡単に紹介したいと思う。一口に云うと、喋ったり動いたりするワカメの塊である。無論のこと軀がワカメで出来ているのではなく、大量のワカメを軀に纏っているのである。加えて、本来毛深い体質の上に髪やら髭やら腋毛やら陰毛やら全身の体毛も伸ばし放題に伸ばしているので、ワカメと体毛が入り混じって顔は元より軀全体がどのような状態なのかが判然としない。但し、軀自体は大きく見る者を威圧し、毛とワカメの蔭から覗く眼からは邪悪な気が放たれている。眼は一つしか覗いていないので、或いは隻眼なのではという憶測もされているが、真相は誰も知らず、本人に確認した者もいない（確認した命知らずもいたろうが命が消えたのだろう）。頭から鱶を囓る歯は乱杭歯だが、それこそ鱶以上に鋭くヤバく、「人間を生きたまま喰う」と聞かされてもそれを嘘と思う者はいない。鱶を仕留める銛《もり》は常に手許から離さず、鱶以外の息をしている生き物でも皆、何時如何なる時にでも串刺しに出来る塩梅となっている。鍛え上げた黒鉄《くろがね》の先端はどのような分厚い皮膚でも貫ける硬度と強度を維持するため、手入れは怠りない。身なりはほったらかしでも、得物は命の次に大事に扱っている。ことによると命よりも大事なのかも知れない。

　簡単に片づけるつもりだった紹介が意外と長引いたので、鱶獲り名人も鱶鰭を呑み込む時間が出来た。彼はコビンに返事をする代りに塩辛い濁声で小唄を歌った。

品行方正じゃねえことしてえ
小松方正みてえなことしてえ♪

コビン達はオヤビンの飾り気のない純情小唄に甚く感動して皆啜り泣いた（嘘泣きしている輩も一部混じっていたが）。

「ワカメは売れておるか」一節歌い終えた鱶獲り名人は、塩辛い濁声でコビンどもに吼えた。

「そりゃもう、どいつもこいつも、**ワァァァカメ 好き好き ピチピチ～ィ**、**ワァァァカメ 好き好き ピチピチ～ィ♪**、でさあ」コビンを代表してコビンAが報告した。

「鱶は売れておるか」鱶獲り名人は引き続き吼えた。

「そりゃもう、どいつもこいつもという訳にゃいきやせんが（何せ好みが分かれやすからね）、好きな奴は中毒になって、**いっつも フッカフッカフカ～♪**、でさあ」これまたコビンを代表してコビンBが報告した。

「商売繁盛は何よりだ。然るにだ、俺達が商売で金を儲けて暮しているだけなのに、何処の馬の骨だか馬の肉だか知らんが『退治する』なんざ片腹痛え。俺達が何をしたというか？　何度でも繰り返して云うが、鬼ヶアイランドで実の家族以上に仲良く平和に生活しておるだけだ。蝿やゴキブリみたく退治される謂れはこれっぽっちとてねえわ」

「そうやそうや、オヤビンの云うとおりや」満場のコビンどもはオヤビンに媚び諂《へつら》って一斉にどよめいた。

「コビンどもよ。しぶとく生きるんやで、ゴキブリみてえに」鱶獲り名人から賜った励ましの言葉に、コビンどもは感涙に咽んで勇気凜々百万倍とおおきに盛り上がった。

「おい石松。やい石松。こっちゃ来い。近う寄れ」オヤビンこと鱶獲り名人ことテテッツォ・縊死田はコビンの一人を呼びつけた。「石松」と呼ばれたのは「鱶獲り名人一家の森の石松」の異名を持つ〈テテッツォ・縊死田のコビン若造〉だった。何故かコビンの中でもこの男のみは、唯一アルファベットではなく「若造」であり、おまけに大して若くもないのだった。恐らくはコビンとなった時に「若造」と呼ばれたまま定着してしまったと思われる。後から入った若いコビンも多いのに「若造」は「若造」のままであって、これは「若年寄」といった称号に近いのではないだろうかと推察される（知らんけど）。オヤビンも気を遣ったのか、コビン達の前では「若造」呼ばわりせずに「石松」と呼ぶのが定着していた。石松（こと「若造」）が「あい」と応えて、云われたとおり近う寄ると、オヤビンは「アイランドをひとっ走りしてきて、怪しい奴を見かけたら俺にすぐさま知らせろ」と命じた。石松はオヤビン直々の命令に大喜びで「あいあい」と返し「あい、は一回だけでいいんだ莫迦野郎。お猿さんだよ〜♪じゃねえんだボケ」と一喝された。コビンAとコビンBは「こんな莫迦に任せて大丈夫ですかい」と苦り切って進言したが、オヤビンは「五月蠅え、俺の云うことに差し出がましい口を利くな」とこれまた一喝した。

　改めて「あい」と応えて銛を手に飛んで出た石松は、莫迦と云われようがボケと罵られようが一向に気にしない、何故ならオヤビンに指名されたから。それほどまでにオヤビンに心酔しており、加えて根っから多幸的（お調子者と云い換えるのも可）な性格の石松なのであった。石松は「らんらんらん、らんらんらん♪」と反省猿のジ郎君を操る時の村サキタ郎みたように口ずさみながら、〈鬼ヶアイランド城〉から縄梯子をスルスルと下りると、チャッチャカチャッチャカと鬼ヶアイランドを駆けずり回り始めた。そして、丁度岩場の蔭で立ち小便をしていた腿太郎とバッタリ出会した。

「やあ、こんちゃあ」石松はオヤビンの「怪しい奴を見かけたら俺にすぐさま知らせろ」という言葉も忘れて腿太郎に明朗快活に声をかけた。腿太郎を「怪しい奴」だとは思わなかったらしい。せめて「見知らぬ奴」程度のことをオヤビンも云っておけば良かったろうに、兎角莫迦は莫迦なので致し方ない。

一方、腿太郎は銛を手にした見たこともない男から元気に挨拶をされて、ギョッとした弾みで尿があらぬ方向に飛んでしまい、股間をジュンと濡らしてしまった。ジュン。

「誰だ？」腿の谷間をジュンとさせながらも油断はせずに腿太郎は石松に聞いた。

「テテッツォ・縕死田一家の森の石松こと、コビン若造でやんす。以後お見知りおきを」石松は簡単に自己紹介したが、肝腎の見知らぬ相手が何者なのかを問い質すことも念頭にない様子である。腿太郎もさして頭のいい男ではなかったが、流石にこの「森の石松」だか「若造」だか名乗っている男が紛うことなきナチュラル・ボーン・莫迦であることは直ぐに察した。

「立ちションでやんすか。何だかあっしもションベンしたくなっちゃったな。連れションしていいですかいいですね」と勝手に独り決めして、シャアシャアと盛大に小便をし出した。しかも傍迷惑なことに、隣に佇む腿太郎に尿の飛沫がかかってくるのである。

「あんた、もしかして、チンコの包皮に毛が巻き込まれちまってねえか？　儂にションベンが引っかかって来るぞ？」腿太郎は苦情を申し立てた。

「チンコの皮に毛でやんすか？　あ、それ初めて気づきやした。お兄さん物知りでやんすねえ」とか云いつつ、一向に改めようとしない、依然として石松の黄金の尿は腿太郎に容赦なくかかってくる。急激に頭に血が上った腿太郎は、何処から取り出したるか自分でも分からぬ謎の斧をば石松の脳天に振り下ろした。グシャッという音とパカッという音が不協和音となって小ぶりに岩場に響いた。グシャッという音は皮膚と肉と脳味噌が潰れた音で、パカッという音は頭蓋骨が割れた音である。厳密に引き伸ばして説明すれば、斧は髪の毛を音も無く断つと、頭皮を削ぎ（グシャッ）、頭部の肉を裂き（グシャッ）、頭蓋骨を割り（パカッ）、脳味噌を破壊した（グシャッ）のだから、三度のグシャッと一度のパカッが微妙な時間差攻撃で聞く者の耳を突いて来たのだが、聞く側はそのような細部は理解出来ない。況してや斧で頭を叩き割られた石松は何が起きたのかすら分からぬまま、短い登場場面を終了した。だから、その後に激した腿太郎が自分の陰茎をも斧で切断してしまったことも知らなかった。「知らぬが仏」とはこういう際に使用する言葉なのである（と無根拠な弁を述べておく）。

「どうした、どした」只事ならぬ気配にガヤガヤとガヤがやって来て、返り血で全身真っ赤っ赤なリーダーを見て立ち竦んだ。そして足下の無残に切り刻まれた血みどろの屍を見てツンドラの如く凍りついた。

「……大体、その薪割りの斧、何時の間にどうやってここまで運んで来たんだ？」腕太郎が蒼い顔をして云った。

「ん？　これか？　よく分かんね？　気づいたら持ってたのことある？」腿太郎は正気に返ったのか、キョトンとした顔をして云った。

「実はこんなこともあろうかと思ってアタシが持って来た。なんてことは一切、ない」苔子がキッパリと断言した。

「まああれだ、一種の気合だな？」腿太郎は云った、「それにあれだ、この男の持ってた銛も手に入ったぞ？　得物が増えて良かったな？」

「気合って怖いっすね。つーか、『気合』より『呪い』って呼んだ方がいいんじゃ」オカモッが云う。

「ジャン＝ポール・ベルモンドの『カトマンズの男』という映画に、持っておる筈もない機関銃をいきなり撃ちまくる場面があったが、あれと同じ現象だと思われる」猫が映画の蘊蓄をたれた。

「『同じ現象』ってどういうこってすね？」オカモッが嫌みったらしく聞いた。

「所謂『御都合主義』と呼ばれる現象だ、有体に云えば『出鱈目』とも呼ばれる」猫は明快に回答した。

「お嬢さん、だいじょぶかい？」苔子はパンケーキを気遣った。

「うん、有難う。私もムカムカしてるけど、悲惨太がダメージ大きくて。吐きそうになっちゃってるの」パンケーキが醤油差しの中のミニキジ丼を持ち上げてみせた。

「大分御亭主と以心伝心になってきたようだね」苔子が云う。

「お蔭様で、キジ丼語が大分理解出来るようになったみたい。今リーダーが斧で頭かち割った男は鱶獲り名人の一番下っ端の子分なんだって云ってる」パンケーキが通訳してみせた。

「しかし陰茎まで切り落とすとは無慈悲な所業をするものだ」猫が屍をクンクン嗅ぎながら云う。

「仕方ね？　連れションしてたら、こっちにションベンを引っかけてくるんだ？」腿太郎が云う。

「拙者が日頃より口が酸っぱくなる程述べている『包皮の陰毛巻き込み問題』だな。さすれば不注意なこの若造が全部悪い」そう云うと、猫は切断された陰茎をパクッと咥え、クチャクチャと噛み始めた。パンケーキ（と多分悲惨太も）が嘔吐した。苔子ですら顔を顰めたので、後は云わずもがなだろう。腿太郎だけが平然としていた（ただ呆然としていただけなのかも知れない）。

「よくそんなもん喰えるな」腕太郎が呆れて云った。

「動物性蛋白、ホルモンよ」猫は応えてから「歯に陰毛が挟まった。汚らしい。ペッ」と吐き出した。そしてパンケーキ達に「お主等、反吐を吐くということは一旦胃の腑に収めた食物を、栄養分も体内に吸収することなく台無しにしてしまうということを忘れないでほしいぞ。食料なんぞ持参して来た訳ではないだろうからな」

「その心配はありませんぜワンちゃん」オカモッがせせら笑い「今でこそこんなエテ公の出で立ちでありんすが、本来ボキは中華料理屋の出前持ちっすよ。商売道具の岡持を忘れる訳がないじゃあぁりませんか」と云いながら、手にした岡持から次から次へとホイホイと涎の垂れそうな中華料理の皿を取り出し、地べたにズラズラと並べだした。

「お主の岡持はどれだけの容量なのだ。抑々この岡持は何処に仕舞い込んでいたのだ。先程までこのような物は持っておらなかったぞ」猫が云う、「それから拙者を『ワンちゃん』とか呼ぶのは金輪際許さん」

「それこそワンちゃんさんがさっき仰せの『御都合主義』『出鱈目』でさ」

「『ワンちゃん』にさん付けしても慇懃無礼なだけだ。大体このような御馳走が用意出来るのであれば早く知らせるべきだ。拙者とてあのような小汚いホルモンの代用品なんぞ口にしなかったぞ」

「あれでみんなドン引きっすよケケケケケ」嘲笑う猿の踝に犬が噛みついた（イテテテテ）。

「私、あんなの見た後で食べる気がしない」とか云いながらパンケーキは出された御馳走を片端から喰い散らかした。その傍ら醤油差しの中に「これ、食べる？」と云いながら、料理を分けてやっている。キジ丼が飯を喰えるのかどうかは知らないが、夫婦愛である。

「何がドン引きだ、食欲旺盛ではないか」そう云いながら猫も貪り喰った。

「さっき喰ったばっかじゃないすか」

「この愚か者が。あのような代物を喰う程に空腹だったのだろうがムシャムシャムシャムシャ」他の連中も最前の光景は無かったかのようにムシャムシャとムシャぼり喰った。

「腹が減ったらイクサは出来ね？」と云いながら血塗れのまま排骨麺を平らげる腿太郎の姿は鬼よりも鬼だった。

「一度海に入って体を洗い流した方がいいんじゃないか」苔子が云った。

「それは駄目だって悲惨太が云ってる」パンケーキが口を挟んだ、「血の匂いを嗅ぎつけて人喰い鱶がウヨウヨ寄って来るって」

「しかし、アンタの旦那様は鱶にも喰われずにどうやって流れ着いたんだかね。脚の一本くらい囓られてても不思議じゃなかろうに」

「不味そうだったんじゃないの」腕太郎が云った。

「失礼なこと云わないでよ」パンケーキはキッと睨みつける。

「いいじゃないか、喰われなかったんだから。喰われた方が良かったんかい？」

「それとこれは話が別なの」

「女心は分からんねえ。コケコッコは分かるかい？」

「分からぬでもない、アタシだって女ですもののことよ」苔子はレバニラ炒めをズルズルと汁物みたく飲み込みながら云った。

「レバニラを飲む女の心は尚更理解不能だ、ブヒッ」腕太郎は鼻を鳴らした。

「今『ブヒッ』って鳴いたか？　お前は豚か？　喰ってやる？」腿太郎がいきなり眼の色を紫色に変えて、右手に斧、左手に銛を持ったまま腕太郎に襲いかかった。

「やめれやめれ、君は洒落じゃないから洒落にならん」腕太郎は逃げ回った。

「タツノオトシゴにも飯を喰わせたらどうなんだ」苔子が云った、「スキンヘッド一人喰っただけじゃ腹が減って仕方無いんでないかい」

「あの莫迦デカいタツノオトシゴに喰わせる程の量は流石に岡持には入ってませんぜ」オカモッが悲鳴を上げた。

「タツノオトシゴは遠からず満腹になる予定だ。だからやめれ、この××××」とこの場では書けないような罰当りな言葉を吐きながら追われる腕太郎とこの場では書けないような罰当りな言葉を吐かれながら追う腿太郎はお御馳走の周りをグルグルと駆けずり回った。

「あの二人がトロトロの溶かしバターになったらば、御機嫌でゴージャスなスコーンを焼こうじゃないか、なあスティーヴ」と猫が提案し、「あの二人」以外のメンバーは皆「スティーヴ」という名前でもないのに「スティーヴ」になったつもりで賛同した。猫以外の誰も「スティーヴ」とは何なのか分かっていなかったが、んなこた、どうでもいいのだった。

「石松が戻って来ねえぞ。どうしたんだ、やい。どうしたんだ、おい」オヤビンこと鱶獲り名人ことテテッツォ・縊死田は苛立って怒鳴り散らした。

「だから云わんこっちゃない、あんな餓鬼の使いにもならない莫迦は何処にフケるか分かったもんじゃねえ」コビンAとコビンBが低声で云い合っていると、「何をグダグダ語ってやがんだ、てめえら金玉引っこ抜くぞ」と一喝された。「金玉引っこ抜く」という言葉を伊達や酔狂で云うオヤビンではないので（本当に素手で金玉を引っこ抜く）、直ちに「申し訳ございやせん」と謝って口にチャックした。「口にチャックした」というのは比喩ではなく、コビンどもは皆上下の唇にジッパーが縫い付けられていて、喋る時と生きた魚を頭からガリガリ齧る時にのみジッパーを外すようになっているのである。そして何故か石松のみがこの唇ジッパーを免れていた。このこともあってか石松は他のコビンから白い眼で見られていた。皆痛い思いをして唇にジッパーを縫い付けられているのにあいつは何なんだということである。「コビンの唇にジッパーを縫い付ける」という己の発想をオヤビンは甚く気に入っており、精密で壊れにくいジッパーを作りつつ、コビンどもの唇にキッチリと縫い付ける「天才的唇ジッパー縫い付け師」を雇っていたのだが（本当は海の向こうから拉致して無理無体にやらせていたというのが実情だった）、あろうことかその男が鬼ヶアイランドを脱出してしまったので、それ以来何かとオヤビンは御機嫌斜めなのである。あの「天才的唇ジッパー縫い付け師」——名前はよく憶えていない、確か「悲惨」だか「無惨」だかそんな名前だった——は若いんだか老けているんだかよく分からない男だったが、使い勝手が良くて壊れにくいジッパーを作らせたら右に出る者のいない職人が、コミュニティから一山越えた場所で日夜黙々と働いているというのを、〈湯気湯〉の湯気太郎博士から聞いて、んなら自分の使い勝手のいい下働きにしたらええんじゃねえの、ということで、コビンＡとコビンＢに命じて拐かしたのであった。両人ともに、拐かした男に己の唇を縫われるとはツユ知らずのジャージャー麺であった。「悲惨」だか「無惨」だかは震え上がって「ミシンと道具一式がなければ何も出来ません」と涙ながらに訴えた。オヤビンは再度コビンＡとコビンＢを遣わし、職人愛用のミシンと道具一式を持って来させた。有無を云えなくなったジッパー職人は、鬼ヶアイランドに巣喰う数多い鱶獲りの破落戸《ならずもの》達の顔の上にミシンを置き、唇にジッパーを縫い付けていかなければならなかった。破落戸どもはオヤビンの云うことなら仮令火の中水の中だと公言している手前、文句を云うことも出来ず、刺青を入れるか根性焼きするか程度の感覚で、上唇と下唇にそれぞれジッパーが縫われることを受け入れたが、肝腎の職人が神経を病んでしまった。来る日も来る日もミシン針で唇にザクザクと幾つもの穴を開けて血だらけになる光景を見るのは耐えられなかったようである。幾度となくオヤビンに「こんなこと止めたい、帰してほしい」と訴えたが、「んだったら、鱶の餌にするぞな、もし」と云い返されると号泣して「悲惨だな悲惨だな悲惨だな、悲惨だなーっ」と悲惨を連呼しながら引き下がるしかなかった（そうだ、「無惨」じゃなくて「悲惨」だ）。オヤビンの理想としては無論コビン全員の唇にジッパーを縫い付けたかったのだが、作業の途中で鱶の餌にしてしまうと、それは不可能になってしまう。そうしてみると「んだったら、鱶の餌にするぞな、もし」という脅し文句は逆効果だったかも知れない。コビン全員の唇にジッパーが縫い付けられれば、ジッパー職人はお役御免でどのみち鱶の餌にされるのである。その事実に気づいたのか否か、後一人のコビンの唇にジッパーが縫い付けられるという前夜に、若いんだか老けているんだかよく分からない職人は姿を消した。「他人に強いられて鱶の餌になるよか自分から鱶の餌になってやろうじゃん」精神だったと見える。結果的に最後のコビンであった石松は口にチャックも出来なくなった。「それって莫迦には相応しいのよ」精神なのかも知れなかった。

「鳥渡行って、あの莫迦が何処で道草喰ってるか様子見てこい」とオヤビンに命令されたコビンAとコビンB**（何で俺達があの半チクの面倒見なくちゃいけねえんだよ）**は、銛を摑むと不承不承縄梯子を下りていった。悔し紛れに殊更ウダウダと時間をかけた。歩き回るのも嫌なので、岩蔭で一服した。オヤビンは、酒は好きだが煙草は毛嫌いしているので、コビンどもは目の前で吸うことは出来ずに、不良の中坊みたくコソコソ隠れて皆吸っていた。〈激殺邪道軒〉の店長・ゴリガンこと五里鴈之助がこっそりと莫迦高値で売りつけ、暴利を貪っていたのである。「支出は少なければ少ないほど、利益は多ければ多いほどいい」のゴリガン流は、オカモッも鬼ヶアイランドの住民も搾取の対象であることに変りはなかった。

　コビンAとコビンBはセカセカと口のチャックを外すと、懐からこれまたセカセカと煙草と百円ライター（これもゴリガンが三百円で売りつけている）を取り出して火を付け、「プヒィィィ」「プヒュゥゥゥ」と肺の奥まで紫烟を吸い込んで、ここでおおきにリラックスした（言葉を変えればせっせと肺癌になるべく勤しんでいた）。この一瞬のために二人は生きていると云っても過言ではなかった。とか書いていて段々気の毒になって来る、でも容赦はしないのである。先程の石松の死に様を遡って読んで戴ければお分かりの通り、読んでいて同情心が湧き起ったり気の毒に思えてきたりするような登場人物は案外さっさと退場するものなのである。そんなの、醜悪な現実と同じで楽しくも何ともない、可哀想な奴は悲惨な死に方をして、憎たらしい奴は何時までも目障りに生きているなんて不公平じゃないかと云われても困る。それは書く側の好みやら単なる段取りの問題であって、別に現実を模倣している訳ではない。と思うが、よく分からない。コビンAとコビンBは煙草一本を吸い終らぬ内に、そして手にした鉞を一切使うこともなしに、この世から去った。斧が一気に二人の首をかっ飛ばしたからである。二つの首は煙草を咥えたまま地面に落ちて、紫烟は煙草が燃え尽きるまで消えることはなかった。

「薪割りだけではこんな技は生み出せないぞ、スウィングしてるからな。しかも一回振っただけで大の男二人の首を飛ばしてる。君は殺しの天才なのかも知れないな」腕太郎が腿太郎に云った。

「産みの親が儂を見守ってくれてんだ、だから出来る？」腿太郎は応えた。

「母は偉大だな」

「お前の母も偉大だ？」

「んだな、産みの親のお蔭で、俺はタツノオトシゴを完成させることが出来た」

「じゃあ、餌をやんべ？」

「んだんだ」と云いつつ、両人はコビンAとコビンBの亡骸二体（正確に云えば四体となっているが）をエッサホイサッサとタツノオトシゴが居眠りしている場所まで数回の往復で運搬した。肉の匂いを嗅ぎつけてタツノオトシゴは眼を醒ました。眼の前に並んだ亡骸をたちどころに平らげた後に、二対のジッパーをペッと吐き出した。

「旺盛な食欲ですこと」タツノオトシゴの食事を眺めていた苔子が、感心半ば呆れ半ばの口調で云った。

「生まれたばかりで喰い盛りなのだ」腕太郎はニマニマと気味悪い笑顔で応えた。

「どうせだったら、名前を付けたらどうなんだ？　ただ『タツノオトシゴ』だけじゃ愛情が湧かないだろう」

「そうかねえ。俺はただの『タツノオトシゴ』で一向に構わないが」

「どうせなら、タツノオトシゴとは全然関係のない名前がいい、『アップルパイ』にしよう」

「何でアップルパイなんだよ」

「アタシが今食べたい」

「関係ないだろ」

「だから関係ない名前がいいと云うとる。中華料理のデザートにはアップルパイが無いのが玉に瑕だ」

「儂はデザートならアップルパイよか生の林檎が喰いてえ？」腿太郎が横から口を出した。

「じゃあ『生の林檎』でもいい」苔子が引き取って云う。

「だから関係ないだろ」

「タツノオトシゴとは関係のない名前にしようと云うとる。生の林檎、超いいじゃん」

「超『超いいじゃん』じゃねえ」

「じゃあ間を取って『冷凍蜜柑』にしたらいいんじゃね？」腿太郎がまた口を出した。

「どう間を取ったら『冷凍蜜柑』になるのさ」苔子が云う。

「冷凍蜜柑か、そいつぁ超いいじゃん。冷凍蜜柑ちゃ〜ん、おなかいっぱいでちゅか〜♪」腕太郎が呼びかけると、タツノオトシゴ改め「冷凍蜜柑」はキュウキュウと喉を鳴らした。

「冷凍蜜柑で決まりだな」腕太郎は御満悦である。

「落とし所が分からない。何でアップルパイや生の林檎が駄目で冷凍蜜柑はいいんだ、その違いは何なんだ」苔子はタツノオトシゴよりも口を尖らせた。

「俺が喰いたかったからだ」

「愛称にしたってオカシイだろ。愛称ってのは実際の名前より短くなるものだ、『タツノオトシゴ』と『レイトウミカン』は同じ七文字だ」

「『アップルパイ』や『ナマノリンゴ』は六文字だ、七文字と大差はない。『イヌ』を『ポチ』、『ネコ』

を『ミケ』と呼ぶのだって同じ二文字だ。云ってることの平仄《ひょうそく》が合わない。それに冷凍蜜柑は何たってクールだ。Very Very Cool だ」

「ビリビリ来るだ？」腿太郎が駄目押しみたく繰り返した。

「歯茎に沁みるほど冷たいのは間違いないやね」苔子が不承不承自分の意見を引っ込めたので、タツノオトシゴの名前は無事に「冷凍蜜柑」と決まった。だからどうしたという話である。ただ、苔子は珍しく自分の意見が通らなかったのが口惜しかったらしく、「ダアッ」とピンチに陥った時のウルトラセブンみたような声を上げて、これ見よがしに青痰を吐いた。

「デカい声を出して痰を吐く女をどう思います？」オカモッがパンケーキに聞いた。

「男とか女とか関係なくってさ、『自分が痰を吐きます』って殊更知らせるようにデカい声出して痰を吐く人はみんな最低だと思うんだ」パンケーキはキッパリとそう云い切ったので、一行の中での苔子の株が急落した。

「AとBも戻って来ねえじゃねえか、んにゃろー」オヤビンのテテッツォ・縊死田がまた癇癪を起したので、十把一絡げのジッパー軍団は蒼褪め、ビビり、恐れ戦いた。

「俺達を退治するとかほざいてる連中は、とっくに鬼ヶアイランドに上陸してると俺は見た。コビンども、抜かるなよ。抜かったら、抜けるからな」という言葉に首を傾げているオツムテンテンのコビンどもに駄目押しで「てめえらの命がな」とがなり立てたら漸くシャキッとした。こいつら、ろくな寄せ集めじゃねえやとテテッツォ・縊死田は思ったが、オヤビンの立場上コビンには士気が尚更低下するようなことは云うものではないことは承知しているので口には出さなかった。オヤビンも苦労しているのである、俺はつくづく苦労人だとテテッツォ・縊死田は思った。国定忠治に思いを巡らせたりしたが、本人以外の者から見れば増上慢な思い上がりでしかないのが滑稽であり、失笑を誘う。コビンどもは失笑するどころではなかったろうが。

しかし、この後起きたことは失笑では済まない大惨事だった。砦の板葺きの屋根が破壊され、上に載せた幾つのも石が落下してきた。石はコビンども何人かの脳天をぶち割り、脳味噌が飛び散った。手や足をへし折られた者もあった。「何だ何だ」とオヤビンコビンが挙って慌てふためいていると、破壊された屋根の裂け目から巨大な尖った口がヌッと突き出た。「何だ何だ」を繰り返すだけのオヤビンコビン目掛けて、銛が投げつけられた。タツノオトシゴの冷凍蜜柑に跨がった腿太郎が、石松から奪った銛を至極剣呑なやり方で返却したのである。宙を切り裂いて銛は飛んでいき、オヤビンのテテッツォ・縊死田の土手っ腹に深く突き刺さり、背中へと突き抜けた。串刺しにされた側は己の銛を使うことすら侭ならなかった。何が起きたのかも分からず、バーベキューの肉や玉葱やピーマンみたいに串刺しにされた。テテッツォ・縊死田は隻眼を引ん剝き、腹から突き出た銛を引き抜こうとしたが、銛の切っ先は肉体を突き抜けて背後の壁までめり込んでおり、いっかな抜ける気配は無かった。「キイ、キイ」と虫の鳴くような声を上げて、血でヌルついた両手で銛の柄をしごいていたが、更に傷口から血が溢れるだけの効果しか上がらなかった。

「やい……コビンども……俺は死ぬのか……死んじまうのか……」オヤビンは信じられないという感情

を隻眼に浮かべてコビンどもに訴えかけたが、肝腎要のコビンAとコビンBを失い、数ばかり多い烏合の衆でしかなかったコビンどもは、瀕死のオヤビンを見て元々小さい肝っ玉を縮み上がらせて、呰から残らず雲散霧消した。武器である銛をも放り出して逃げた輩すらいた。その光景を眺めていたテテッツォ・縊死田は隻眼に底のない絶望を湛えて、そのままガクッと頭を垂れた。

「くたばったのけ？」腿太郎とその一行は冷凍蜜柑から飛び降りると、串刺しオヤビンを検分した。

「息の根は止まっておるようであるな」猫はオヤビンの右手首をクンクンと嗅いで、更には甘嚙みして云った、「脈がない」

「案外呆気ない展開だったたな。あれだけ恐れられてたんだぞ。物足りないったらありゃしない、何が『シチリアから来た凄い奴』だ」腕太郎はそう云いながら、その場に転がっていたコビンの亡骸数体を冷凍蜜柑の目の前に運んでいった。冷凍蜜柑はガツガツとそれらを貪り喰った。

「鳥渡待ってったら」パンケーキが慌てて云う、「殺しちゃったら駄目じゃん」

「何で？」腿太郎は全く理解出来なくて聞いた。

「だってさ、」とパンケーキが言いかけた時に、脈が止まった筈のテテッツォ・縊死田の右手首がいきなり動き、猫の首根っこをガッシと摑んだ。猫は「バウ、ワウ、バウ」と犬の鳴き声で悲鳴を上げた、犬だから。

「拙者は今、（バウ）必死の助けを求めておる、SOS、黙視しておるだけでなしに（ワウ）早く助けろ」宙にぶら下げられて猫は助命嘆願した。

「『脈がない』とかついさっき云ってただろうがよ、自分の云った言葉くらい責任を持て」苔子が無慈悲に返す。

「本当に脈が（バウ）なかったのである。無責任に云った訳では（ワウ）ない。そういう貴様こそ、モチ麦メンを見殺しにするとは（バウ）無責任至極ではないか。噫《ああ》。拙者は只今、貴様等の目の前に殺《あや》（ワウ）めらるるぅ」猫は窮状を訴えたが、偉そうな物云いが災いしたのか、ギャラリーはただただ笑って見ている。そんな中、健気に応えたのはパンケーキだった。コビンAとコビンBの持っていた銛を両手にそれぞれシッカ、シッカ、シッカロールと握りしめると、先ずは左手の銛Aをテテッツォ・縊死田の右腕の筋肉にズブリと突き刺した。元々串刺しにされていたテテッツォ・縊死田は右腕も銛Aに貫かれて、背後の壁に釘付けにされた。猫が命からがら逃げ出したのを確認した後、右手の銛Bをテテッツォ・縊死田の喉笛に深々と突き刺した。銛Bもまた背後に貫通して、壁にめり込んだ。オヤビンと呼ばれた男の口から血反吐と共に「ゲブッ」という音（声ではなくて）が発せられ、どうやら本当に事切れたようだった。

「モチ麦マン第一号さんは昔の映画には詳しいみたいだけど、B級C級ホラー映画とかも見といた方がいいよ。一旦死んだと思った怪物や殺人鬼がその後必ず生き返るのはお約束なんだから。憶えときな」テテッツォ・縊死田にとどめを刺したパンケーキは、猫に助言した。

「カタジケナイ、命を救ってくれたことにも、映画のトリヴィアを教えてくれたことにも礼を云う」勿体振った云い方を崩さぬものの、猫は素直にパンケーキに感謝した。

「さっき『殺しちゃ駄目じゃん』とか云ってたじゃん。そう云っときながら自分で殺しちゃったじゃん。何だそれ」腕太郎が指摘した。

「私が息の根を止めたかったからに決まってるじゃん」パンケーキは突如キレて腕太郎の顔面に己の顔面を近づけると唾を飛ばして怒鳴った、「悲惨太を酷い目に遭わせた奴は、私が引導を渡してやる、そういう覚悟でこんな離れ小島くんだりまで来たんだから。何も分かってないじゃん」

「分かった分かった、分かったから唾を飛ばすんじゃないよ」顔がパンケーキの唾でびしょ濡れになった腕太郎は閉口して云った。

「このオヤビン、さっき口から血反吐と一緒にゲフッと何か吐きましたぜ」オカモッが地べたを指差した。確かに血溜りの中に何かが落ちている。腿太郎は何の躊躇も無く拾い上げた。「流石リーダーだ」「肝っ玉が太い」「無神経にも程がある」と周囲から賛嘆の声が沸き起った。リーダーの器たるべき腿太郎は血塗れのその物体を繁々と眺めてから「こりゃ、骰子《さいころ》だ？」と宣言した。

「何で骰子なんか呑み込んでたんですかね」オカモッが云う。

「んなこた、知らね？」腿太郎は単簡に応えた。

「何かの民間療法か、マジナイだろうさ」腕太郎は適当に云った。

「昔、《湯気湯》に来てたお客で、道端で拾った黒い石を綺麗に洗って、暇さえあれば飴みたいに舐めてた妙な客がいたな。湯船で無くして大騒ぎになって、従業員総出で探させられた」苔子が云った。

「従業員総出ってアンタと博士と当時の三助の三人だけだろ」腕太郎が云う。

「博士は腰を上げないし、アタシも編み物に専念してたから、三助一人だったな」

「道理で三助が居着かない訳だ、総出って一人だけじゃねえか」とか云っている間に、腿太郎は大胆にも、血塗れの骰子を拭いもせずに口に入れて、奥歯でガリッと囓ってしまった。「流石リーダー……なのか」「莫ッ迦じゃなかろかの巻っす」「神経が切れてるな」とまたも周囲から賛嘆の声が沸き起った。

「これ、見てみ？」腿太郎は口から二つに割れた骰子を取り出してみせた、「中に何か書いた紙が入ってんぞ？　読んでみ？」

他の者が引く中で、パンケーキは臆せずに腿太郎の手から割れた骰子を受け取った。中から小さな紙を取り出すと、書かれた文字を大声で読み上げた、「トヒイクカフイクトヒ」

「やっぱマジナイだな、やっぱ」腕太郎は「やっぱ」を連発して自説を補強すべく努めた。

「マジナイって何の」という質問を皆が舌先まで出して飲み込んだ。それは明らかに霊験アラタカなマジナイなのだった。論より証拠、パンケーキが読み上げて間もなく、件のキッコーサの醤油差しがガタガタと動き出した。醤油差しはパンケーキの首に掛けられた紐を振り千切ってヒョヒョヒョ～イッとすっ飛んでいった。地べたに落ちて、殺虫剤をぶっかけられたゴキブリ状態でジタバタと藻掻いていたが（但し肢は一本も無い）、蓋が内側から何等かの力によってスポンと外れ、中から醤油差しの容量の何倍もの体積の特大キジ丼が口も無いのに「怖いよ～、キジ丼になったら喰われちゃうよ～、死にたいよ～」と泣き喚きながら、恰も長年の宿便が下剤で押し出されたかのようにゲバゲバパパヤ～♪と出現した。珍景に目を瞠《みは》っている御一行様の前で、特大キジ丼はドロロンという音と煙幕と共に人間に変身するという、芸も工夫も何もない、アナクロニズム溢れる見せ場を披露した。

「悲惨太」パンケーキが叫んだ。

「パンケーキ」悲惨太が叫んだ。

二人は情熱的に犇《ひし》と固く抱擁した。因にパンケーキは鞭も骰子も放り捨てていた。

「面白くも何ともね？」腿太郎がぼやいた。

「右に同じ」他の御一行様が異口同音に同意した。

「妬いてるだけじゃん。見せつけてやろう、ね、悲惨太」パンケーキは人目も憚らず更にイチャつき出し、「好加減止めようよ」と弱気な発言をする悲惨太の口を塞ぐように接吻した。悲惨太が目を白黒させているところを見ると、舌をノドチンコの位置まで突っ込んでいるらしい。

「見てらんね？」という腿太郎の言葉に賛同したかのように、イチャつく二人の足下に銛が一本、グサッと突き刺さった。二人はあられもない悲鳴を上げた。

「だから云わんこっちゃね？」腿太郎は二人を乱暴に突き飛ばし、地べたに刺さった銛をグイと引っこ抜くと、飛んできた方角向けて投げ返した。「ギョヘヘヘヘヘ」という気色悪い笑い声がして、蜘蛛の子散らすように逃げた筈のコビンの一人が、土手っ腹から銛を生やかして岩蔭から現れるや、バタッと倒れてあの世へ昇天した。笑い声と聞えたのは今際《いまわ》の絶叫だったらしい。

「腰抜けどもが勢揃いしてやがると思ったら、逆襲して来やがったか。少しは腰に骨があったんだな、腰に限っちゃおらんだろうが」腕太郎は三本の腕をポキポキボキボキバキバキと三通りに鳴らした。

「鱶をドタマから齧ってるんだから、ことカルシウムに関してはバッチリな筈でさ」オカモッが云ってから付け加えた、「深海鱶エキスもバッチリっす」

「深海鱶エキスって、何だ?」腿太郎が聞いた。

「んなこと聞いてる暇があったら敵を向い討てや。戦闘態勢戦闘態勢」苔子が「戦闘態勢」を強調した。

「戦闘態勢とか何とか云って、さっきの奴を銛で射止めたの、誰だ、儂だ? 戦闘態勢の斬り込み隊長は誰だ、儂だ? でも深海鱶エキスって何だか聞きた」の後に「かろうが?」と続けようとしたのをまたも飛来した銛が邪魔した。それも一本二本ではない、纏めて十本二十本飛んできた。

「このままだと針鼠ならぬ銛鼠にされちまうぞ」飛来する銛をスイスイと掻い潜りながら、腕太郎が云った。

「銛の木蔭でドンジャラホイっす」オカモッがこれまた飛来する銛をスーダララッタと掻い潜りながら云った。

「投げられたら投げ返す、だ?」腿太郎は地面に突き刺さった銛を片っ端からスラスラスイスイスーイと抜いていきながら云った。有言実行の腿太郎が手にした銛を次から次へと投げ返すと、ブーメランよりも正確に投げて来たコビンの土手っ腹を貫いて串刺しにしてしまった。銛の先端を地面にめり込ませて串刺しにされたコビンどもはその場にどうと倒れる訳にもいかず、つっかえ棒で背中を支えられているような体勢で犬死にした。

「『犬死に』なんぞと犬を差別した言葉を安易に使うこの作者を拙者は決して許すまいぞ。いずれ目に物見せてくれるから、覚悟しておけ」猫が牙を剝いて唸った、くわばらくわばら。斜めの案山子状態の屍は、これまた次から次へと冷凍蜜柑が銛ごと平らげていった。呑み込んだ銛は爪楊枝か何かみたようにペッペッペッと吐き出し、それをまた腿太郎が一々ご丁寧に回収していった。

「得物は幾つあったって多過ぎるってこたぁね？　どれほどあったって足りね？　それがイクサの常識だ？」腿太郎は強調した。

「よりによって君に『常識』を説かれるとは思わなんだぜ」腕太郎が云った。

「その内『常在戦場』とか云い出すんじゃないかい」苔子が付け足した。

「ジョーザイセンジョー、それいーじゃん？　かっけーじゃん？」腿太郎は意味も字も分からずに「常在戦場」に飛びついて「ジョーザイセンジョー、ジョーザイセンジョー、ジョーザイセンジョージョージョージョー？」と莫迦の一つ覚えで繰り返した。

「モチ麦メンでも腿太郎一行でも呼び名は何でも構わんが、リーダーばかり活躍するというのはつまらない」腕太郎が苦言を呈した、「集団でやって来たからには皆が活躍するべきだ、それが冒険大活劇の醍醐味だ」

「これって『冒険大活劇』なんか？　そう云うんだったら自分が活躍すればよかんべ？」そう云い返した腿太郎の顔面目掛けてまた銛が一本飛んできた。腕太郎は腿太郎が避《よ》けるよりも早く、臍から生えた第三の腕で件の銛をはっしと摑むと、クルリと廻転させて切っ先を敵に向けるや素速く投げ返した。銛が投げられた方角の岩蔭から「ギャヒヒヒヒヒヒ」という絶叫が響いた。

「何も君に恩を着せようと云うんじゃないぞ、ただ俺にもこれくらいのお仕事は出来るということを披露したかっただけのことよ」腕太郎は鼻高々で云った。

「さすれば、拙者等も遠慮無く冒険大活劇とやらで活躍させて貰おうではないか、喃《のう》、猿よ」猫が意気込んで云うのへ「冒険大活劇は中華料理の次に大好物でさ」とオカモッも応じて、犬猿コンビは意見の一致を見た。

「アタシぁ、アンタ達を蔭ながら見守ってるから安心して活躍でも何でもしちゃいな」苔子が云う。

「私達も見学させて貰うから、ねえ悲惨太」パンケーキは夫とイチャつきながら云う。

「僕は活躍より愛を育む方が性に合ってるんだ、ねえパンケーキ」悲惨太は妻とイチャつきながら云う。

「オノオノの好き勝手にするがいいさ?」腿太郎はリーダーの威厳を見せつけるべく宣言した、「儂らはジョーザイセンジョー、だもんね?」

その宣言を聞いたか聞かいでか、鯨波《とき》の声を上げて、鱶獲り名人のコビンの残党どもが銛を手に一斉に群をなし、岩間を縫う道をこちらに向って走って来るのが見えた。残党と云っても数は多い。オヤビンの仇を討たんとて、総力戦で倒す気マンマンである。

「迎え撃ったるぜ」腕太郎は三本の腕を腕まくりした。

「ギタギタにしちゃっからねえええっと」オカモッが両肩をゴリゴリと音を立てて鳴らした。

「目に物見せてくれるわ」猫が牙を剥いて涎を垂らした。

「一人残らず片づけちゃうぞ？　いいな？」腿太郎が威嚇したが、無論コビンどもはこちらへ向ってくる

ペースを緩める気配はない。タカタッタカタッタカタッタカタッと駆けてくる。とその時、オカモッが

**デ　デ　出前拳　出前でスイ酔拳**
**スイ　スイ　スイ酔拳でデデデデ出前拳**
**デ　デ　出前拳　出前で酔拳**
**出前拳　出前で酔拳♪**

　と無駄な陽気さで歌って踊った。

「その植キ等の全盛期ですらない頃の百億倍劣る歌舞音曲は気が散るから止めるがいい。聞いていて不快極まりない」猫が眉根に皺を寄せてクレームをつけた（「眉根に皺を寄せる犬」をみんなで想像してみたがいい）。

「知らないから莫迦なことをお云いでやんすな、これは所謂一つの前戯でさ」オカモッがキッとして応じた、「これをやらなければ、《激殺邪道軒》伝来の最強の技『出前拳プラス酔拳』が出来ないんすから」

「んなの、あんだけ出前取ってたのに全然聞いたことないし」苔子が云う、「何てまあ他人行儀なこと。ウチは上得意様だよ」

「んなこと、幾ら上得意様だからってお客様に逐一云う訳ないでがしょ。秘伝のタレが企業秘密なのと

同じで、秘伝の技も企業秘密でさ。『酔拳』くらいはどなたでも御存知でありやしょうが、『出前拳』は『門外不出の拳法』と云われておりやして、『**デデ 出前拳 門外不出拳♪**』という歌舞音曲も伝わっておりあす。『門外不出の拳法』である『出前拳』と誰もが勝てない『酔拳』を合体させるのは、本当に危機一髪の際の大逆転の時にしか使っちゃいけないっていう《激殺邪道軒》の門外不出の云い伝――」

「能書きはいいから、とっととやっちまいな？」リーダー腿太郎が号令をかけた。目の前まで敵が攻めて来ていたからだ。

　すると、出前持ちのルネ・フロワ・オカモッはみるみる内に、猿と糸瓜を掛け合わせて出来た怪物に変身していった。「**文字通りの意味での動植物**」である。顔は糸瓜に変幻し、猿の着ぐるみはそのまま本当の皮膚と化し、その毛皮のそこかしこから糸瓜の蔓と葉が生い茂っている。いきなり目の前に立ち塞がったこの異形の怪物に、コビンどもはたじろぎ、反射的に足が止まった。それを動植物オカモッは容赦なく「門外不出の拳法」だという「出前拳」と「酔拳」でバッタバッタと薙ぎ倒した。大事な商売道具の筈の岡持を振り回し、敵をぶっ飛ばしたり、岡持に首を挟んでへし折ったりしている。

　それを見た猫は「犬が猿に負ける訳にはいかぬ」と云うや

モチ麦　好き好き　ピチピチ～ィ

モチ麦　好き好き　ピチピチ～ィ♪

と狂ったように歌い踊ると、これまた奇怪な半獣半人に変身した。それは「**犬の軀と鳴き声と石ダテテツ男の喋り方を兼ね備えた柳サワシン吾**」であった。と云っても、その場にいた者は誰も石ダテテツ男も柳サワシン吾も知らなかったので、そんなもんポカーンでしかない。でもポカーンを余所に、猫は吼えながら敵の喉笛に飛びつき、噛みつき、引き裂いた。その上で「お前は何処のモチ麦じゃ？」と金切り声で怒鳴っていたが、誰に問うているのか分からなかったし、応える者もいなかった。

更にそれを見ていたパンケーキが「見学してるだけなんて、やっぱつまんない」と云い出して、投げ捨てていた鞭を拾い上げて一振りするや、飛んできた銛を纏めて数本絡め取ってしまった。「エイッ」と気合を入れてもう一振りするや、銛はこれまた投げたコビンどもにブーメラン状態で突き刺さった。「キャッホー♥」と金切り声で叫ぶと、パンケーキは鞭をビュンビュンと振り回して気勢を上げた。興奮のあまり眼が充血している。恐怖した悲惨太が「もうやめようよ」と取り縋って哀願したが耳も貸さない。鞭を振り振り「てめーら、ギッタギタにしてやっからな、オラオラ」とか喚き散らしている。

「おい、好加減にしないか、おい」と悲惨太が云い募ると、「好加減になんかやってられっか、このヘタレの腰抜け珍道中が」と一喝され、鞭で引っぱたかれた。悲惨太が「何てことするんだよぉぉ」と泣き出すと、「あんたったら人間に戻ったらカラッキシのタマナシじゃん。何だったらもう一回キジ丼に戻してやろうか。キッコ〜サ〜、キッコ〜サ〜♪」パンケーキは必殺の呪文をナムナム唱えだした。

「それだけは勘弁してくれえ」悲惨太は悲鳴を上げた、「キジ丼としてのライフなんか二度と御免だよ。それに元々僕はカラッキシのタマナシ野郎なんだよ」

「そう云えばそうだった、私は貴方がカラッキシのタマナシ野郎だったから好きになったんだった」パンケーキはそう云うと、悲惨太の頭を乱暴に引き寄せ、彼の唇に己の唇をブチュッと下品な音を立てて押し付けた。

「ンガ、グガ」悲惨太はピーナッツを喉に詰まらせた愉快なサザエさんみたような声を上げた。縷〜縷縷縷ッ縷〜、今日もいい天気〜♪。

「何がいい天気〜♪だ、なあ、お天道様よ？」満面の笑みでテカっているお天道様を見上げて腿太郎は恨みがましく「このイチャついてる奴等、照り焼き殺してくんないけ？」と云いながらも、斧を振るってコビンどもを片端から脳天唐竹割りにし、なけなしの脳味噌をぶちまけていく。頭陀袋から飛び出した産みの親の腿も、襲ってくる敵の喉仏を指でグシャッと握り潰したりと我が子に加勢していた。

「ああ、もう、アタシぁ見てられないよ」苔子が遂に立ち上がり「一々面倒臭いったらありゃしない。こんな雑魚どもは纏めて掃除しちまえば造作もないこった。腿太郎御一行の皆の衆、これからアタシが『もういいよ』と云うまで目を瞑っているんだよ、何も見るんじゃないよ、見たら一巻の終りだよっ」そう云い捨てると、苔色のソンピースだかアッパッパだかの裾をベロッと捲り上げ、股間を大きく押っ広げた。腿太郎御一行の皆の衆は苔子に命令されることに狎《な》れ切っており、反射的に目を瞑ってしまったので、以下の光景は見られなかったのだが、ここで筆者の特権で書かせて貰わせると、苔子の毛むくじゃらの膣が剝き出しになり、不覚にも目を奪われてしまったコビンどもはあれよあれよという間に膣から発生した一陣の龍巻に巻き込まれて、宙をグルグルグルグルと廻転させられたかと見るや、一人残らず件の膣に吸い込まれてしまったのであった。無論手にした銛ごと、である。

「もういいよ。目を開けていいぞ皆の衆」という苔子の声に、皆の衆は恐る恐る目を開けた。生きとし生けるコビンどもは綺麗薩張、鬼ヶアイランドから姿を消していた。人間蒸発である。

「冷凍蜜柑が、折角の餌が無くなって暴れ出すぞ」と云った腕太郎は薄々何が起きたかを察していた。腿太郎も薄々察していたので「むにゃ？」と妙な声で応答した。

「目を瞑っていた間に、拙者の皮膚に生えたムクムクの尨毛《むくげ》を隙間風が吹き抜けていったかの如き感覚を覚えた」猫が歯切れの悪い言葉を並べ立てた。

「ゴーッと来て、ギャーッと行きやした」オカモッがほぼ感じたままを言葉にした。

「今更何だけどよ、儂の前任の三十二人の三助って、何処に消えちまったんだろな？」腿太郎が苔子の方をチラチラと見ながら云う。

「そんなこと、アンタの好きなジョーザイセンジョーの時に穿鑿したってしゃあないだろ」苔子はピシャリと云って「屍骸はそこら辺に散らばってるから、冷凍蜜柑に喰わせたらいいさ」

苔子の云った通り、冷凍蜜柑は四散した骸（五体揃っているものは殆ど無かった）をガツガツと貪り、喰い、平らげてしまった。

「私は知りたくないことは何も知りたくないし、見たくないものは何も見ない。それが一番健康的な生活だと思うから、また目を瞑るわ。悲惨太も見たくないものは見なくていいんだから、一緒に目を瞑ろう、ね」パンケーキはそう云うと、婦唱夫随で悲惨太と共に目を瞑り続けた。

「コケコッコ一人で全部解決出来たんじゃねえの？」腕太郎が率直な意見を述べる。

「参加することに意義がある」と苔子はあっさりと応えて、話は仕舞となった。

「何だと、金銀珊瑚ザックザクだと？」湯気太郎博士は頭から湯気を出して怒鳴った。

「金銀珊瑚とは云ってないぞ。鬼ヶアイランドから生きて帰って来たと云っただけだ、信じられねえ。彼奴《きやつ》らは不死身なのか」〈激殺邪道軒〉店長ゴリガンこと五里鴈之助も顳顬の血管が切れそうな形相で吐き捨てた。

「私の可愛い娘が一緒だったんだぞ」コミュ長こと力口山雄三は喚いた、「どういう訳で娘があの連中とつるんでるんだ、しかもあの腑抜けの婿も一緒だと来てる。一体どうなってるんだ。パンケーキは無事なのか。パンケエエエエエエエキ」ハんばあぐ師匠みたく絶叫した。ただ、コミュ長本人を初めその場にいた誰もが「ハんばあぐ師匠」なんざこれっぽっちも知らなかったので、「ハんばあぐ師匠か」という突っ込みすら無く、ただ皆一様に「喧《やかま》しい野郎だ」としか思わなかった。

「鬼ヶアイランドは島民全滅だとさ」痛風こと痛田風太郎がボソッと云った、「『島民』じゃなくて『アイランド民』とか云わなくちゃいけないのか？　それにしたって、あいつらどういう手口で鱶獲り名人とその手下どもをやっつけたんだ。あの人喰い鱶を丸ごと喰らう海賊みたいな奴等だぞ」声は抑えているが、脂汗で顔面をギトつかせていることで、焦慮しているのは容易に察しがつく。

「ウチの番台と三助が加担してるんだ。ったく飼犬に手を噛まれるとはこのこった」博士が不機嫌極まりない声で云う。

「加担ってえか、てめえんとこの番台と三助は主犯だろうがよ。ウチの出前持ちはてめえんとこの番台と三助に唆されて脳天気についていきやがった。とんだ恥晒しだ」ゴリガンは「恥晒し」を「はじっつぁらし」とゴージャス且つ鯔背《いなせ》に発音した。

「貴様は自分の管理責任を棚に上げておるな、全く以てつくづく愚か者であるよの。宇宙猿人ゴリ未満の脳味噌しかない。地球猿人ゴリだ。地底猿人ゴリだ。いやさ最低猿人ゴリだ」博士は辛辣に罵った。

「ゴリゴリ云うんじゃねえ」ゴリは、いやゴリガンは吼えた、「てめえの骨をゴリゴリしてやろうか」

「俺はカイロプラクティックは好かん、マッサージを好む」博士は突っかかるゴリガンを難無く躱《かわ》し
「そりゃそうと湯加減はどうだ？　三助が長期無断欠勤してるから、俺自ら風呂を焚いたんだ」

　その言葉通り、四巨頭は〈湯気湯〉の男湯に浸かって会談していたのだった。

「いい湯だろ、ハハハン？」博士は押しつけがましく意見を求めた。

「湯気が天井からポタリと背中に雫となって落ちたな」嫌々ながら痛風が応えた、「こう云えば満足なんだろうが？　ん？」

「褒めてくれれば云うことはない」博士はしれっと応えた。

「てめえはマッサージよか鞭でぶたれて喜ぶんだろうがこの変態」ゴリガンが蒸し返す、「あの山の女王様、どっかにいなくなっちゃったな。残念だったなああ変態」

「変態変態と繰り返す必要はない。自分の性癖くらい自分で認識しておるわい」博士はここに来て妙に落ち着き払って云った。

「変態の風呂屋の親爺は、変態としての願望を充たしてくれる存在を失ったことに絶望してはいないのか」痛風が聞いた。

「別に絶望なんざしとらん、若い後継者がいると聞いている」そこで博士は嫌らしい目つきでコミュ長を眺め「お主はいい娘の育て方をしたようだの」と云った。

「な。な。な。何をこの男は云ってるのやら、薩張分からぬ」力口山雄三は顔を藤色にしたり菫色にしたり葡萄色にしたりでヘドロモドロになっている。

「こいつはどんなに顔色が変っても紫系統にしかならんのか。江戸むらさきの喰い過ぎか、それともご先祖様は茄子だったのか」博士は強かに嘲笑して「お主がさっきから騒々しく名前を叫んでいる可愛い娘とやらは超の字が上につくとんでもないドSだと聞いたぞ。お。そう云ったらこの男、金の玉まで紫色になっちまったぞ」そう云いながら湯の中を覗き込んで冷やかした。

「黙れ。睾丸はどいつもこいつも紫色をしてるわ」コミュ長はわやくちゃになって云い返す。

「俺の金玉はちゃんと金色だぞ」ゴリガンが威張って浴槽からすっくと立ち上がった。

「お前は竿と玉に金粉を塗ってるだけじゃねえか」

「うんにゃ、これが生まれつきだ」

「誰も信じねえや、そんな駄法螺」博士はそう云いながら、ゴリガンの黄金に輝く逸物を指でパチンと弾いた。金粉がゴソッと剝がれ落ちて湯に浮いた。

「痛えじゃねえか莫迦野郎」

「本物の金だったら痛くなんかあるめえ」博士は鼻で笑った。コミュ長も痛風もゲラゲラ笑った。ゴリガンを除く三人に妙な連帯感が生まれた。

「こうなりゃ愈々《いよいよ》、病み将軍にお出まし願うしかないか」痛風が気の進まない風で云う。

「あのイボイボを見ると食欲が減退する」コミュ長が不満を述べた。

「お主の食欲なんざ減退しようが増進しようがどうでもいい」博士はぼやいた、「問題は病み将軍を引っ張り出さなきゃいけない事態になったかも知れんちうことだ」

「でもあのイボイボは嫌だ」痛風が尚も云い募る。

「山に向う途中の池にイボ蛙がシコタマ棲んでおるから、それをじっくり見て少しは慣れておけ」博士はあっさりと云った、「ところで病み将軍の名前は何ていったっけかな？」

「毒《どく》蝦《が》蟇《ま》家安《いえやす》だ」コミュ長が即座に応えた。

「よく憶えてるな」

「莫迦にするな、私は初代コミュニティ長だ」

「流石初代、元コミュ長だけのことはある、元を取ってるな」博士はつまらぬ地口を云って「ところで件の毒蝦蟇家安殿は男なのか女なのか、どっちだ？」

「んなこと、知るか」コミュ長は途端に投げ遣りな言葉を発した。

「そういう肝腎なポイントを抑えておかないことにゃ『初代コミュ長だ』なんてほざいてふんぞり返ってるこた本当なら出来ねえ筈だ」博士は無遠慮に腐した。

「男だろうが女だろうが、そういう瑣末な性別の違いに拘ってるのが抑々時代遅れなんだ」コミュ長は云い返した。

「どうせ俺は時代遅れなオトコさ、古い奴だとお思いでしょうが、その通り、古い奴さ俺は。古い奴こそ新しいモノを欲しがるなんて鶴タコウ二は大嘘吐きさ、古い奴は新しいモノなんか大嫌いなのさ。俺はそれで一向に構わん。どうせ老い先短い人生だ、無理して時代に追いつきたい追い越したいなんざ爪の先っぽに溜まった垢ほどにも思わん。男か女か、白か黒か、甘いか辛いか塩っぱいか、何事もハッキリしているのが俺の好みだ。で、病み将軍は男か女か？」

「そういった追究は放棄している」コミュ長は両手を上げて「お手上げ」の姿勢をしてみせた。

「本音はそれだな」

「あんまり突っつくと後が怖い」

「後が怖いって、何かあったのか」

「何が起きるか分からないから怖い」

「そう、病み将軍は何をしでかすか分からんから、怖い。何かしでかしたことがあるかどうかも分からんが、怖い」そう云った後に博士は勿体振って一息吐いて「しかし、だからこそお出ましの価値がある。そりゃそうと、俺は今日何もお前さん達にタダ風呂を奢るために風呂屋を貸し切りにして招集をかけた訳じゃない」

「人聞きの悪いことほざくな。何もタダ風呂に入りたいなんて云ってねえぞ。作戦会議かと思ったから来てやったんだ」ゴリガンは噛みついた。

「作戦会議か。それもあるがな、予てより俺がお前さん達に協力を呼びかけてきた俺の一大文化事業がこの度漸くにして実を結んだ、それを内々で祝うためにこうして集まって貰ったんだ」

「もしかして、あの脳天気な声で歌う歌手についてお前がベラベラ喋ってたトンチキな与太話のことか」痛風がうんざりして云う。

「何がトンチキだ。俺は遂に**小バヤシ旭風呂**の開発に成功したぞ。喜べ。皆の衆の惜しみない協力あってこその成果だ」

「惜しみない協力だと。只の恐喝じゃないか」コミュ長は吐き捨てるように云った。

「最近コミュニティに小バヤシ旭が大挙して押しかけているのを諸君も目にしておるであろう」博士はお構いなしに得々と語った。

「あれは小バヤシ旭じゃなくて、そっくりさんだろ」

「そっくりさんですらないわ。小バヤシ旭の下手な物真似をして、オツムの足りないコミュニティ民からハシタ金を掠め取る×××よ」

「×××どころか△△△じゃねえか」博士以外の三人はあられもない言葉を口走り、風呂場は非難囂々《ひなんごうごう》の嵐となった。

「風呂に浸かり過ぎて血が頭に上ったようだな。ここらで風呂から上がってフルーツ牛乳でも飲むか。無論俺の奢りだ、感謝しろ」蛙の面に小便の博士は云った。

「恩着せがましい奴だ」とか文句を垂れつつも、風呂から上がった博士を含む三人は脱衣場でフルーツ牛乳をゴクゴクと飲んだ（ゴリガンのみ「俺ぁフルーツ牛乳は嫌いだ、コーヒー牛乳しか受けつけねえ」と主張し、コーヒー牛乳をグビグビと飲んだ）。

「皆の頭が冷えたところで質問だが、あの小バヤシ旭どもがどのようにしてコミュニティに群をなして集まってきたか分かるか」博士は自慢げに問うた。

「どうせお前が何かやらかしたんだろうが」

「やらかすとか悪意のある云い方だな。仕掛けた、くらいの云い方は出来んのか。左様、確かに仕掛けたのはこの俺様、湯気太郎博士様だ」

「ハイハイ大先生、御苦労さんなこった」

「**俺の小バヤシ旭体質**については諸君も御承知だと思うが」

「御承知してないぞ。△△△の戯言だと受け止めてる」

「**俺の小バヤシ旭体質**の成せる技は今まで縷々説明してきたほかにも、目ん玉が飛び出る程の機能を有していてな、『人間小バヤシ旭群探知機』だけでなく『人間小バヤシ旭群招集捕獲機』でもあったんだな」との発言に対し、残りの三人は「アホクサ」「浅草」「合羽橋」という虫歯で小豆バーを囓ったような冷たい反応を示したが、めげることなく博士は更に熱弁を奮う、「この世の生きとし生ける小バヤシ旭と小バヤシ旭のようなものを呼び寄せる超能力なのだ。この俺の秘めたる力によって、あの小バヤシ旭どもはコミュニティへと次々と集まって来たのだ」

「肝腎の『本物の小バヤシ旭』がいねえようだけどな」ゴリガンが嘲笑した。

「それは追々やって来るから焦らずに待つがいい」

「別に焦っちゃいねえよ、どうせ来ないんだから。それよか風呂にも入ってないのにオトコ四人が揃って裸でこんな下らない話をしてるってなどうなんだよ」との一声で皆我に返ったのかそそくさとパンツを穿き出した。

「俺は嘘や法螺やデマカセは一切云わない」尚も博士は云い張る、「小バヤシ旭を呼び寄せる門外不出の術を俺は体得している。門外不出だからして、お前らには教えない。教えたとしてもお前らには使いこなせないに決まっとるがな」

「知りたくもないわ」

「それがさ、」苔子は如何にも内緒話でございという風に声を低めて聴衆の興味をそそった、「アタシ見ちゃったんだ」

「……え、何が？」腿太郎がケポーッと寝起きで聞いた。

「《湯気湯》のおいちゃんが『小バヤシ旭体質』だとかいう話をしてるのさ、『小バヤシ旭体質』が何なのか、俺もよく分からないんだけどな。まあいいさ、寝てろ寝てろ」と腕太郎が説明すると、腿太郎は「んだな？」と云ってまた寝た。

腿太郎一行が鬼ヶアイランドから金銀珊瑚も持ち帰らず（抑々そんなお宝は一切鬼ヶアイランドには無かった）、凱旋帰還して落ち着いた場所はパンケーキと悲惨太の家だった。腿太郎と苔子は長期無断欠勤した〈湯気湯〉に戻れず、オカモッも同じ理由で〈激殺邪道軒〉に戻れず、猫は「拙者は雨露さえ凌げれば藪の中でも一向に構わぬ」と云ったが他が「一向に構う構う構う」と反対し、腕太郎が抑々の冷凍蜜柑生誕の場である北詰姉妹の家に行こうと主張したが、パンケーキが「あそこは変な連中がうじゃうじゃいるし、大体あの姉妹は嫌い」と云って「だったらウチに来れば？　勿論、パパには内緒で」と云ったのだった。悲惨太は一瞬何かを云いかけて口をモゴモゴさせていたが結局何も云わず（「僕等の愛の巣が」とか何とか云いたかったらしい）、そのまま当座の宿は決まってしまった。冷凍蜜柑は放っときゃ北詰家の壁に勝手に収まるだろうよ、と腕太郎が云って、描いた本人がそう云うんだからそうなんだろうと皆が納得した（或いはどうでもよかった）。夕焼け空を冷凍蜜柑が北詰家の方角へと飛んでいくのを見送って、皆は一夜の宿へと向った。苔子が皆に何やら語っていたのは、そんな当座の宿の、シャンデリアが輝く大広間でのことだった。「流石はコミュ長のお嬢様の家だ、ゴージャスだなも」と皆が褒めただけのことはあった。しかもその大広間は地下室だった。「地下だったらシャンデリアの光も漏れないでしょ」とはパンケーキの弁で、その通りだと皆が納得した（或いはどうでもよかった）。

「湯気太郎博士は夜誰もが寝静まった頃合になるとこっそりと風呂場で妙な唄と踊りをおっ始めるんだ。当然風呂場だから素っ裸なんだけどさ」苔子がグミをクチャクチャ噛みながら話を続ける。

「男湯か、それとも女湯か」猫はその辺りに興味があるらしい。

「その時によってバラバラだな」

「そうか」猫は何故か興味を無くしたようだった。

「妙な唄と踊りって何だ」腕太郎が代って聞く。

「またあのキッコーサのスットコドッコイダンシングみたいなんじゃないの?」パンケーキが自分で云って自分で「ああヤだ」とげんなりしている。

「違う。先ずな、自分の肛門にバナナを突っ込むんだ」

「そりゃ変態っすね」オカモッが指摘する。

「あのおいちゃんが変態なのは今に始まったことじゃないけどな。んでさ、クネクネと腰を振りながら、**デエエエオ、デエエエオオオオオ♪**と歌い出す」

「『バナナ・ボート・ソング』か」猫が云った。

「その光景、絶対に見たくない。想像しただけでゲロ吐きそう」パンケーキが本気で気持悪がった。

「真夜中なのに『バナナ・ボート・ソング』歌うか」腕太郎が呆れて云う。

「それがさ、思いっ切りデカい声を張り上げてさ、風呂場の天井にワンワン響くんだ。目が醒める奴がいたって不思議はないじゃん。現にアタシがこうして複数回目撃してるんだしさ。まあ幾らデカい声で歌おうが喚こうが、一旦眠ったら目が醒めないのもいるけどね」と云いながら、寝息を立てて熟睡している腿太郎を見遣った。苔子の視線の方向を皆が見遣ってクスクスと笑った。

「小バヤシ旭だか小バヤシ旭の紛い物だかを招集するための歌だろうに、それが『バナナ・ボート・ソング』なのは間尺に合わぬこと夥しい」猫が文句をつけた。

「それは博士に直接云ってほしいね」苔子、「アタシは『小バヤシ旭体質』に関しては門外漢だから。

ってか、『小バヤシ旭体質専門家』は世界中であのおいちゃん只一人だろうし」

「それからどうなったんすか？」オカモッが一番興味津々である。

「腰を卑猥に振りながら『バナナ・ボート・ソング』を一頻り歌って、それから肛門に突っ込んでたバナナを美味そうに喰った」

「自分味が染みてるんっすかね」オカモッは云う。

「オエッ」パンケーキは戻しそうになったがゴックンと呑み込んだ。悲惨太が「ダイジョウブ？」とか心配している。

「それで終りか」腕太郎が促す。

「『この世の生きとし生ける小バヤシ旭と小バヤシ旭のようなものよ、我が許に来たれ。集え。そして歌え。ヨヨヨイ、ヨヨヨイ、ヨヨヨイヨイ』とか何とか唱えていたな。その間、ケロリンの洗面桶で股間を隠したり出したりの裸踊りをしてた。観客なんかいないのに」

「コケコッコが見てたろうが」

「それは偶然さ」

「分からんぞ、案外誰かに見せたくてデカい声で歌ってたのかもだぜ」

「もしそうだったらアタシは博士の思う壺にハマってたのかい。癪だな」

「中華以外の料理が喰いたいぞ？」眠っていた腿太郎がムクッと起き上がって宣言した。

「どうした、腹が減って目が醒めたのか」

「腹ペコだけど、中華は飽きたぞ？　中華以外の美味い飯を喰わせろ？」それだけ云うと、腿太郎はまたズーズーと寝息を立てて眠りに落ちた。

「喰ってるか寝てるかだ」「ガキだな」「本能しかない」「羨ましい」一行は口々にリーダーを絶賛した。

「いやいや、この岡持から中華料理しか出て来ないと思ったら大間違いのコンコンチキでさ。ほれ、イー、リャン、サン」とオカモッが手にした岡持を開けるや、中から溢れ出て来たのは生牡蠣、カナッペ、メロンと生ハム、チーズ盛り合わせ、腸詰盛り合わせ等々の西洋料理のオードブル各種であった。

「こりゃ御馳走じゃん」苔子が噛んでいたグミを呑み込んで舌舐めずりした。

「こいつはワインかシャンペンが要るな」腕太郎が云う、「パンケーキちゃんに頼んで出してもらおっかな」

「ウチ、そんな小洒落たもんは今は置いてないよ、今は」パンケーキは「今は」を強調した。

「御安心を。ワインもシャンペンもありやす。よく冷えてやんす」氷を山ほど盛ったワインクーラーに入れた白ワインとシャンペン、そして沢山のワイングラスを手妻《てづま》の如く岡持から取り出した。

「貴様、さては切《きり》支《し》丹《たん》伴《ば》天《て》連《れん》の妖術使に違いなかろう」猫がオカモッを怪しんだ、「こんな術が使えるのであれば、何も好き好んで中華料理屋の出前持ちをやっている必要もあるまい、世を忍ぶ仮の姿であるよの」

「イチャモンつけるのは勝手でやんすが、喰いたくないんすか。それならやらないよ～」オカモッはアッカンベエをしてみせた。

「喰わぬとは一言も云ってはおらぬ」猫は牙を剝いた序に涎も垂らした。

「美味そうな匂いがするぞ？」ムクッと腿太郎が起き上がった。そして宴が始まった。

「毎度思うけど、どっからそんな沢山の料理が出て来るの？」パンケーキは訝しんだ。

「へへへ、それは企業秘密」ルネ・フロワ・オカモッは猿の出で立ちのまま、頭をポリポリと掻いた。

「麗しのホネケーキよ、」その頃、力口山雄三は妻のホネケーキに呼びかけていた、「今度の銀婚式の記念パーティの用意は出来てるかい？」

「それがね、」コミュ長の言葉に嘘偽りなく本当に麗しい力口山ホネケーキは夫のコミュ長に云った、「パーティ用に買っておいた食料品が冷蔵庫からゴッソリ無くなっちゃってるの。ワインも、シャンペンも、何もかも」

「泥棒か」コミュ長は寝そべっていたソファから立ち上がった。

「でも出入口の鍵はちゃんとかけてるのよ。どうやったらウチに入れるのよ。それに金目の物は全く盗まれてないのよ。ヤだ気味悪い」軀を震わせた。

「家政婦の身許は大丈夫なのか。私はあの女はどうにも虫が好かん」

「チョメさんを疑うのはやめて頂戴。私の兄嫁の従姉妹の学友がよく行く豚骨ラーメン屋の看板娘だったのよ」

「ぼぼ、いや、ほぼ関係ないだろ」

「でも、私が十代の頃から家政婦やって貰ってるんだから、アナタより付き合いは長いのよ。パンケーキが持ち出したのよ、きっとそうに決まってる。あの親不孝娘が。クソして寝ろボケ」ホネケーキは憤慨している。

「麗しのホネケーキよ、自分の娘を疑うなよ。そして汚い言葉を使うな」

「何云ってるの。アナタが甘やかしたからあんなワガママ娘に育っちまったんでしょうが。何処の馬の骨だか豚の骨だか分かりゃしないオトコと結婚するのを黙って見ててさ。あんな豚の骨、それこそチョメさんの実家の豚骨ラーメン屋でコトコト出汁にして煮込んじゃえばよかったんだ。全部アナタが悪い」

「全部私が悪いこたないだろ。おま」と云いかけてコミュ長は口を閉ざしたが、コミュ長夫人のホネケーキは見逃す筈もなく「今、『おま』って云ったわね、その『おま』は『おまんま』の『おま』、『おまんこ』の『おま』、そ・れ・と・も、『おまえ』の『おま』、な・の・か・し・ら」語尾に山葵《わさび》てんこ盛りの辛味を利かせて問い詰めた。

「そそそそりゃ『おまんま』の『おま』にききき決まってる、でしょ」コミュ長はコミュ障になって応えた。

「私がアナタと結婚する時、約束したわよね？『私のことをおまえ呼ばわりするな、したら死』って」

「『したら死』、憶えてる憶えてる憶えてる。私は死にたくないから、真逆《まさか》麗しのホネケーキを……んな、『おま』……とか呼ぶ……訳……ない……よね……ね？」と妻よりも自分を説得させるかのように言葉を詰まらせている。

同じくその頃、天下に名だたる中華の名門〈激殺邪道軒〉でもゴリガンこと五里鴈之助が「何にもねえ。牛も豚も鶏も魚も野菜も酒も、何にもねえええ。あのエテ公が行きがけの駄賃で根刮《ねこそ》ぎ略奪していきやがった。あのネコババ野郎、青龍刀で素っ首を切り落として晒し首の干し首にしてやらあ」と顳顬から血液と脳漿《のうしょう》が吹き出さんばかりの勢いで怒り狂っていたが、こちらは相手もいない独り相撲、モノロオグよりかはダイアロオグを好む書き手としてはこの程度の分量でチョンと幕を引いておくこととする。

「私ねえ、力口山の本当の娘じゃないらしいのね」腹がくちくなって酒も入ったせいか、誰も聞かないのにパンケーキが喋り出した。

「親戚の子か、それとも橋の下から拾ってきたのか」苔子が今時誰も云わないことを云った。

「橋の下の方が近いかも知れない。パパとママ——よくママハハって呼んでるけど、仲悪いから——は恋愛結婚だったけど、子供が出来なかったんだって。なのに或る時、パパが赤ん坊を抱いて帰って来たんだって」

「んな話、誰が聞かせたんだい」

「ウチの家政婦のチョメっていうババア。母方の親戚だか何だか忘れちゃったけど、豚骨ラーメン屋の看板娘だったとかで、そう云えば豚みたいな鼻の形してた。その豚鼻が糞お喋りなババアでさ、あること無いこと喋り倒すの」

「じゃあ、その話もあること無いことの『無いこと』の方だろ。そんな豚鼻のババアの云うことなんざ気にすんな。悲惨太、アンタからもそう云ってやんな」

「……気にしなくていいんじゃなくね？」悲惨太はオズオズと云って「それじゃ『気にしろ』てえ意味だ、頑張りや元キジ丼」と苔子に喝を入れられたりした。

「別に気にしちゃいないんだけどね。でも豚鼻が云うのよ、『お嬢様には腕の相があるざんす』って」

「腕のソウ？」自分の名前の一部を云われたせいで腕太郎が話に入り込んできた。

「チョメの親父って人が、まだ店が持てなくて屋台を引いてた時の話なんだってさ。本当の話かどうか知らないよ、あること無いことだし。人間の腕を出汁に使ったことがあるんだって」

「眉唾だな。そいつぁ典型的な都市伝説だな。田舎だったら田舎伝説だな」腕太郎が云う。

「私もそう思って『またまた、嘘ばっかほざきやがって』とか云ったら、チョメは『やくざの抗争に巻き込まれて、父親は屍体の処理を手伝わされたざんす』って云い張るの。チョメは子供の頃にその光景を見てるんだって、父親が切り落とされた腕をラーメンのスープに葱や豚骨や大蒜《にんにく》と一緒に煮込んでる光景を。そんで、その時の腕が私に似てるんだって」

「君の腕に似てるのか」

「じゃなくって、私の顔そのものがその煮込んだ腕に似てるんだって。『何を巫山戯たコトお云いでないよ、この豚野郎』って云ってやったけど」

「正確には『豚野郎』じゃなくて『豚ババア』だけどな」

「云った後に気づいたんで『もとい、豚ババア』って云い直してやったわよ、どうか御心配なく」

「鳥渡待て、」猫が割って入る、「普段の生活で叉焼《チャーシュー》だの生姜焼きだの豚饅頭だのポークソテーだのと、様々なヴァリエーションで豚肉を喰らって、豚様には散々世話になっておるであろうに、侮辱の言葉として安易に『豚野郎』だの『豚ババア』だのと云える人間という生物の増上慢、無礼千万な態度にはほとほと愛想が尽きるわ。そこまで豚を蔑ろにしておるのであれば、今後豚を喰うな、逆に豚に喰われるがいい。豚の餌程度がお誂《あつら》え向きの存在なんだ、貴様ら人間って奴らは。豚の餌だ、貴様らは。豚と軍艦。人間どもは。貴様らは。人間どもは。貴様どもは。奴らどもは。実録私設銀座警察。グゥルルルルルル」牙を剥いて涎を垂らして、十八番の人間呪詛を始めてしまったので、腕太郎とパンケーキは慌てて「未来永劫決して決して豚様を莫迦にはしません**（「でも豚肉は食べたいです」という下心が垣間見える）**」と、廊下に立たされた尋常小学校の生徒みたように約束させられた。

「分かればいいのだ分かれば。己の過ちを認めるに吝《やぶさ》かではない者をモチ麦マンは許すことに吝かではないのじゃ。拙者も貴様らもモチ麦メンじゃ」と牙を収めて終った**（「別にモチ麦メンじゃないっす」とか無駄な言葉を付け加えてはいけない）**。

「えっと、何の話だっけ？」苔子が促す。

「そうそう、腕の相」腕太郎が云って「こりゃ俺とパンケーキちゃんは兄妹に違いないな、腕兄妹だよ俺と君は。近親相姦しよっか」

「軽いノリで亭主の前で云う言葉じゃないぞ、このド変態」苔子が叱りつけた、「でも、北詰百恵の腕から生まれたのは間違いなさそうだ。腕太郎が右腕だから、お嬢様は左腕だ」

「左腕から生まれた女なんて、あまり威張れたもんじゃないね」パンケーキがげんなりして云う。

「君が左腕から生まれようが左トン平から生まれようが、僕は変らぬ愛を誓うよ」悲惨太は耳が腐るような甘ったるい言葉を恥ずかしげもなく云い放ち、パンケーキも「まあ嬉しいったらありゃしない」と二人抱き合ったので、今度は皆がげんなりした（満腹で熟睡していた腿太郎は除く）。オカモッなんぞは見て見ぬふりをするために、猿から糸瓜に完全変態してしまった。糸瓜の蔓は部屋中の壁から天井へとスルスルと蔓延《はびこ》り、シャンデリアに絡んで一個の実を結んで光を隠してしまった。パンケーキと悲惨太はそれをいいことに、益々人目を憚らず嫌らしい仕草を見せつけ出した。「リーダーを見習って、寝ちまえ」の苔子の一声で、皆寝てしまった（か、寝たふりをして見ていた）。

　翌朝皆が三三五五目覚めると、パンケーキと悲惨太の愛の巣は、一夜にして糸瓜が絡まる洋館と化していた。パンケーキは「ゴーヤを育ててグリーンカーテン作ろうかと思ってたら、一晩で出来ちゃった」と大喜びしている。

「でも、この猿男がここから出て行ったら、グリーンカーテンは無くなっちゃうんだよ、分かってんの？」苔子が確認した。

「出前持ちさん、ずーっとここに住んでていいのよ」上機嫌なパンケーキはオカモッに云う、「食事も岡持の中から出してくれるし。夢のような生活じゃない？」

「ボキは全然構わないっすけど」全身から蔓と葉とひょろ長い実を生い茂らせている糸瓜人間ルネ・フロワ・オカモッは満更でもない表情で云った。反対に悲惨太は表情を曇らせて「僕達の新居に第三者がいるのは、どうもぞっとしない」とか口をモゴモゴさせている。

「あ。気にせんで下さい。ボキのことはグリーンカーテンのみならず、冷蔵庫かドラえもんだと思って貰えりゃいいっす。いざとなったら『出前拳プラス酔拳』で敵を撃退するので番犬よかお役立ちだす**（猫「その番犬よりお役立ちとかいう云い草は気に喰わぬ」↓全員無視）**。夫婦生活のお邪魔はいたしやせん、ただ黙って見ています」オカモッがヘラヘラと云う。

「その『黙って見ている』のが嫌なんだよお。見られているのが耐えられないんだよお」悲惨太は髪の毛を掻き毟った。

「グリーンカーテンで外から覗かれる心配は無くなるよ」とパンケーキ。

「中からしっかり覗かれてるじゃないかあ」

「夫婦間での意見の一致を見てから決めて下さい。ボキはどちらでもいいっす」とオカモッが云う**（苔子「だからボキは止めろ」、オカモッ「いいじゃないすか、ボキはボキで」）**。

三三五五の中に腿太郎はいなかった。まだすやすやと寝ている。巨根が盛り上がってパンツがピラミッド並のテントを作っていた。

「どんだけ寝てるんだ、この超健康優良児は」腕太郎はテントの頂上をパチンと指で弾いたが、それでも一向に目を醒ます気配はなかった。それどころか腕太郎の指が折れそうになった。

「イテテ、鋼の男根だ」指をしゃぶりながら腕太郎がぼやいた。

「他人の男根触った手を舐めるな。不潔極まりない」猫が苛立った。

「パンツ越しだから大丈夫だっつの、他人じゃなくて事実上の兄弟だしな。この潔癖症な犬は喧しい」

腕太郎は全く意に介さない。

「鼾もかかないとは何とも質のいい睡眠だこと」苔子がそう云ったのは皮肉でも何でもなさそうで、羨望の響きすら感じられた。

「こいつ、夢なんか見たことないんじゃないか。楽しい夢も悪夢も見たことない」腕太郎が云う。

「さもありなん」苔子が相槌を打った、「夢って何？　喰えるのか？　みたいな」

「それそれ」

「うぁあああああよく寝たけど全然寝足りね？」腿太郎が大欠伸と共に起きた。

「何か夢見たか」

「夢って何だ？　喰えるのか？」

「こいつ本当に云いやがったな、期待を裏切らない野郎だ」腕太郎と苔子はゲラゲラ笑った。猫もオカモッもパンケーキも悲惨太もゲラゲラ笑った。

「何がおかしいんだ？」腿太郎が不服そうに云うと、皆は益々ゲラゲラ笑った。

一階の食堂にて、オカモッとパンケーキが半々で用意した和定食と洋定食で、ホテルのヴァイキングみたような朝飯を皆がモリモリと喰っていると、外から聞き慣れない妙な音が聞えてきた。

「糸瓜の蔓が邪魔で見えにくいんだけど」グリーンカーテンを無遠慮にガサガサと掻き分けながら、苔子が窓の外を覗いた。

「邪魔とか云わんといてくさい、それもボキの軀の一部っす。へし折ったりせんでくさい」オカモッはムッとするが、それには構わず（「くさいとか云うな」）苔子は「……『聞き慣れない妙な音』だ？　いや違うだろ、これは『音』としては聞き慣れないかも知れないが、『声』としては最近嫌っていうほど聞かされているぞ。『音』じゃなくて『声』だ。バッカじゃなかろかの巻だ」と書き手に喧嘩を売っている。こいつら、本当に云うこと聞かねえでやんの。書き手が本気になったら作中人物の貴様等なんざ纏めてブチ殺せるんだからな、覚悟しておけプンプン。

「小バヤシ旭の声に決まってんじゃん、正確には偽小バヤシ旭御一行様だけどさ。思い思いに勝手に違った歌を歌ってるから、変梃リンな不協和音になっちまってるんだ」苔子は解説した。

「あのケタタマしい声だか音のせいで、眠気が吹っ飛んじまったぞ？　けしからん？」腿太郎が憤慨した。

「眠気が醒めたら結構毛だらけじゃねえか」腕太郎が云う。

「あの眠気がキモチイイんだ？　朝の憩いなんだ？」腿太郎はムキになって云い張った。

「おいおい、何だありゃ。全裸の小バヤシ旭が山積みになってるぞ。手配師が街中の無職&ホームレスをかき集めてヤバい場所へ送り込む、んなような光景だぞ。つうか、強制収容所だな。あのスッポンポンの小バヤシ旭どもが積み込まれてるのは一体何だ、トラックでもダンプカーでもないし」苔子が声を上げたので、皆が「何だ何だ」と窓辺に駆け寄った。「痛い痛い痛い」とオカモッが悲鳴を上げるのもお構いなしに、糸瓜の蔓をガサガサがさつに掻き分けてその光景を見た。

「ありゃお宅の商売道具じゃないの、コケコッコちゃんよ？」腕太郎が云う、「どう見たって浴槽だぜありゃ。風呂だ、風呂、湯船だよ。底に車輪がくっついた移動式風呂だ。アンタが分からなくてどうすんの？」

「あじゃぱあ、あれが阿呆の百万遍みたくオッチャンの唱えてた**小バヤシ旭風呂**だったんかい。アタシャ、真逆そんなの実現するなんて思わなかったからさあ」苔子が唸った。

　窓の外にて開陳されていた光景は珍にして奇にして妙であった。「き〜たぐ〜にの〜♪」「きょおとおおおにぃ、いるときゃっ♪」「かぁらすぅのぉやろぉどいていなぁぁぁっ♪」等と口々に勝手気儘に歌っている全裸の小バヤシ旭御一行様が一個の塊となって、パンケーキ達の愛の巣に向ってやって来る。それらが積載されているのが、湯気太郎博士が繰り返し連呼していた（苔子の言葉を借りれば「阿呆の百万遍」）「**小バヤシ旭風呂**」なのであった。**小バヤシ旭風呂**は巨大浴槽で、数十人の小バヤシ旭をギュウギュウの鮨詰めにして運搬出来るだけの容積を備えていた。つまりは殺人的混雑率を誇る日本の超満員通勤電車並の余裕はあるということである（余裕がないとも云える）。しかも乗客ならぬ入浴客の小バヤシ旭どもは全員全裸であるから、密集率はより高い。小バヤシ旭どもは風呂に入っている筈なのに汗みどろになりながら互いにネチャネチャと肌を密着させて湯気を立てながら（「不潔、汗臭そう、キモい」とパンケーキが鼻に皺を寄せて一蹴した）焼け糞気味に歌っている（或いは、がなっている）。それらの不潔で、汗臭くて、キモい、全裸の小バヤシ旭どもをギチギチに詰め込んだ**小バヤシ旭風呂**は、湯船の底にキャタピラが装備されていて（腕太郎は「車輪」と云ったが、正確にはキャタピラである）、戦車みたようにガタクラガタクラと、しかし着実に凸凹道を進んでいた。動く浴槽には進行方向に向って後方に煙突状の筒が一本、途中で屈曲し上を向いて突っ立っていて、黒い煙を吐き出している。これは「煙突状の筒」ならぬ「煙突」だと思われる。そして進行方向に向って前方にも同じく煙突状の筒が付いていたが、こちらは上を向かずに進行方向に伸びている。つまり腿太郎御一行様に向っていることになる。これは「煙突状の筒」ではあるが「煙突」ではないように思われる。

「ありゃ煙突よりてっきり物騒な代物だな」苔子が書き手の説明を勝手に引き取って云いやがった。そうしたら案の定、轟然たる砲声と「まぁだまぁだがんばるぞぉ、おぉれたぁちぃはぁぁぁぁ♪」という歌声（と云うか、喚声）と共に、件の筒から小バヤシ旭が一人、発砲された。全裸で偽物の小バヤシ旭は高速で朝の空気を真一文字に切り裂き、窓硝子を突き破って皆が集う食堂の床にボテッと転がった。その弾みで糸瓜の蔓が何本もぶち切られ、全身に硝子の破片が刺さって深紅の血潮を流しながら、オカモッは「痛えよ痛えよ痛えよ」と泣いた。

「アラ、お猿さん大丈夫？」と心優しいパンケーキがオカモッに一散に駆け寄った後を、皆がその場の勢いで金魚の糞みたく追いかけたせいで大惨事は免れた。というのは、食堂の床中央に転がった小バヤシ旭は「つっかれぇぇぇはたっめるなかるくしろぉ、いみぃだぺっぷちどでぇぇぇぇ♪」と歌い終るや、ドッタッキャーンと大爆発したからである。部屋中に四散した血飛沫や臓物や肉骨粉は、壁や床や天井や家具調度を汚しまくり、その場にいた者も全身に洗礼を受けたものの、軀から生えた蔓が切れて負傷しているオカモッ以外は皆無事だった。

「渡り鳥が爆発しちまったぞ、おい」血に染まった腕太郎が興奮して騒いだ、「こいつぁ本物のマイトガイだ」

「ふん、何が本物なものか。似ても似つかぬ紛い物の渡り鳥なんぞに用はない」猫は血に染まっても至って冷血であった、「用がない癖に爆発するという暴挙に及ぶとは極めて質《たち》が悪い」

「そんな残骸はほかしといていいからさ、お猿さんの手当をしてあげてよ」血に染まったパンケーキは野戦病院のナイティンゲールの如く声振り絞りテキパキと指図し、血に染まった御一行様が皆で協力し、負傷したオカモッの血を止めのの硝子の破片を抜きのの薬を塗りののの注射をしのののの包帯を巻きのののの励ましのののの耳元で「コハガラナクテモイ、」と囁きのののののののので、その場は仮令一時だけにせよ仮初にせよ偽善にせよてめえらいい人ぶってんじゃねえよにせよ、博愛精神が溢れて噎《む》せ返る程だった。糸瓜成分が減って元の猿に似た出前持ちへと戻りつつあったオカモッは「痛い痛い痛い有難う有難う有難う」と云いつつ、疲れと麻酔で眠りについた。皆は仮初と偽りの博愛精神とその場のノリで、オカモッをベッドルームへと運んだ。その間、苔子は進んで食堂の清掃を一手に引き受け（**「アタシに任せな、今年の汚れ今年の内に！」**）、箒と塵取りとモップとバケツに何杯もの水と洗剤と消臭剤と大量のゴミ袋で、小バヤシ旭の小の字の跡形も一切残さず、綺麗薩張と食堂を元に戻してしまった。家具調度類は無論のこと、割れた窓硝子すら完璧に修繕してしまっていた。

「気風がいいねえ、鯔背だね」腕太郎が心にもない言葉でおだてた。

「ほっといたら、江戸っ子だってね、鮨喰いねえ、とか云い出すぞこいつ。森の石松か」苔子は悪態を吐きながらも満更ではない御様子である。

「プロフェッショナルのお掃除オバサンだな?」腿太郎は本気で感心して云った。

「そういう褒め言葉しか出て来ないのか、ったくよ」とか応じながら、矢張満更ではない御様子に変りはない。そして「んなことよか、先ず全員シャワーを浴びて来な。その後で作戦会議だ」と号令をかけた姿をよくよく見れば、苔子は自分自身もまっさらに洗浄していて染み一つ無く、寧ろ以前よりも清潔感が増していた。皆は改めて己の血塗れの姿に気づき、先を争うようにして風呂場へと雪崩れ込んだ。

「云っとくけど私が一番だからね、悲惨太が二番目」とパンケーキが叫ぶ声が響いた。

「**小バヤシ旭風呂**は**小バヤシ旭兵器**だった」皆がシャワーを浴び終えると、苔子は口火を切った、「一発撃ち込んできただけで、どういう訳だか今んところは様子見らしいが、直ぐにまた二発目、三発目の小バヤシ旭を発射してくることは目に見えてる」

「あんな不潔で汗臭くってキモい全裸の男なんか、二度と真っ平御免よ」パンケーキは怒り心頭に発している。

「でも小バヤシ旭だぜ、偽物だけど」腕太郎が浮ついた調子で云って「バッカじゃない? 本物だって嫌よ、大体そんな大昔の歌手知らないし。昔の名前だろうが今の名前だろうが出て来てほしくないのっ」と火に油を注ぐこととなった(それが狙いだったのだろうが)。

「もう、悲惨太も黙ってないで何か云ってやんなさいよ」パンケーキに尻を叩かれて(本当にでんでん太鼓で尻をひっぱたいていた)悲惨太は「ええと……僕もアキラは嫌です……あの声が生理的に合わないし」と、オズオズとながらではあるが、アキラへの否定的意見を表明した。

「偽物だからこそ粉砕する必要があるのだ、」猫は憤慨気味に口走った、「本物の小バヤシ旭への冒瀆ではないか。『渡り鳥＝飛ばす』『マイトガイ＝爆発する』という短絡的な発想が拙者には許せぬ」お約束で牙を剥いてみせた。

「それよかさ、ここを出て行かなくちゃいけないよ」苔子が云う、「アタシ達がいるお蔭でこの新婚家庭が小バヤシ旭の標的になっちまってる」

「それは私がパパを通して説得するから大丈夫。だって怪我人がいるのに今この家から出す訳にはいかないでしょうよ」パンケーキがブルルンと音を立てて豊満な胸を張るのへ、悲惨太は「……いや、でもさ……」と云いかけて「何なの、反対意見でも云いたいの、悲惨太は命の恩人を見捨てる気なの、そーゆー不人情で非人情な人なの悲惨太って」と血相変えて畳みかけられ黙るしか無かった。

「もしもし、あ、チョメさん？　パパいる？」誰の意見を待つまでもなく、パンケーキは父親（実父ではないと云っているが）のコミュ長宅に電話した、「え。何。だからさ、パパに直接話さないと駄目なのよ。『さいざんす』じゃなくってさ、いいからパパ出してよ。……ったくあの豚……あ、パパ。酷いのよ、《湯気湯》の親爺が私達の愛の巣に、事もあろうに小バヤシ旭なんか撃ち込んだのよ。おまけにその小バヤシ旭が爆発したのよ。家の中は滅茶苦茶よ、もう。怪我した人も出ちゃって……え？　私は無事よ、悲惨太も無事。……誰が怪我したって、誰でもいいでしょ、ウチのお客様よ。パパは初代コミュニティ長なんだから、あんな変態糞ジジイにこんな莫迦げた真似を止めさせることなんて朝飯前のお茶漬けサラサラでしょ。……難しい？　何で？　あの変態糞ジジイに弱味でも握られてるの？　違うんならビシッと云ってよ、ビシッと**（電話でそう云いながら本当に、何時の間にやらでんでん太鼓から持ち替えた鞭をビシッ、ビシッと鳴らしていた）**。そうよ、ビシッとよ。じゃあよろしく。世界一愛してるわパパ」最後にアイ・ラヴ・ユーを取って付けたように云って、電話を切った。

「ホントか？」腿太郎が聞いた。

「何が」

「ホントに『世界一愛してるわパパ』、なのか？」

「社交辞令でも云わなきゃ世の中スムーズに動かないでしょ、勉強しときなさい」パンケーキは極めてドライに云い放った。

「おい」娘からの電話を受けた力口山雄三はすぐさま、湯気太郎博士に抗議の電話をかけた、「酷いことしてくれるじゃないか。こればっかりは許せんぞ」

「何の話だ。俺は今『総合食』を喰ってたところなんだ。人の食事を邪魔するな」赤いさつねと緑のたぬきと冷や飯の混合したペーストを口の中でニチャニチャと反芻しながら博士は応対した。

「私の可愛い娘の新居に小バヤシ旭を撃ち込んだそうじゃないか。しかも小バヤシ旭が爆発して怪我人も出たと云ってたぞ。**小バヤシ旭風呂**ってえのは殺人兵器だったのか。そんな代物の開発に手を貸した憶えはないぞ。しかもお前は娘を殺そうとした。私はお前を絶対に、金輪際、未来永劫許さん」

「またまた、んな戯けたこと云ってやがんな」相変らず汚らしく反芻し続けながら博士は電話に話しかける、「『殺人兵器の開発』だのと、自分が聖人君子でもあるまいに。昔昔の大昔、俺達が人一人殺したことを忘れおったかこの男は。『俺達』の『達』にはお前も数えられておるのだぞ。大体だな、お前の娘は教育がなっていない。つうか、何をどう教育したら、あのような超ドS暴力娘が出来るのか。俺の大事な山の女王様を鞭で散々引っぱたいて半殺しになるまで痛めつけやがって。すっかり怯えちまって旅に出ちまったじゃないか。小バヤシ旭の一人や二人爆発させたってバチは当るまい、つうか、当然の報いには程遠いわ。俺自らお前の娘を半殺しにしたいくらいだわ」

「お。お。お前は。わ。わ。わ。私の娘に危害を加えるための銭を私に出させやがって。か。か。か。勘弁ならぬ」コミュ長は電話を切ると、茶の間にいた妻のホネケーキに「あの変態糞ジジイ、パンケーキを殺そうとしてるぞ。我慢ならん」と激昂した口振りで云った。

「あの変態糞ジジイ、って云うと、《湯気湯》の変態糞ジジイですか？」激した夫に対して、妻は至って落ち着き払ってオレンジペコのミルクティーを啜っている。

「変態糞ジジイと云ったら他にはいないだろう」

「あの跳ねっ返りのお転婆暴力娘は少しばかり痛い目見た方がいいのよ」力口山ホネケーキは凍りつくような冷たさで云い放つ。

「麗しのホネケーキよ、何故パンケーキにそこまで冷たいのだ」

「だって自分の腹痛めて産んだ娘でもないのに、愛情なんか持てる筈もないでしょ」

「そういう身も蓋もないことを云ってくれるんじゃないよ」力口山雄三は髪を掻き毟って懊悩した。

「そんな心配することないわよ。あの不良番長娘がちっとやそっとのことで死ぬもんですか。アナタの仰る変態糞ジジイが返り討ちに遭うのが関の山よ」と、飽くまでも冷静沈着を通り越して冷酷非情な力口山ホネケーキなのであった。

「もういい。私一人であの鬼畜変態糞ジジイに直談判してくる」コミュ長は憤然として家を出て行った。

玄関の扉が荒々しくガチョ〜ンと閉まる音が家中に響くタイミングで、家政婦のチョメ（パンケーキ曰く「豚ババア」）が茶の間に姿を現した。

「ガチョ〜ン」チョメが云った。

「ガチョ〜ン」ホネケーキが云った。

「御主人様は興奮しておりました」チョメが云った。

「別に、付き合って一緒に興奮する謂れもないでしょ」ホネケーキが云った。

「仰る通りざんす」チョメは同意した。

「あんなに興奮してたら、高血圧になって死ぬ確率も高くなるし」

「健康第一ざんす」チョメは同意した。

「さっき私が云ったこと、チョメさんはどう思う？」

「さっき仰られたことと申しますと？」

「『自分の腹痛めて産んだ娘でもないのに』と云ったことよ」

「徹頭徹尾、大賛成ざんす」チョメは飽くまでもホネケーキに同意した。

「私、あの小娘大嫌い」ホネケーキが云ったが、感情を露わにしたためか、それまでの冷静さを欠いていた。

「奥様、少し落ち着いた方がよござんす。なりたくもない高血圧になりますぞえ」チョメの言葉に、ホネケーキは冷めたミルクティーを飲み干して気を静めたつもりが、気管に入って噎せて咳き込んだ。

「私もお嬢様は嫌いざんす。お嬢様も私のことを嫌っているんだす。お嬢様が私を嫌っていることを私が知っているように、私がお嬢様を嫌っていることをお嬢様も知っております。お互いっこなんざんす」チョメはホネケーキの背中をポンポン叩きながら、スラスラと淀みなく語った。

「ゲホ、そんな話聞いたら、また血圧が上がるじゃない、ゲホ」ホネケーキは咳をしながら文句をつけた。

「じゃあ止めるざんす」チョメは口にチャックする真似をしてみせた（念のために云っておくと、鬼ヶアイランドのコビンどもみたく、唇にジッパーが縫い付けられている訳ではない）。

「こう見えても私は敵が多いの」パンケーキが云った。

「それはよく分かってる」苔子が同意した、「でもここにいる連中は一蓮托生だから安心しな」

「イタレンチクショウって何だ？」腿太郎が聞いた。

「板蓮畜生じゃなくて一蓮托生な、後で意味を教えてやっから」腕太郎が親切めかして云った。

「リーダーがちゃんとしないと困るぞ。もそっとしっかりしな」苔子も檄を飛ばした。

「うん、頑張る？」リーダーは素直にこっくりした。

「勝たなければ意味がない。逆襲して返り討ちにせねばならぬ。一蓮托生でもこちらが負けたら無駄死にだぞ。勝つべし討つべし倒すべし」猫が言外に（犬死にという言葉は決して使うな）という強い意志を込めて嘯いた。

「そりゃそうさ、負け戦なんか意味ないよ」苔子が応じた。

「勝ちにいこう」腕太郎が至って軽く云い「いざとなりゃ、また冷凍蜜柑を召喚すれば負けっこないさ」でんでん太鼓を振ってみせた。

「しかし、この家をこれ以上破壊されるのは困ります」悲惨太が勇を奮って云った。

「怪我人もいるし」パンケーキが付け加えた。

「それならば敵をおびき出して、この家から引き離すしかなかろうなあ」苔子は考え込む。

「そりゃアレだな、『おびき出し作戦』だな?」腿太郎が云った。

「だからそう云ってるんだよぉもぉ」腕太郎がでんでん太鼓で腿太郎の頭を叩くと、「ポコッ」という木魚みたような景気のいい音がした。

「こいつは春から縁起がいいわい、とかつい云いたくなるな」腕太郎、「つーか今、春だっけ」

「いつだっていいわさ」苔子は素っ気なく云ってから「誰が囮《おとり》になるよ。囮になりたい奴はヒュッと挙手してみい」誰も手を挙げなかった。

「ヒュッと挙手してみい」苔子は繰り返したが、矢張誰も手を挙げなかった。

「『ヒュッ』がよくないんじゃないかい、ヒュッと手挙げる奴はいねえべ?」腿太郎がイチャモンをつけた。

「じゃあどう手を挙げるのさ」

「ビシッ？」腿太郎は直立不動、と云うよりかは反り身になってビシッ？と右手を高く挙げた。

「じゃあ囮はリーダーに決まりだな、あぁりぃがぁとなぃ」苔子はそう云いながら、御褒美に腿太郎をギュッとハグしてやった。反射的に腿太郎の第三の脚もビシッ？と反り身になって、苔子は宙に浮いてしまった。

「おいおい今のは只の見本だぞ？」とか何とか云って抵抗する腿太郎を皆は「あぁりぃがぁとなぃ、ありぃがぁとなぃ」と囃し立てて、まんまと囮に仕立て上げてしまった。

「さてと、」苔子はピョンと飛び降りて腿太郎からそそくさと離れると「囮になったからには、この家からとっとと出て行ってもらう。しかも敵に分かるようにこれ見よがしに出て行ってもらう。お行き」ハグなど無かったかのように薄情に云い放った。

「『お行き』って何処へ行くだよ？　行くトコなんかねえだよ？」腿太郎はブーブー文句を垂れた。

「人のいないところに逃げるんだよ、関係のない人が巻き添えを食うからね。間違ってもGさんやBURさんの家なんかに逃げ込むんじゃないよ」

「あんなボロ家、こっちからお断りだ？」腿太郎はとんでもなく「育ての親不孝」な言葉を吐いた。

「じゃあ《湯気湯》の薪割り場はどうだね」腕太郎が意見を出した、「抑々、今君が手にしてるモノは何だ」

云われて腿太郎は己が握りしめている斧を見て「ありゃ、何時の間やらこんなモノが」

「薪が割りたくてウズウズしてると見たぞ」腕太郎、「薪だろうが何だろうがスパスパ真っ二つにしてやっちゃおうじゃないの」

「真っ二つ？　いいじゃん？」俄然やる気が出たのか、斧をビュンビュン振り回した。周囲の連中は剣呑なので素速く後退った。

「くどいようだけどさ、その斧、手からすっ飛ばして関係のない人を真っ二つにするでないよ。小バヤシ旭以外の者には手を出すんでないよ」そう云いつつ、苔子は皆を促して別室にそそくさと避難した。腿太郎は彼等には目もくれずに外へ飛び出ると、「ジョーザイセンジョーッ!?」と雄叫びを上げながら、おびき出すどころか、林の向こう側で待機していた小バヤシ旭風呂に殴り込みをかけた。全裸小バヤシ旭の面々は我こそが歌わんとて、軀から臭い汗と湯気を立てながら浴槽に装備されたチンポコ型のマイクの争奪戦に余念が無かったのだが、突然斧を振りかざし背中には銛を背負った巨根野郎が襲ってきたのを見て恐慌を来《きた》した。歌うのも忘れて「待ちな」「待ちな」「待ちな」「町田」「原町田」とか息巻いている中へ、「ワキャーッ!?」とすワシン治張りの怪鳥音を発して飛び込むや、手当り次第に斧を振り回した。全裸小バヤシ旭の首が二、三個宙に飛び、切り口からは血の代りに炎が爆音と共に空高く上がった。

「燃える男の赤いトラクター、ならぬ風呂だ」窓辺で眺めていた腕太郎がヘラヘラと云った。

「大体赤くも何ともないではないか、」猫が朝食の牛骨をガリガリと囓りながら「極々ありふれたタイルの色だ。『鼠色がかった水色』とでも形容するしかない、ぼんやりした色だ」

「じゃあ『燃える男の鼠色がかった水色の風呂』と訂正しよう。**それがお前ぇぇだぜぇぇ♪**」腕太郎は特に出鼻を挫かれた風でもなく、相変らずヘラヘラと歌った。

腿太郎はお気楽ギャラリーの感想なんぞ知ったこっちゃなく八面六臂の大暴れで、自分が首を刎ねた小バヤシ旭数名が爆発炎上する直前に、すかさず風呂から飛び降りて被災を免れた。だが残された風呂の中は惨状を極めた。全裸小バヤシ旭達は炎が燃え移って自分達も爆発するのを防ぐために、なけなしの湯をかけ合って、何とか全滅を食い止めた（それでも何人かの小バヤシ旭に炎が燃え移って爆発した）。彼等に向って腿太郎はベロベロバアをして愚弄すると、〈湯気湯〉の方角目指して駆け出した。激怒した小バヤシ旭軍団を満載した**小バヤシ旭風呂**は、腿太郎を追ってキャタキャタピラピラと動き出した。砲口は無論のこと、腿太郎に向けられている。何時だって、腿太郎目掛けて小バヤシ旭を発射する準備は出来ているようだ。

否、準備はとっくに出来ていた。小バヤシ旭が一発、轟音と共に腿太郎に向けて発射された。スタコラと走る腿太郎は反射的に飛び退いて避けた。偶々桑畑に落下した小バヤシ旭は、そのまま大爆発して、裸体が桑の葉や桑の実諸共に四散した（千切れた男根の上に桑の葉が落ちて覆い隠したのは偶然の産物の御愛嬌だった）。巻き込まれていたら腿太郎も木っ端微塵になっていたところだった。文字通りの「くわばらくわばら」である。

「桑農家&お蚕さんよ、ごめんちゃい？」云い捨てて、腿太郎はスタコラ走りを続けた。スタコラスタコラ走りに走って、漸く〈湯気湯〉の薪割り場に辿り着いた（その道中に於いて、何人かの小バヤシ旭が発射されては爆発したかは省略する）。**小バヤシ旭風呂**も後を追って、薪割り場にそのむさ苦しくも汗臭い姿を現した。腿太郎は斧を構えて待ち受けた。砲口が腿太郎に向けられ、小バヤシ旭がまた一人発射された。その小バヤシ旭は飛来しながら**「ホーイホイホイ、ホイのホイなんだ～♪」**と歌っていたが、それに対し腿太郎は「何歌ってんだか全然分かんね？」と切って捨て、更に飛んできた小バヤシ旭自体を切って捨てた。胴体から真っ二つになった小バヤシ旭は左右に泣き別れとなり、それぞれが爆音と共に吹っ飛んだ。また別の小バヤシ旭が**「日暮里笑ったあのえくぼ～♪」**と歌いながら飛んできたが、全く駄洒落を解さない腿太郎が「それを云うならニッコリだろ？」と云い返して、これまた頭から尻まで真っ二つに切断し、これまた大爆発した。小バヤシ旭の爆発により、積んであった薪に引火して辺りは火の海となった。続いて発射された小バヤシ旭は**「サンドウェッジを食べながら～♪」**と歌っていたのを、「んなもん喰えっか？」と腿太郎は燃える薪を摑んで思い切りヒットした。打ち返された小バヤシ旭は**小バヤシ旭風呂**に落下して爆発した。そして、湯気太郎博士の世紀の大発明であった筈の**小バヤシ旭風呂**は、今度こそ浸かっていた無数の小バヤシ旭諸共に大爆発し、無数の小バヤシ旭の口から発せられた「待ちなあああっ」という絶叫が爆音と共に轟いた。炎が空高く舞い上がり、お天道様と接吻する程の距離にまで接近した。

　鈍感な腿太郎は、完全に周囲が火の海になってから熱さに気づき、「アチチチチチチ？」とか云いながら一瀉千里《いっしゃせんり》に炎を掻い潜り、〈湯気湯〉へと避難した。何時の間にやら、髪の毛に火が燃え移っていた。誰もいない男湯に駆け込み、湯船に頭からドボチョン一家と飛び込んだ。心臓が止まる程にクールビューティーな水だったが（薪をくべる人間がいないのだから当然なのだった）、お蔭で火は消すことが出来た。

「女湯でも同じだったっけかな？」と、こんな瀬戸際でもケジメをつける意外な自分を発見して悦に入りつつ水風呂から上がり、脱衣場に入った腿太郎に、「てめえ、三助が天職だとか思ってるんだったらズル休みなんかこいてねえで薪を燃やし続けろ、このデカマラス」と精神的冷水を浴びせるかの如く怒鳴りつけたのは、誰あろう、って、他にはおらぬ、湯気太郎博士なのであった。

「おや、おしさしぶりぶりでやんす？」腿太郎は悪びれた様子もなく挨拶した。

「ぶりぶり、じゃねえや。てめえみてえな恩知らずは地獄に墜ちやがれ、この巨根糞野郎」

「うっせえ、変態糞ジジイ？」腿太郎は怖じけずに云い返した。

「俺の折角の**小バヤシ旭風呂**をぶち壊しやがって、許さん。てめえを地獄に送るためにな、俺は他にもどえらい発明をしたんだぞ。聞いてションベンちびるな、硫酸風呂だぞ」と云ったが、特にションベンをちびった様子にも見えなかったので「硫酸風呂だぞ」と繰り返した。

「何だそれ？」腿太郎が緊張感抜けまくりで暢気に訊ねた。

「てめえの軀が溶けるんだぞ。とろけるチーズみてえにとろけるんだぞ」博士は敢えて回りくどく説明した。

「面白え、だったらその軀がとろけるチーズになる風呂とやらを持ってくりゃいいじゃん？」腿太郎は小莫迦にして云った。

「おぅ云ったな。それだったら今直ぐてめえの目の前に出してやらぁ。今度こそションベンちびるんじゃねえぞ。**ジャガジャガ呑むのもフォドフォドにぃぃぃ、ここらで止めてもいいコロナ〜ぁぁぁ♪**っと来たもんだ」と小バヤシ旭張りのハスキー且つ甲高い声を張り上げて歌うと、腿太郎の足下の磨き上げた床がごそっと消え失せた。腿太郎は「ヒャッ？」と飛び退いて危うく難を逃れたが、手にした斧を落としてしまったのは不覚であった。脱衣場の床に落とし穴が仕掛けてあったのである。これこそが、湯気太郎博士御自慢の第二の発明品・硫酸風呂なのであったのであったプイプイプイ。腿太郎が恐る恐る穴の中を覗き込むと、浴槽を充たした硫酸の中には、肉付きのいい亡骸が一個、半分溶解した状態で横たわっている。ジュクジュクと腐敗して泡を立てている亡骸は、皮膚や肉の六、七割が溶解していて、骨が露出している部分もそこかしこに見受けられる。斧は亡骸の頭蓋骨が剥き出しとなった脳天にザックリと食い込んでおり、拾うことも叶わなかった。

「ブヒャヒャヒャヒャ、得物を無くしちまったら手も足も出まい。どうだ、てめえもこの仏さんみたくトロトロになるんだぞ」博士が高笑いした。

「とろけるチーズって云うか、解凍し損ねた冷凍食品みてえだな？　で、これ、誰？」腿太郎が聞くと、博士は呆れて「てめえはこのコミュニティの初代コミュニティ長の顔も知らねえのか？」と云った。

「見たこともねえや？　大体トロけちまって人相も分かりゃしねえだよ？」そう応えた腿太郎は、初代コミュニティ長がパンケーキの父親であることすら気づいていなかった。

「さっき『俺の娘に何するんだ』とか怒鳴り込んで来たから、先ずは手始めにこいつを硫酸風呂の実験台にしてやったんだ。次はてめえだ。てめえと苔子をトロトロにしてやるために作ったんだからな、そのつもりでトロトロになれ」

「トロトロの食い物は好きだけど、自分がトロトロになるのはヤだ？」

「誰だってそうなんだ、莫迦野郎。なるのが嫌な奴をトロトロにするのが醍醐味なんだ」

「ヤな性格だな？　儂はあんたが嫌えだ？」

「俺もてめえが大嫌いだ。と、意見の一致を見たところで、死んでしまえ」と宣言すると、湯気太郎博士はドロロン、パと煙幕を立てるという古典的な技法で、上半身は深紅の毛、下半身は緑の毛を生やした、見たことも聞いたこともない獣へと変身した。腰から上を見ると狐に似ているが、本来の狐は決して紅生姜みたような真っ赤な色はしていない。そして腰から下は狸に似ているが、本来の狸は決して青汁みたような濃緑色はしていない。そして狐も狸も四足歩行だが、この獣は後脚二本で立ち上がっており、股間には悪い冗談としか思えない巨大な陰嚢をぶら下げていた。これは浮世絵や信楽焼の狸でしかお目にかかれない、俗に「八畳敷」と呼ばれる逸物である。思わず腿太郎は「どうしちゃったんだ？」と心配そうに聞いてしまった。

「何だ、その憐れむような聞き方は」意味不明の獣に変じた博士は機嫌を損ねて「この勇姿を見ても感心しないとは、どんだけてめえは愚鈍なのか」

「あんた、ちっともカッコいいことねえぞ？　病院行った方がよくねえか？」

「このバカタレ、『総合食』を毎日喰ってればこういう姿になれるんだ」

「赤いきつね、と、緑のたぬき、か？」腿太郎は武ダテツ矢みたように「と」を強調して云った。

「それと冷や飯だ、ボケナス。これをグチャグチャに混ぜて喰えば、栄養のバランスがなくていい上に、こういう艶姿にも変身出来るんだ。てめえ、もしかして嫉妬しておるのか。どうだ、羨ましかろうが」

「ちっとも羨ましくねえ？　ほんっとに情けなくて気の毒だぁ？　大体、赤いきつね、と、緑のたぬき、を喰ってたら、赤いきつね、と、緑のたぬき、が合体したバケモノになるなんて、どんだけ安易な設定だ？　蚯蚓喰ったら蚯蚓人間になるくらい脳味噌が低レヴェルだぞ？」腿太郎は忌憚なく意見を述べた。

「ってやんでえ。てめえみてえな低脳に、んなこと云われたかねえや。とっとと硫酸風呂にドタマまで浸かってトロトロに溶けちまえばいいんだ」と怒鳴ると、赤いきつねと緑のたぬきと冷や飯の総合怪獣、否、総合珍獣に変身した湯気太郎博士は、腿太郎に襲いかかった。

「げ、強いぞ？」どうせ老い先短い変態糞ジジイだと舐めていた腿太郎は、予想外の怪力と動きの素速さと格闘力にタジタジとなった。

「どうせ老い先短い変態糞ジジイだと舐めてたんだろうが。この姿になれば強くなるんじゃ。俺はな、ウルトラマンや仮面ライダーと同じ変身ヒーローなんだ。てめえみてえなヘナチョコ巨根糞野郎なんざ捻り潰してやるわ」そう云うと、腿太郎の巨根を握りしめてグイグイと捩り上げた。

「痛えよ痛えよ痛えよ痛えよ痛えよ？」腿太郎は激痛に悲鳴を上げた。

「こんな無用の長物は捥《も》ぎ取ってやらあ」もっと力を込めて無理無体に引っ張った。

「痛えよ捥げるよ痛えよ捥げるよ痛えよ捥げるよ痛えよ捥げるよ痛えよ？」腿太郎は苦悶のあまりケタ

タマしく絶叫した。

「てめえは騒々しいんだよ、とっととポコチン捥ぎ取って硫酸風呂に放り込んだるわ」総合珍獣は片手で腿太郎の巨根を、もう片方の手で腿太郎の喉笛を摑み、硫酸風呂を設えた落とし穴へと押し遣っていく。生まれてこの方腿太郎が思ったことも考えたこともなかった「死」という言葉が、初めて脳裏に浮かんだ。それを全否定するかの如く、腿太郎が首からぶら下げている頭陀袋から塩漬けの腿が飛び出し、総合珍獣の股間に的確な蹴りを入れた。腿はカラカラに干涸らびて、上質の鰹節よりも強い硬度の乾物となっていたので、爪先が八畳敷の陰嚢にズブリと突き刺さった。今度は総合珍獣が「痛えよ痛えよ痛えよ痛えよ痛えよ」と喚き散らす番となった。突き刺さった百恵の腿を己の八畳敷から引っこ抜くべく、腿太郎の巨根と喉笛から手が離れた。すかさず腿太郎は落とし穴の際から逃れて、総合珍獣が落とし穴により近い位置にいることになった。八畳敷から百恵の腿が抜き取られると、中から夥しい量の粥状となった冷や飯が噴出し、パホイホイ溶岩みたように流れ出た。その間、総合珍獣は引っ切りなしにギャアギャアと騒々しく喚いていた。腿太郎は「うっせえよ、この変態糞ジジイ？」と云うと、総合珍獣の手から己の産みの親を奪い取ると、冷淡且つ荒々しく落とし穴に突き飛ばした。総合珍獣は「痛えよ怖えよ痛えよ怖えよ痛えよ怖えよ痛えよ怖えよ痛えよ」とドップラー効果で叫びつつ、硫酸風呂に落ちていった。

「母ちゃん、助けてくれてありがとない？　お蔭で仇を討てたよな？」腿太郎は塩漬けの腿に語りかけると、また頭陀袋に大事に大事に仕舞い込んだ。そして、念のために落とし穴を覗き込み、本当に湯気太郎博士が、赤いきつねと緑のたぬきと冷や飯の総合珍獣を最終形態として生涯を終えたかどうかを確認した。それは「毛の生えたチーズリゾット」とでも形容すべき状態で、腿太郎的見地では「いい感じ」にトロトロにとろけていた。腿太郎は「ヒーローとかになりたかったんだったら、何でケバヤシアケラ、だったっけか？　そのアケラに変身しなかったんだ、この変態糞阿呆莫迦ジジイ？」と捨て台詞を残すと、**それでいぃのさ、いぃんだよぉ、あうっもぉぉ、わっかれもぉぉぉ、ゆめえぇぇんんんなくわあぁぁぁぁぁぁぁぁ♪**と近所迷惑顧みず高らかに歌いながら**（「しかし何なんだこの唄？　儂は今、聞いたこともない唄歌ってるぞ？」）**、意気揚々と〈湯気湯〉を後にした。

「おい、」痛風こと痛田風太郎はゴリガンこと五里鴈太郎に云った、「《湯気湯》の変態糞ジジイが死んじまったらしいぜ。しかもコミュ長も死んじまったらしい」

痛風はゴリガンの店〈激殺邪道軒〉で、肉粽《にくちまき》と茴香豆《ういきょうまめ》をつまみに紹興酒を飲んでいた。ゴリガンはたった一人しかいない客の痛風に、テーブルに殊更喧しい音を立てて料理や酒を置くなどして突慳貪《つっけんどん》に対していたが、痛風の言葉に「どういうこった？」と云った。

「二人とも落とし穴に落ちて、硫酸でトロトロにとろけていたんだとよ」

「落とし穴に硫酸だと」

「男湯の脱衣場に作ってあったんだそうだ、どうせあのトリッキーなジジイが拵《こしら》えたに決まっとるがな。仲間割れでも起して共倒れになっちまったとも噂されておるが……」そこで痛風は勿体振って口を閉じた。

「違うのか」

「あのジジイ、全身に毛が生えていたらしいぞ。おまけに玉袋が肥大してたそうだ」

「どっかから悪い病気でも貰ったんだな、そりゃ」ゴリガンはあっさり片づけた。

「最初は誰だか分からなかったらしいぞ」

「それくらい酷い性病に罹ってたってこっちゃ、あのエロスジジイならあり得る」何故かゴリガンは「エロジジイ」ではなく「エロスジジイ」という言葉を使った。しかも妙にドヤ顔だったように痛風には見えた。「エロス」という言葉を突然使いたくなったのだろうか。何れにせよ、この親爺には「エロス」より「エロ」が似合うわ、痛風は腹の中で北叟笑《ほくそ》んだ。

「でもな、鬼ヶアイランドを壊滅させた連中の仕業という見方もありだからな」痛風は指摘した。

「あいつら、絶対に許さねえ。見たら即中華包丁で切り刻んで、胡麻油で炒めてやるわ」ゴリガンはゴリラ鼻を蒸気機関にして鼻息をポッポと発射した。

「意気軒昂なのは結構なこった。だが、舐めてかかると返り討ちに遭うぞ。だからな、この前話題になってた病み将軍だがな、俺が呼んだぞ」

「お前が呼んだのか、へえ」ゴリガンは意外そうに云った。

「俺の生業を何だと思ってるんだ、郵便局長だぞ。大体が湯気湯やコミュ長は云うだけ番長で何も行動に移さなかったじゃないか。特に湯気湯は**小バヤシ旭風呂**とやらに夢中になって、結局具体的な善後策を打たなかったから、こういうザマになるんだ。あの連中を倒すには、多少のリスクは承知の上で病み将軍の力を借りるしかなかろうぞ。抑々事の発端は、俺とお前と湯気湯とコミュ長と鱶獲り名人と病み将軍が、あの百恵とかいう女を……」

「ああ分かってら分かってら。それ以上云うんじゃねえよ、胸糞悪い」ゴリガンは機嫌を損ねて遮った。

「だから、病み将軍にもきっちり責任を取って貰わな、間尺に合わん」痛風こと痛田風太郎は何時になくキッパリと云い切って、紹興酒をグッと呷ると店を出た。背後から「気をつけな、月夜の晩ばっかじゃねえんだぞ」と云うゴリガンの声が被さった。

トボトボと夜路を歩く痛風の耳に犬の遠吠えが聞えてきた。

「あの野郎、縁起の悪いこと云いやがって。大体味方に対して云う台詞じゃかろうが、愚か者が。ったく、嫌な犬の鳴き声だな」痛風はブツクサ文句を云いながら帰路を急いだ。酔いはすっかり醒めていた。犬の遠吠えが徐々に「近吠え」になっているような気がする（近吠えなんて言葉はないけどな）。嚙ませ犬ならぬ嚙まれ犬、いや「犬嚙まれ」になったらつまらない（犬嚙まれなんて言葉もないけどな）。重い足の運びをなるべく速くした。だが、それを妨げるべく、痛風の踝に牙が食い込んだ。恐怖と激痛で聞くに堪えない悲鳴を上げながら、痛風の巨軀は路傍に転倒した。その悲鳴を止めるべく、喉笛に牙が食い込んだ。牙で切り裂かれた喉からは血飛沫が飛び散り、血汐が流れ出た。気管も声帯もズタズタになり、痛田風太郎は声を上げることも出来ず、口から血反吐と共に断末魔の喘鳴を上げていたが、軈てそれもプツッと停止した。

「ほれ、痛風よりもちと痛かったであろうが、どうだ？」猫は血に塗れた口許をペロペロと舐めながら問うたが、痛風こと痛田風太郎の息の根は疾うに止まっていたのだった。猫は鼻をクンクンさせて、己が噛みついた相手の死を慎重に確認した上で、屍の脚を咥えると、路傍に生い茂るリュウキュウネギモドキの藪へとエッコラヨッコラと引き摺り込んだ（**「どれだけ無駄に体重を増やしてきたのか、この男は」**）。藪の中からはクチャクチャニチャニチャガリガリと何かを貪り、喰い、齧るような音がしていたが、聞く者がいなければ、それは音としては成立しないのである。

「客足が減ってやがるぞ、畜生。近頃ろくなことがねえや」ゴリガンこと五里鴈之助は吐き捨てるように云うと、店仕舞を始めた。食器を食洗器に乱暴に放り込み、テーブルを雑巾で投げ遣りに拭いた。そこへ**「ピノペ〜、ピノペ〜、ピノペのピノピノペ〜♪」**と口ずさむ歌声が聞えてきたものだから、普段は無神経なゴリガンもすっかり気が滅入ってしまった。

「やい。誰だ、こんな嫌な夜にそんな嫌な歌を歌う奴は。只では済まさないぞ、ギッタギタにしてやらあ」ゴリガンは中華包丁を摑むと、歌声のする方へと近づいた。それは店の裏口の方角から聞えるのだった。若い女の声にも聞えたし、男が裏声で歌っているようにも聞えた。女だろうが男だろうが容赦はしない、ゴリガンは生まれながらにそういう人間だった。

　裏口には黒いビニルのゴミ袋が、はち切れんばかりに生ゴミを詰め込んで幾つも置かれてあった。ものぐさなゴリガンは自分でゴミ出しをすることはなく、いつも出前持ちのオカモッに任せていたのだが、そのオカモッが許しもなく勝手に店から逃げてしまったので、結果としてゴミはどんどん増殖していったのだった。腐臭が日を追うごとに強くなっていったが、構わずに放っておいた。客足が遠のく一番の理由だということにゴリガンは気づいていなかった（気づいたとしても片づけなかったろうが）。鼻を抓みながら歌声の主を夜の闇の中に探したが、ゴリガンが裏口に現れた途端に歌声はピタッと止まってしまった。

「こら、出て来い。姿を見せやがれこの卑怯者」と怒鳴ったが、そういう行為は却って相手を萎縮させて逆効果ではないかと筆者は思う。が、そうでもなかったらしく、ゴリガンの足下に置かれたゴミ袋を突き破って、腕がニョキッと現れた。枯れ木みたように萎びた女の腕は、ゴリガンの左足首を骨が折れる程に強く、固く握りしめた。

「イテテテ、放せこの野郎」ゴリガンは右足で件の腕を踏みつけたり蹴飛ばしたりしたが、地獄へ道連れスピリットで、腕は一旦摑んだ足は絶対に放そうとしない。ゴリガンは却って自分の右足の蹴りで自分の左足にダメージを与える結果となった。それでも蹴ろうとして両脚が宙に浮き、仰け反って転倒した。激しく全身を打って、地べたに仰向けになったまま聞くに堪えない罵声を喚き散らしていると、

「そんなオイタばっかほざいてる口は縫い付けちまえ」という声（それは腕太郎の声だったのだが、ゴリガンの与り知らぬことである）がした。すると、別のゴミ袋からミシンを持った手が飛び出した。ミシンはゴリガンの顔の上にドンと置かれ、唇に何やら（それはジッパーだったのだが、これまたゴリガンの与り知らぬことである）押し付けられるとミシン針が上下運動を開始した。ゴリガンは顔面からミシンを退かせようと必死に抵抗したが、これまた別のゴミ袋から生えてきた糸瓜の蔓が手足のみならず軀中に十重二十重に絡みつき、身動き出来なくなっていた。ゴリガンはギャアギャア喚いたが、文字通

り口にジッパーをされてしまい、血だらけの唇からは「ンー、ンー、ンー」という声しか出なくなった。

「今日はこのくらいにしたろか？」と云う声に対し、「いやいやいやいや、これじゃすまないっしょ」と応じた声が、自分の店で出前持ちとしてコキ使っていた男の声だと気づいて、ゴリガンは激怒と激痛で脳味噌が爆発しそうになったが、口も利けない、手も足も出ない。

「このまま放置しておくのもちょいと残酷か。じゃあ、やっちゃうよ」との声がした。ゴリガンが雁字搦めで身動き出来なくなると見るや、萎びた女の腕は左足首を放して喉首を摑むと、そのまま喉仏を親指でグイと押し込んだ。ジッパーを縫い付けられて封じられた唇の奥で「ンー、ンー、ンー」という苦悶の声が空しく発せられた。窒息したゴリガンの顔面は焼き林檎みたように赤黒く紅潮し、風船玉みたように破裂寸前まで膨張した。真っ赤に充血した眼玉が飛び出し、鼻血が出ると共に何故か鼻毛が伸びた。耳毛も伸びた。軈てグシャッという音がして、喉仏が潰れた。ゴリガンの声も途絶えた。ゴリガンを地獄へ送った女の腕は、ゴミ袋の中へと吸い込まれるようにスッと消えた。

ゴリガンこと五里鴈之助の息の根が止まったのを見届けたのか、「じゃあ、ずらかるぞ」という声と共に、黒いゴミ袋が三つ、ニョキッと足を生やすや否や、軽やかに飛び跳ねながら夜の闇の中へと姿をかき消した。

「でも、病み将軍が来るんだぞ」苔子が云った、「これで終った訳じゃない、迎え撃つんだぞ」

「ジョーザイセンジョーだぁ？」腿太郎は例の如く意味も分からぬまま叫んだ。

「君はいつも気楽でいいよな」腕太郎は云った、「三人がかりでゴリガンをやっつけたのは大変だったんだ」

「儂はたった一人で変態糞ジジイをやっつけたぞ？　どっちが強いか考えなくとも分かるべ？」腿太郎は鼻息が荒い。

「啀み合ってないで、協力して立ち向かわなければ、こっちがやられるんだぞ」苔子は一喝した。

「別にいいじゃない、どうせ初めっから纏まりなんてなかったんだし」パンケーキが面倒臭そうに云った。

「一理ある。拙者は貴様に賛成するぞ」猫がパンケーキの尻馬に乗った。

「どうでもいいけど腹が減ったよ」悲惨太が情けない声を上げた、「早く家に帰りたいよぉ」

「んなこと云われたって、ボキも病み上がりの上に人殺し、それも仮にも以前の雇い主を殺すのに駆り出されてヘトヘトなんすよ。岡持から料理を出す魔法は当分無理っす」オカモッが弱音を吐いた。

「さあ皆さん、タツノオトシゴのワインを召し上がれ」北詰白恵がそう云いながら登場した。肝腎のワインボトルとグラスはキッチンワゴンに載せて、影のように従う妹の百一恵に運ばせている。

「ワインも結構なんだけど、飯を喰わせて貰えませんか？」腕太郎が代表して云った。

「アララララララ気づかなかった。私ったらウッカリ屋さんだこと。直ぐに得意料理の鶏レバーのワイン煮を作って差し上げますわ」と、白恵は無闇と陽気である。特に何も云ってはいないのだが、失踪した百恵の仇が討たれつつあることを察しているのかも知れない。

「そのワイン煮ってな、ひょっとして」

「勿論、タツノオトシゴのワインです」

「他に味付けなんぞは」

「キッコーサの丸大豆醤油です」

「オエッ」パンケーキが露骨に嫌な顔をした。

「いえいえそれで大変結構です、どうも御馳走様でありんす」横から苔子が極めて稀なる低姿勢で礼を返した。迂闊に拒否反応を示して、喰える飯も喰えなくなったら台無しである。

『ありんす』はねえだろ、『ありんす』は」北詰姉妹が退場すると、腕太郎が待ちかねたように揶揄した、「普段慣れない丁寧語を使おうとするから『ありんす』とか云っちまうんだ。花魁《おいらん》か、ありんす女。ありんす」

「月蝿《るせ》えな。アンタらは無責任に好きなコト云ってりゃいいさ。オマンマが喰えなかったら即餓死だかんね」苔子はすぐさま仏頂面に戻って云い返した。

パンケーキは拒否反応を示したのだが、結局のところ北詰家に厄介になるしかないのだった。腿太郎が**小バヤシ旭風呂**をおびき出して破壊し尽くしていた間に、残りの御一行様は北詰家へとそそくさと逃亡した。無論のこと北詰姉妹は断る訳もなく、大歓迎であった。パンケーキは膨れっ面だった分、苔子が無理して只管下手に出て、腕太郎が「冷凍蜜柑は元気してる？」と軽口を叩きながら姉妹に接した（冷凍蜜柑は壁の中でじっと「元気」してた）。北詰家にいる間に、苔子とパンケーキ以外の連中は夜中に出ていって何やらバタバタやっていたようだったが、姉妹は気にもしていなかった。その内、誰が知らせたでもないのに、腿太郎も何処で嗅ぎつけたのかそれとも野性的な勘なのか、北詰家に当り前のような面でやって来て、皆も格段感動するでも歓迎するでも不思議がるでもなく、当り前のように迎え入れた。迎え入れたはいいが、腿太郎は、コミュ長こと力口山雄三が死んだことを誰にも伝えなかった。単純に忘れてしまっただけというのが理由である。だもんだから、パンケーキは自分の父親が無惨な死に方をしたということを知らないままだった。

　北詰家は以前に比べ、めっきりと人影が失せていた。タツノオトシゴのワインが実は多くの者の口に合わず、悪酔いして軀を壊したり寝込んだりそのまま死んだりとろくなことがないのも大きかったが、最大の理由はコミュニティに屯していた偽小バヤシ旭達が一掃されてしまったことである。それは腿太郎御一行様にとっては勿怪《もつけ》の幸いだった。と云うか、腿太郎の仕業だったので、俗に云うマッチポンプである。

「病み将軍は怖い」苔子は繰り返した、「アタシぁ、番台でいつも逐一観察してたから知ってるが、病み将軍は隙があるようでいて隙がない。どっから襲っても返り討ちに遭うのがオチだ」

「コケコッコは裸の病み将軍マニアだったか、さもあり」腕太郎が納得した。

「何納得してんだよ。番台に座ってたら、風呂に浸かりに来た客は皆泥棒と疑ってかかる、これが商売の大前提だ。アタシは湯気太郎博士に銭湯に勤める人間のイロハは叩き込まれてるんだ」

「でも、もう死んだぞ？」腿太郎が指摘した。

「んなこた知ってるよ、さんざっぱら聞かされたからさ。別に好き嫌いの問題じゃなくってぇ、まあ人間性は嫌いだったけどぉ、顔も嫌いだったけどぉ、全部が全部嫌いだったけどぉ、博士が師匠であったことは歴然たる事実だかんね、大嫌いだったけど」

「結局、嫌いってことしか云ってないじゃん」パンケーキが云った。

「仕方ないだろ、好きじゃないからね。『好きじゃない＝嫌い』とは限らないけどさ」

「『興味がない』ってのも、あるもんね」

「それそれ」

「コケコッコが博士をどう思ってたかには興味ない」腕太郎はつまらなそうに「それよか病み将軍の話を聞かせてくれ」

「病み将軍はツオい」苔子は云った。

「そりゃもう分かったよ」

「だからアタシが倒す」苔子は宣言した。

「みんなで一致団結して、とかじゃないのか」

「烏合の衆で束になってかかっても無駄だ、それよかアタシと病み将軍の一騎打ちの方が倒せる可能性があるし、被害も少ない」

「あっそう。悪かったな、烏合の衆で」腕太郎が臍を曲げた。

「じゃあその一騎打ちをみんなで見物すんべや？」腿太郎は何故かウキウキしている。

「豪華な中華幕の内弁当を用意するっす」オカモッがここぞと許りに口を出す。

「軀弱かったんじゃねえのか」

「回復しまっせ。あの店も主人亡き後はボキが後を嗣ぐっす」

「貴様、御都合主義にも程があるぞ」と皆は見物と弁当に夢中になって、苔子に「それでも助太刀致す」と申し出る可愛げのある奴は一人もいなかった。苔子もそんなのは承知の上だった。モチ麦メンだろうが腿太郎一行だろうが呼び方は何でも構わぬが、絆も纏まりもない烏合の衆は風通しがいいものだと苔子は考えていた節がある。多分その他のメンも、大なり小なりそういう考え方だったり、何も考えてなかったりしたのだろう。

「行き当りばったリズムだ」と猫が不満げに云った。

「でもさ、行き当りばったリズムてな、いい言葉だあね。みんなこれからも行き当りばったリズムで行こうな」苔子は珍しく、いつもへの字でクチャクチャ何かを噛んでいる唇に微かな笑みを浮かべた。普段笑わぬ者の笑みには千金の価値がある。だが、腿太郎は迂闊にもそれを見逃した。

　噂の病み将軍こと毒蝦蟇家安はその頃どうしていたかといえば、郵便局長の痛風こと故・痛田風太郎からの手紙を読んでいた。病み将軍の棲《すみか》はコミュニティでも端の端、同じ端でも北詰姉妹とは全く正反対の端に位置していた。コミュニティの住民は皆が皆、病み将軍を忌み嫌っていたから、棲周辺には人っ子一人住んでおらず、ただリュウキュウネギモドキが生い茂っている許りであった。リュウキュウネギモドキは数年に一回、忘れ物でも想い出したかのように、くすんだ緑色の五枚の花弁からなる小さな見栄えのしない花を、季節とはまるで無関係に咲かせる。このような花でも寄って来る虫はいるもので、小蠅とも何とも見当のつかぬ羽虫が匂いに引きつけられるのか、無数に飛んで来る（件の見栄えのしない花は、鼻を近づければ微かに腐った葱に似た匂いがした）。この羽虫がまた、リュウキュウネギモドキの開花時期にしか見掛けない種類の虫で、かと云って稀少種と持て囃すにはあまりにも見窄《みすぼ》らしくてケチ臭い、誰にとってもぞっとしない存在なのである。しかし、病み将軍だけは違った。この見窄らしくてケチ臭くてぞっとしない羽虫を彼はこよなく愛した。稀にリュウキュウネギモドキが見栄えのしない花を咲かせ、それに伴って羽虫が姿を見せると、病み将軍は愛でるあまりにそれらの虫を捕食してしまうのである。病み将軍は舌が尋常でなく長いので（身長程の尺の舌を何重にも折り畳んだ消防ホース状態で体内に収容している）、カメレオンみたように舌を伸ばして飛ぶ羽虫を片端からペロリと平らげる。別に美味い訳ではない、栄養価が高い訳でもない。純粋に「己の体内に摂取したい」という欲望に駆られて捕食するのである。

　病み将軍の許に手紙が届いたのは、折しも数年に一度あるかないかのリュウキュウネギモドキの開花時期であった。病み将軍は飛び回る羽虫をペロペロと呑み込みながら読んでいたが、読み終えると手紙も口に放り込んで呑み込んでしまった。内容が頭に入れば、後は呑み込むだけというのが、病み将軍の流儀なのだった。病み将軍の家は金持で食うに困らないから、羽虫や手紙を喰って生きている訳ではないのである。但し、自分の行きつけの銭湯の主人が不慮の死だか風呂の死だかを遂げたのであれば、食うに困る困らないは関係なく、出陣せねばなるまいということなのだった。斯《か》くして、病み将軍は紫色のお高祖頭巾を被り、紫色のインヴァネスを羽織ると、我が家を後にゆるゆると〈湯気湯〉の方角へと足を運ぶこととなった。

　病み将軍の歩みは緩慢なように見えて実は結構な速度であり、それは独特の摺り足で進むからかと思われるが、彼（若しくは彼女）の姿がコミュニティにて目撃されると、住民達は一散に自宅や行き合わせた店等に隠れ、扉を鎖《とざ》した。病み将軍はさながら紫色の死神であった。紫色の死神は自分が忌避されていることなんぞは毫《ごう》も意に介さず、ゆるゆるきびきび、ゆるきびきびとコミュニティを横断していく。目指すは無論、〈湯気湯〉である。何故か羽虫が後を追って病み将軍の周囲に集っていたが、無論のこと、容赦なく舌を伸ばして呑み込んだ。

「っらっしゃいやし」〈湯気湯〉の玄関を通って（下足箱には目もくれない）、暫し迷った挙句に女湯の暖簾を潜ると、景気のいい声をかけられた。いつも番台に座って編み物をしていた女だった。今日も二本の編み棒を操りながらクチャクチャとガムか何かを噛んでいる。

「あらぁ、おしさしぶりだこと」と病み将軍は籠って耳障りな金切声で応じた。

「お待ちしてましたよぉ」苔子は心にもない言葉が幾らでも口を突いて出る。湯気太郎博士に叩き込まれた客商売の極意である。

「また今まで聞いたこともないような殊勝なお言葉ねえホホホホホ」

「アラとんでもないホホホホホホ」と互いのホホホホホホを競い合った。

「『ぬるい薬湯』を召しませ」苔子は病み将軍の入浴を勧めた。

「云われなくても入るわよ、お風呂に入らないためにお風呂屋さんに来る莫迦はいないんじゃないの？

ところで、こちらの御主人、湯気太郎博士が亡くなったんですって？」

「不慮の死を遂げたんですよホホホホホ」ここは笑うべきところではなかったかも知れない。

「御愁傷さん」そう云いながら、病み将軍は紫色の死神から脱している最中なのだった。苔子は疣だらけ疣まみれ疣づくしの裸体を晒しつつある病み将軍を観察していたが、疣は飽きるほど見られたものの隙は全く見られなかった。

「ところで病み将軍さんは、北詰百恵という名前の女を憶えてらっしゃるかしら？」

「キタナ……何て？　全く記憶にないねえ」

「アタシね、その女の首から生まれてきたんだ。五体バラバラにされて——正確には六体だけど——その一個一個から子供が生まれて育ったのさ。赤ん坊だったアタシは山奥に埋められた生首の口を引き裂いて、土の中から這い出して来たんだってさ」

「そりゃまた随分と数奇な運命だこと」病み将軍は無関心に（或いは無関心を装ってか）云った。

「そりゃまた随分と他人事みたいな云い方ですこと。その北詰百恵を殺してバラバラにしたのはアンタ達じゃないか」

「何をまた、そんな言い掛かりをお云いだい？」そう返した病み将軍は全裸となっていた。全裸になっても皮膚は全面的に疣で覆い尽くされているから、相変らず性別は判然としない。

「またまた、とぼけちゃって」と云いながら、苔子は両手に持っていた編み棒を病み将軍目掛けて投げつけた。病み将軍はすかさず二本とも躱し、編み棒は脱衣場の床に突き刺さった。

「何だか物騒なこと、してくれちゃってるじゃない？」病み将軍は憎たらしい程に落ち着き払って云った。

「親の仇だもん、当然じゃん？」苔子も負けず劣らず落ち着き払って云った。

「まあいいさ、あたしゃお風呂に入りに来たんだから、番台から命を狙われようが何しようが、ゆったりたっぷりの〜んびりと楽しませて貰うよ」そう云うと、病み将軍は平然と疣だらけの背中を敵である番台の苔子に見せつけながら、悠々と風呂場に向ったのであった。苔子は殺意に満ちた視線を疣背に投げていた。視線で人が殺せるならば病み将軍は悶死していたろうが、実際にはそんなことは起きなかった。

ただ、その後に起きたことは「視線が人を殺す」以上にあり得ない出来事だったので、苔子が視線で病み将軍を殺せなかったことは悔やまれよう。「ぬるい薬湯」の白濁した湯の中から、巨大なタツノオトシゴが飛び出したのである。云うまでもなくこれは「冷凍蜜柑」だった。万が一のために腕太郎が「ぬるい薬湯」に潜らせていたのかどうかも苔子は知らなかったが（仮にそうだったとしても苔子は知らされていなかった）、冷凍蜜柑は病み将軍を一呑みに呑み込もうとして尖った口を近づけた途端に凝固した。冷凍蜜柑もこの疣だらけのグロテスクな性別も分からないもしかして人間でもないかも知れない存在を果して呑み込んでいいのかどうか逡巡したに違いない。それが冷凍蜜柑の命取りとなった。病み将軍は自分が浸かる予定の湯船からタツノオトシゴが出現したことに何等驚いた気色もなく、口から伸ばしたカメレオン舌を自分の十倍以上はあろうかと思われる冷凍蜜柑の軀に瞬く間に巻きつけるや、ゴクンと呑み込んでしまった。返り討ちならぬ返り呑みである。それだけの大きさの冷凍蜜柑を呑み込んだのに、病み将軍の軀は全く大きさが変らないのが異様であった。

「あ〜あ、所詮は壁に描いた絵だもんな」苔子は落胆して、失望して、嘆息した。

「絵に描いた餅は喰えないけれど、絵に描いたタツノオトシゴは喰えるのさ、オッホホホホホ」病み将軍は憎々しく笑うと、「ぬるい薬湯」にさも心地良さげに頭まで浸かった。白濁した湯の表面にあぶくが浮いて、パチンと弾けた。

　病み将軍がかなりの時間を経て、沈んでいた「ぬるい薬湯」の水面からネス湖の恐竜みたように頭を擡げると、スッポンポンになった苔子が脱衣場の床に寝そべって、湯船に向って大きく股間を押っ広げていた。

「アンタ、何をまた恥ずかしげもなく、そないなあられもないカッコし」と云いかけた病み将軍は、そのまま苔子の膣に吸い込まれてしまった。龍巻が襲った後のように、白濁した湯は波立っていた。苔子は「恥ずかしげもな」い格好のまま微動だにしなかったが、その膣の奥の方からは聞く者の血も凍らせてシャーベットになるような戦慄の悲鳴が響いてくるのであった。そして、どれだけの刻《とき》が経ったろうか、苔子がブルッと軀を震わせると、膣からは病み将軍がスポンと飛び出した。全身に銛が逆山嵐状態で突き刺さっていて、血と膿に塗れて姿形も判然としないが、それは息絶えた病み将軍だった。銛は以前に苔子が膣内に吸い込んだ鱶獲り名人のコビンどもの銛だった。

「それにしたって、そんな自分よりも大きい軀の人間をどうやって吸い込むよ？　それに銛なんか何本も軀に入れてて痛くないのか？」一段落した後に、男湯から駆けつけたギャラリーを代表して、腕太郎が訊ねた。

「アタシの膣は真空地帯なんだよ、きっと」苔子があっさりと応えた、「宇宙と繋がってるんだと思う」

「ブラックホールだな？」腿太郎が感心して云った。

「おいおい暢気だな。俺達、下手したら吸い込まれてたかも知れないんだぞ、おい」腕太郎は腿太郎を第三の腕の肘でツンツンした。

「今何かカミングアウトしたみたいっすね」オカモッが指摘した。

「そのようなことはどうでもいいが、何時までもその格好でおられては居たたまれないぞ。さっさと衣服を身に纏うがいい」猫が苦情を呈した。

「あれ、そんなこと云って自分は年がら年中全裸じゃないっすか」オカモッが混ぜ返した。

「はいはいはい分かった分かった分かった」苔子は苦笑しながら、苔色のワンピースだかアッパッパだかを、下着も何もつけずに頭からスッポリと被った。

「冷凍蜜柑、かわいそう」パンケーキが涙ぐんだ。

「この気色悪い屍体を捌いてみよう。どっかに大きな刃物はないか。中華包丁とか出してくれんかね？」腕太郎がオカモッに云う。

「御馳走は用意出来やしたが、生憎中華包丁はないんでさ。何せボキが作った訳じゃないんで、うっきい」岡持の中の豪勢な料理をチラ見せしながら、オカモッは頭を掻いてみせた（そういう動作をすると益々本物の猿に見えてくる)。

「では誰が作ったのか、きっちりと問い質したい」猫が早速噛みついた。

「誰でもいいっしょ、ふんだ」オカモツは鼻を鳴らした。

「中華包丁？　んなもん、要らね？　儂がこうしてやる？」腿太郎は恐れ気もなしに血と膿の針山に両手を突っ込むと、気合を入れてベリバリベリバリと無理無体に四方八方へと引き裂いた。中からペッタンコになった冷凍蜜柑が、折り畳まれた鯉幟《こいのぼり》が五月になって埃臭い押し入れから引っ張り出されでもしたかのように無事に救出された。

「洗濯して、アイロンかけて、また壁に貼り付ければ元に戻るさ」腕太郎は本当に根拠があるんだかないんだか分からぬことを、自信たっぷりに云う。

「しかし、アンタ、よくあれを手摑みに出来るもんだよ。大した魂消《たまげ》た」苔子は腿太郎の冷凍蜜柑救出劇に素直に感心した。

**「旦那様でも下男でも〜ぉ、お風呂入る時ゃ、みんな裸〜ぁ♪**、っていう、湯気太郎博士の教えを守っただけだ？　どんなお客様でも大歓迎だし、どんなお客様でも素手で引き裂く、それが大事だ？」腿太郎は平然と応えた。

「博士も草葉の蔭でお喜びだろう、って、てめえが殺したんじゃねえか。何云ってんだか」腕太郎が揶揄する。

「敵だろうが味方だろうが、云った言葉が正しければそれは守るべきだ？」腿太郎がキッパリと云った。

「それこそが、三助魂だな」苔子が褒め讃えた。

「そそ、その『ダマシイ』だ？」腿太郎は胸を張った。

「《湯気湯》も、三十三代目三助の腿太郎が二代目湯気太郎博士を襲名すれば末は安泰、俺も銭湯絵師の商売が続けられるぞ」腕太郎が取らぬ狸の皮算用な発言をした。

「アタシも引き続き番台でグミ嚙みながら編み物が出来る。頼もしいやね二代目博士」苔子が尻馬に乗った。

「銭湯は引き継いでもいいが、二代目博士は真っ平だ？」腿太郎は真面目に応えた。

その夜は《湯気湯》で、オカモッが用意した豪華中華幕の内弁当と紹興酒に舌鼓を打ちながら（「もうあのタツノオトシゴのワインだけは勘弁してほしい」とパンケーキが懇願したのもある）、腿太郎一行の壮行会に加えて、腿太郎一行が殺めた連中の冥福と、何よりもこの場にいる多くの者の産みの親である亡き北詰百恵の成仏を祈って、大大大宴会を催した。

「腿太郎一行ではない、拙者に云わせればモチ麦メンだ」骨付き肉を囓りながら、この期に及んでも猫は云い張った。

「抑々モチ麦メンがどういった団体だったのか分からぬまま話は終ろうとしている」苔子は指摘した。

「何を今更云っておるのか。モチ麦メンは能ネンレ奈をこよなく愛する者の集まりに決まっておろうが」猫は当り前の如くそう述べて、皆をたじろがせた。

「今まで、このお犬様の口からは、能ネンレ奈の『の』の字も出て来なかったじゃないっすか」オカモッが呆れて云う。

「どうせあのオツムが貧弱な語り部が、お犬様の口を借りて自分の趣味を開陳しているだけさ。大体この場にいる者の殆どは一人の女から生まれたのだから、歳はほぼ同じと見て間違いない。なのにいきなり時代錯誤な言葉が飛び出して来たかと思えば、今時の女優の名前が出てきたりする。要は書き手だか語り手の趣味を披露したいだけなのさ。難儀な奴だ」とか作者の悪口を並べ立てている腕太郎の頭に大きな金盥《かなだらい》が落ちてきて、頭蓋骨と脳味噌に強かなダメージを与えた。

「畜生、作者の野郎やりやがったな。イテテテテ、脳震盪だ」頭を抱えてその場に引っ繰り返った。

「放っておけば治るわ、ドリフを見習え」猫は至って冷淡に腕太郎に云い渡してから話を取り返した、「前にも申したであろうが、父は類稀なインテリジェンスの持主だったと。幼少の砌《みぎり》の拙者に多種多様な文化を教えてくれたのだ。その中には沢山の映画やテレヴィドラマも含まれていた。『森シゲのピノペ節』も元よりのことだ。**ピノペ～、ピノペ～、ピノペのピノピノペ～♪**」歌い出した。

「その歌、耳に胼胝《たこ》が出来るくらい聞かされて、この前はボキ達がついつい歌っちゃったもんね」オカモッが云う。

「森シゲのピノペ節、大好きですよ。僕はリアルタイムで聞いてました」ここに来ていきなり、今まで借りてきた猫（猫ならば「安易に猫という言葉を使うな」と叱咤したところであろう）状態だった長瀬悲惨太が割って入った、「こう見えても僕、実は今八十七歳なんです」

「え。それってマジで詐欺じゃん。幾ら若く見えるからって、実年齢知ってたらフリチン流木男に人工呼吸までして助けなかったわよ、何それ」パンケーキが驚愕のあまり紹興酒を気管に流し込んでしまった、「ゲホゲホゲホ」

「おお貴様こそ、ベスト・オブ・モチ麦メンである」猫は悲惨太を絶賛した。

「この歳ですが、能ネンレ奈も大好きです」悲惨太は猫の前脚を固く握りしめた。

「私と同じくらいの歳じゃん。悲惨太って、只の若く見えるロリコンジジイじゃん。変態糞ジジイの同類じゃん。最低じゃん。ゲホゲホゲホ」パンケーキは真っ赤な顔で咳き込みつつ、げんなりしている。

「まあいいじゃないか、仲良く暮せ」苔子が取りなした。

「能面……何だって？」腿太郎は何が何だか分からずに聞いたが、本来応える役割の腕太郎は脳震盪で気絶している。

「能ネンレ奈は『あマちゃん』以来、連続主演テレヴィドラマに出ておらぬ」猫は構わずに自分のペースで話を進める、「それが昨夜夢を見た。新作の連続主演テレヴィドラマの夢だ」

「夢の話始めちゃったよ」オカモッが突っ込んだ。

「黙れ、『夢は正夢』という古諺も知らぬのか（誰も知らなかった）。加ガマリこと山サトリョウ太が出て来るのだ、それもゴキブリの役でな」

「何云ってんだか薩張分かんね？」腿太郎は訴えたが、誰も反応しないので疎外感百パーセントである。

「加ガマリこと山サトリョウ太は寂れた温泉町に住んでおる。多分その町の町長が加ガマリこで、助役が山サトリョウ太なのだと察した」

「ゴキブリが寂れた温泉町の町長と助役なんすか？」

「そこがそれ、夢であるから、普段は人間の姿をしておるが、ゴキブリに変身して他人の家に侵入する能力を持ち合せておるのだろう。話はゴキブリに変身した加ガマリこと山サトリョウ太が他人の家に忍び込み、食糧を調達しているところから始まる」

「それからどうなるんですか」何故か目を爛々と輝かせて悲惨太が訊ねる。

「その温泉町には性別不明の謎の大富豪も隠遁しておる。それが佐ガラナオ美だ」

「うわあ、バッチシじゃないですか」

「誰だか分かんないっす」オカモッが仕方なく口を挟む。

「分からなければ辞書を引け。佐ガラナオ美は昔で云うところのタアキイ、水ノエタキ子の役どころである。男装の麗人であるな、性別なんぞは二の次、三の次だ」

「アタシも話に付いてけない」苔子すら匙を投げた。

「そして司ヨウ子の秘書がとモサカリえであった」

「司ヨウ子は何の役なんですか」ひとり興味津々の悲惨太が聞く。

「分からぬ。夢とはそのようなものであるからな。そして古い時計屋の娘が住んでおる。二親に死に別れた、醗酵の娘、否、薄幸の娘である」

「それが能ネンレ奈なんですか」

「否、五ガラシジュン子であった」

「おいおいおい、五ガラシジュン子って中ムラマサ俊のカミサンだろ。娘って歳じゃねえだろ」漸く脳震盪から立ち直った腕太郎が突っ込んだが、心なしか突っ込み力が足りない。

「五ガラシジュン子が不適格であるならば、岡ダナ々も可である」

「それも娘じゃねえだろ」

「いいじゃないですか、夢なんですから」悲惨太は猫の加勢をした。

「でもさっき、『夢は正夢』とか云ったぞ。本当に実現してそんなドラマが出来たらオカシイだろ。茶番もいいところだ。娘だったら橋モト愛でも松オカマ優でも幾らでもいるじゃねえか」

「その配役は『あマちゃん』との差別化が図られていない。却下だ」猫は澄まして云った。

「何が差別化だ。大体『寂れた温泉町』って設定が殆ど差別化図ってもいねえじゃん。どうせ町興しで能ネンレ奈が大活躍するんだろ、『じゃじゃじゃ』とか云ってさ」

「いや町は興さない。寂れた温泉町は寂れた温泉町のまま物語は終る」

「それ『夢チヨ日記』だろ。じゃあ能ネンレ奈は何の役で出るんだ」

「町を訪れる、謎の女である」

「謎の女の正体は」

「それは拙者も分からぬ。ただ白いトレンチコートを着てプラットフォームに立っていた」

「それ、やっぱ『あマちゃん』だろ。後日談とかさ」

「違うと云うておろうが」

「大体、主役だとか云っておいて、その曖昧な説明は無責任だ」

「拙者は夢を見ただけで、プロデューサーではない。夢とは本来曖昧で断片的なものであり、全体像は見られない。だからこそ想像の翼を羽ばたかせることも出来ようものぞ。抑々拙者は日ポンテレヴィジョン——昨今は局自ら略称で呼ばせておるな、堕落したものだ——系で土曜日の夜九時に放送されておった《グらんド劇場》というドラマ枠を好んで視聴する習慣があったから、それへのオマージュとしての夢を見たのではないかと考えておる。夢の中で見た件のドラマの主題歌は『バリービンビン』であったし、音楽は無論のこと、坂タコウ一であった」

「うわ、《グらんド劇場》懐かしいなあ。じゃあ、浅オカるり子も出るんですか」悲惨太が嬉しそうに云った。

「加ガマリこが出ているのに浅オカるり子も出せとは、俗に云う『欲しがりすぎ』というヤツではないか、品のいい言葉ではないがな」

「懐かしいも何も、ジジイの云ってることは全然分かんないんだけど」パンケーキが思わず云ったが、苔子が投げ遣りにウィンクしただけで、当の話し手達は一向に気にも留めていない。

「あ、今思いついたんですけど、古い時計屋の薄幸の娘、赤エタマ緒がいいと思います」悲惨太がドヤ顔で云ったのへ「それは良さげな思いつきである」と猫は贔屓の引き倒し気味に褒めた。

「娘じゃないだろ。薄幸にも見えない。大体女優じゃない」諦めの悪い腕太郎が不屈の突っ込みダマシイを見せる。

「四十代、五十代は小娘だ。女優かどうかなんぞは大した問題ではない」猫は乱暴なことを云う、「赤エタマ緒と山サトリョウ太ならば《火曜たマムスび》のコンビだし、申し分ない」

「さっき差別化図るとか云ってたの、誰だったんすかねぇ」オカモッが低声で云う。

「僕はピえる瀧の頃の木曜日が好きでした」悲惨太は異論を唱える。

「私は《金曜たマムスび》派。外ヤマエ理の声が好き。前に声が似てるって云われたんだもん」パンケーキが誰にともなくボソッと云った。

皆の云うことが何も理解出来ず、疎外感で阻害漢になった腿太郎はふらっとその場を離れた。本来ならば座の中心にいるのは自分である筈なのに、といった自己顕示欲は一切無かったが、話の話に加われないのは寂れた温泉町よりも淋しいものである。そのまま裏の薪割り場に辿り着くと、数人の初老の女性達がいた。どういう訳だか、皆似たような四角い顔をしていた。

「あの、すみません」一人が代表して腿太郎に声をかけた。

「え、儂か？」腿太郎はキョトンとして云った。

「あのう、この辺りに私達の息子が来た筈なんですけど、御存知ないかと思って」

「そう云われても、あんた達の息子は見たことね？」

「それがね、小バヤシ旭に似てるんですよ。小バヤシ旭のそっくりさんコンテストで優勝したり準優勝したり、そういう息子達なんです。風の噂に聞いたんですけど、小バヤシ旭のそっくりさんが大挙してこのコミュニティに押し寄せたってんで、私達ここまでやって来たんです。皆、行方不明なんですよ。

心配なのでこうして訪ねて来たんです」

「ケバヤシアケラ？　儂は知らんです？　お役に立てなくて相済まん？」腿太郎はそれだけ応えると、黙々と薪を割り始めた。小バヤシ旭そっくりさん遺族団は仕方なく、「そうですか、じゃあ他を当りましょうかねえ」と云ってその場を去っていた。

「ケバヤシ、アケラ？　何だったっけ？　もう何も想い出せね？」そう独りごちながら、夜空の下で腿太郎は薪を割り続ける。滅多に咲かないリュウキュウネギモドキの花目当てに飛ぶ羽虫どもが、薪を割る腿太郎の周囲を飛び回っていたが、それにも構わず一心不乱に斧を振る。今の腿太郎を動かすものは、三助魂以外に何もない。

## 深堀骨《ふかぼり・ほね》

小説家。1966年生。1992年「蚯蚓、赤ん坊、あるいは砂糖水の沼」で第３回ハヤカワ・ミステリ・コンテストに佳作入選。以来『ミステリマガジン』『ＳＦマガジン』等で中短篇を発表。著書に『アマチャ・ズルチャ　柴刈天神前風土記 』（早川書房）、共著に岸本佐知子編『変愛小説集　日本作家編』（講談社）がある。のん＝能年玲奈をこよなく愛す。

腿太郎伝説（人呼んで、腿伝）

発行日　2023年2月28日　第1刷発行

著　者　深堀 骨

発行者　小柳 学

発行所　株式会社左右社
〒151-0051東京都渋谷区千駄ヶ谷3丁目55-12
ヴィラパルテノンB1
TEL 03-5786-6030 ／ FAX 03-5786-6032
https://www.sayusha.com

装　画　カワシマナオト

装　幀　森 敬太（合同会社 飛ぶ教室）

印刷・製本　株式会社 加藤文明社印刷所

　ISBN 978-4-86528-360-0